W0415499

Aus Freude am Lesen

Bahiyyih Nakhjavani · Die Satteltasche

Bahiyyih Nakhjavani

Die Satteltasche

Roman

Aus dem Englischen
von Anette Grube

btb

Titel der Originalausgabe: The Saddlebag

Umwelthinweis:
Dieses Buch und der Schutzumschlag wurden auf
chlorfrei gebleichtem Papier gedruckt
Die Einschrumpffolie (zum Schutz vor Verschmutzung)
ist aus umweltschonender und recyclingfähiger PE-Folie

btb Bücher erscheinen im Goldmann Verlag,
einem Unternehmen der Verlagsgruppe Bertelsmann.

1. Auflage

Satz: IBV Satz- und Datentechnik GmbH, Berlin
Druck und Bindung: GGP Media, Pößneck
Printed in Germany
ISBN 3-442-75034-2
www.btb-verlag.de

Für die *Dawn-Breakers*

Der Dieb

Es war einmal ein Dieb, der seinen Lebensunterhalt damit verdiente, dass er Pilger auf der Straße zwischen Mekka und Medina ausraubte. Er war Beduine, geboren zwischen den Dünen, und hatte nie einen Vater gekannt. Auch Geistliche waren ihm fremd, und er machte sich nichts aus dem Propheten und seinen Gesetzen. Da er von mehreren Müttern aufgezogen worden war, die alle starben, bevor er die Kunst des Stehlens erlernte, war ihm nur wenig Liebe und keinerlei Ausbildung zuteil geworden. Aber er war immer frei gewesen.

Freiheit war für den Beduinen die Wüstenluft, die er atmete. Es war der offene Raum der Möglichkeit zwischen dem Bekannten und dem Verweigerten, der unbewohnte Ort der Erwartung inmitten des Offensichtlichen. Diese Leere hatte er bei Geburt geerbt; Es war ein Erbe, das ihm umsonst hinterlassen worden war. Schon als kleiner Junge wusste er um seinen Wert, dennoch musste er seine Freiheit erst noch definieren. Die Bewohner der Stadt, erkannte er, trauten dieser Freiheit nicht: Sie zwängten die unzähligen Formen der Freiheit zwischen Mauern und menschlichen Willen. Der einzige Ort, an dem er in belebten Städten und armseligen Dörfern Spuren davon fand, waren die versteckten Gärten, in denen süß die Obstbäume dufteten. Dort atmete die Freiheit, wie die Erinnerung an Orangenblüten. Dort konnte ein einzelner Same der Freiheit auf engstem Raum gedeihen. Und obwohl es innerhalb der strikten Grenzen menschlichen Willens und von Menschenhand errichteter Wände kaum Platz gab, konnte sich die weiträumige Wildnis der Phantasie dort, im Garten, entfalten. Aber das war dem Beduinen nicht genug. Er sehnte sich nach Unermesslichkeit.

Das war es, warum die Wüste einem Freibrief gleichkam. In der Wüste erwarb man mit der Geburt das Recht zu vermuten, und Mangel an Beweisen war Beleg genug für Unsterblichkeit. Die ewig wandernde Sandlandschaft gestattete unendliche Interpretationen; Hügel und Täler boten unendlichen Spielraum für Hypothesen. Und obwohl er früh verwaist war, hatte er sich nie verloren gefühlt in der Wüste, denn in seinem Kopf hörte er stets ihre vielfältigen Stimmen. Sie war ihm Mutter und Vater gewesen, Lehrerin, Geliebte und Wegweiserin.

Obwohl er weder lesen noch schreiben konnte, machte die Wüste ihn zu einem Weisen. In Sandstürmen entdeckte er verborgene Abhandlungen; am endlosen Horizont las er Tausende von Gedichten. Wenn seine Seele unbefleckt war, zur Stunde des Sonnenaufgangs, verstand er die Sprache des Sands. Im Alter von zwanzig Jahren kannte er die geheimen Pfade zwischen den zerklüfteten Felsen und konnte in den Wanderdünen Rätsel entziffern. Morgens und abends studierte er jede Sandwolke. Er entschlüsselte Botschaften des Mondes, ganz gleich, in welcher Phase sich dieser befand, und er kannte die Stimme eines jeden Sterns. Der Wind war seine Religion, Venus war seine große Liebe, und er fand Spuren ihrer Macht an allen Felsen und in jedem Wüstental. Vor allem aber wusste er, wie man sich in den Schluchten entlang der Straße zwischen Dschidda und den beiden heiligen Städten versteckte, wie man raubte und sich in Luft auflöste. Aus diesem Grund hatte er sich einer Räuberbande angeschlossen, der er als Führer diente.

Es war nur ein kleiner Schritt vom Taschendieb zum Mitglied einer Bande. Seit seiner Kindheit lauerte der Beduine Pilgerkarawanen auf, spionierte er jenen nach, die unterwegs an Schreinen hielten, und belauschte ihre Unterhaltungen an Dorfbrunnen. Auf diese Weise erfuhr er, was sie vorhatten, ermaß ihre Schwächen und lauerte ihnen anschließend entlang der Pilgerstraße auf. Bisweilen verdingte er sich bei den Pilgern auch als Führer. Aber es waren nicht immer die vollen Taschen, die die größten Schätze enthielten. Als kleiner Junge hatte ihn ein Pilger in den Bann gezogen, der sich im Schatten einer Mauer auf den Boden warf und, während er betete, seelenruhig in der Nase bohrte. Er war kaum alt genug, um seinen spärlich sprießenden Bart zu befingern, als ein anderer Pilger ihm in einem Kaffeehaus einen eindeutigen Antrag machte, und er bekam weit mehr als das, was er ausgehandelt hatte. Bei einer dritten Gelegenheit in seiner frühen Jugend war er so entsetzt über die Unaufrichtigkeit eines Mannes, dass er trotz dessen viel versprechend vollen Taschen angewidert flüchtete vor diesem Scheinheiligen, ohne ihm eine einzige Münze abzuknöpfen. Ja, er verdankte den Pilgern nicht so sehr seinen Lebensunterhalt als vielmehr seine Fähigkeit, zwischen öffentlich zur Schau gestellter Frömmigkeit und echtem Glauben zu unterscheiden.

In den vielen Jahren als Dieb waren ihm nur wenige begegnet, die ihren Glauben über ihre finanziellen Interessen stellten. Die meisten Pilger behaupteten, Gott zu fürchten und zu verehren, aber was den Beduinen anbetraf, schienen sie sich an jemand zu wenden, den er nicht als den Einen wiedererkannte, der ihn am Rand von Treibsand vor Inbrunst erschauern oder am Rand eines Abgrunds vor Angst erbeben ließ. Ihr Gott verlangte jede Menge äußerliche Gesten und kaum jenes Erschauern, das die Anwesenheit des Göttlichen ihn verspüren ließ. Sobald er erkannt hatte, dass ihr Gott nicht der seine war, hatte er keine Bedenken mehr, sie zu bestehlen.

Aber das Leben war hart für einen einsamen Taschendieb. Bisweilen war er in seiner Not gezwungen gewesen, Gläubigkeit zu heucheln und um Almosen zu betteln. Und vor diesem schrecklichen Kompromiss hatten ihn die Banditen errettet. Sie hatten ihn bettelnd auf der Straße nach Mekka gefunden und ihn mit ihren Flüchen beschämt, die er nicht als Gotteslästerung empfand. Zudem boten sie ihm Schutz, denn in der Wüste geht die größte Gefahr nicht von Treibsand aus, sondern von Menschen. Als Gegenleistung für seine Dienste als Führer boten die Banditen den Beduinen Sicherheit vor Schikanen durch wilde Stämme. Der Hauptmann der Bande brauchte diese Wüstenratte, um die größeren Karawanen aufzuspüren und auszurauben, bevor seine Rivalen es taten. Und bis zu einem gewissen Grade brauchte der Dieb die Bande. Er machte einen Handel mit ihnen: Er diente ihnen, um vor ihnen sicher zu sein. Er gab seine Freiheit auf, weil er noch jung genug war, um zu glauben, er wäre frei. Infolge seiner Übereinkunft mit der Bande konnte er seinen Träumen treu bleiben. Denn er hoffte, eines Tages so reich zu sein wie ein Prinz.

Hätten sie davon gewusst, hätten seine Träume den Banditen bewiesen, dass es diesem Dieb nicht nur an Gerissenheit mangelte, sondern dass er zudem auch ein naiver und sonderbarer Zeitgenosse war. Allerdings war dies nicht auf den ersten Blick zu erkennen. Seine Augen waren schmal und so scharf wie die eines Adlers und von beunruhigender Farbe: Leer wie der blaue Himmel spiegelten sie wider, was er am Horizont sah; Grün, wenn er den Blick auf einem menschlichen Gesicht verweilen ließ. Manchmal mischte sich eine Spur Gelb darunter, woran man sich hinterher mit Unbehagen erinnerte. Seine Nase war gebogen wie der Schnabel eines Adlers, seine Haut von der Sonne gegerbt und nahezu schwarz. Sein Haar, durch den Wüstensand vor der Zeit ergraut, war zottlig und strähnig, und um die Stirn trug er ein Stoffband, das einst indigoblau gewesen sein mag. Er bewegte sich schnell wie das Licht und hinterließ kaum eine Spur, denn er war weder groß noch schwer, sondern klein, flink, drahtig und geschickt. Er war ein wilder Mann.

Aber trotz seiner beunruhigenden Augen und seiner Adlernase, trotz seines wilden und ruchlosen Auftretens war der Beduine ein Träumer. Er hörte die Stimmen der Freiheit: Der Wind trug sie ihm zu, sie wisperten im rieselnden Sand. Seine Stimmen waren stets bei ihm. Die Banditen hielten ihn für einen Feigling, weil er nicht Mann gegen Mann kämpfen wollte, sondern lieber kehrtmachte und davonlief. Aber sie begriffen nicht, dass er sich so nur verhielt, weil er seine Freiheit über alles liebte. Seine Stimmen rieten ihm, nie einen Kompromiss zu schließen und stets nur den Sternen, der Sonne und dem Mond zu dienen.

Er lauschte auch den Stimmen von Menschen, um den Banditen bessere Dienste zu leisten. Und obwohl er taub für die Stimmen in der Moschee war, spitzte er die Ohren auf dem Marktplatz. Wenn die Pilger ihre Gebetbücher beiseite legten und mit ihren eigenen Stimmen sprachen, folgte er ihnen überallhin. Denn dann brachten sie die weltlichen Anliegen der Pilger zum Ausdruck und gaben ihm eine Landkarte ihrer Ängste in die Hand. Wenn sie miteinander stritten, wenn sie feilschten, wenn sie jammerten, konnte er genau unterscheiden zwischen ihrem Reichtum und ihrer Armut, zwischen Gewinn und Verlust. Er war ein aufmerksamer Zuhörer und folgte den Stimmen von den Lippen der Männer bis in ihre Taschen.

Eines Abends, nachdem er bereits mehrere Jahre im Dienst der Banditen stand, hörte der Dieb in einer Schenke am Straßenrand Gerüchte über einen wohlhabenden Kaufmann und dessen Karawane, die in den nächsten Tagen vorbeiziehen sollte. Der Reichtum an Perlen und Edelsteinen in seinem Zug sei so überwältigend, besagten sie, dass ihr Funkeln die Sonne untergehen und sie vergessen lasse, je wieder aufzugehen. Die Maultiere und Kamele seiner Karawane seien so schwer beladen, dass sie auf den felsigen Wegen eine Spur reinen Goldes hinter sich herzögen. Das Silber glänze heller als der Mond, wurde geflüstert – der ganze Reichtum des Orients in ein paar Satteltaschen. Süßigkeiten und Gewürze genug, um ein Hochzeitsfest und eine Beerdigung auszurichten! Manche behaupteten, der Kaufmann stamme aus Schiras und unternehme seinen *Hadsch*; andere meinten, er sei aus Buschir und der Geschäfte halber unterwegs nach Damaskus. Alle Widersprüche hinsichtlich des Orts, aus dem er stammte, und alle Vermutungen, wohin er wollte, mündeten in der allgemeinen Überzeugung, dass sein Reichtum unermesslich sei und es wert wäre, gestohlen zu werden.

Natürlich hatte es im Lauf der Jahre viele solcher Gerüchte und ebenso viele Überfälle gegeben. Keiner hatte sich nach getaner Arbeit als so lohnend erwiesen wie zuvor angenommen. Aber der Dieb hatte das Gefühl, dass es in diesem speziellen Fall anders sei. Aus irgendeinem Grund war der Reiz dieses Schatzes höchst verlockend: Der Kaufmann schien wohlhabender als alle anderen zu sein; seine Karawane schien mehr Reichtum zu versprechen, als die Banditen je erträumt hatten. Und sie berauschten sich an ihrer Vorfreude und der Dieb berauschte sich mit ihnen.

Als sie an diesem Abend um ihre Wüstenfeuer saßen und gemeinsam mit ihrem Führer einen Hinterhalt planten, rief der Hauptmann der Banditen den Beduinen zu sich. Er hatte begonnen, seinen Führer mit dem drahtigen Körper und den sehnigen Beinen ins Herz zu schließen. Man konnte ihn nicht unbedingt einen Mann nennen, aber im Gegensatz zum Rest der Schakale hatte er Verstand. Vor allen anderen umarmte er ihn und ließ ihn aus seinem Becher trinken. Das war eine unerhörte Ehre. Sie würden das Diebesgut, wie es der Brauch war, unter sich aufteilen, aber diesmal würde der Beduine den Löwenanteil bekommen. Das heißt den Löwenanteil, nachdem der Hauptmann sich den Großteil der Beute, der ihm selbstverständlich zustand, genommen hatte. Es war ein Zeichen, dass er, der Dieb, der Beduine, die Wüstenratte, ein vollwertiges Mitglied der Bande war.

Die Räuber frohlockten lärmend und spuckten heimlich in den Sand; sie jubelten laut und warfen sich verstohlen finstere Blicke zu, schräge Blicke, aus denen Missgunst und Misstrauen sprachen. Hinter ihrem Lächeln verbargen sich die gefletschten Zähne der Schakale. Etwas an dieser Ehrbezeigung gefiel ihnen nicht.

Es wurde gemunkelt, dass jeder Kuss des Hauptmanns ein Vermögen wert sei oder aber ein Vermögen kosten könne. Seine Umarmungen waren wertvoller als juwelenbesetzte Dolche und ebenso gefährlich. In der Vergangenheit hatte sich der Beduine nach so einer Auszeichnung verzehrt. Es hatte eine Zeit gegeben, zu der diese Geste der Liebe und des Vertrauens dem Stolz des Beduinen ebenso sehr geschmeichelt hätte, wie ihn die Anerkennung als solche erregt hätte. Aber etwas hatte sich verändert. Was quälte ihn nun? Was beunruhigte ihn?

Seine Stimmen ließen ihn nicht in Ruhe. Sie murmelten von den einsamen Dünen, denn sie waren seiner Kompromisse überdrüssig. Sie wisperten vom Treibsand, der zu Füßen der Banditen lauerte. Und vom Gift im Kuss des Hauptmanns. Sie drängten ihn, sich von diesen Männern zu trennen und die ganze Beute für sich zu behalten. Und sie erinnerten ihn an einen geheimen Ort, wo er seine Münzen verstecken könnte, ohne dass jemand sie fände. Er wollte nicht den Löwenanteil, er wollte überhaupt nicht teilen. Es verbitterte ihn, seinen Anteil zugewiesen zu bekommen. Als der Hauptmann ihn umarmte, spürte er, wie er sich zurückzog. »Lauf«, flüsterten seine Stimmen, »bevor du die Freiheit verlierst, jemals wieder laufen zu können!«

Er saß neben dem Hauptmann und sah zu, wie dieser die Lammknochen abnagte und sie dann einen nach dem anderen in die Dunkelheit jenseits des Feuers warf. Dieser Mann war es gewohnt, sich zu nehmen und zu besitzen, wonach sein Herz begehrte; heute Nacht konnte er zwischen drei Frauen in seinen Zelten wählen, und aus dem Überfall stand ihm die schönste zu. Der Beduine sah zu, wie der Hauptmann sich das Fett von den Lippen leckte und die Fleischfasern zwischen den Zähnen herauskratzte. Er dachte an seine eigenen, ganz anderen Lieben. »Unter dem blanken Wüstenmond wartet mehr Leidenschaft auf dich«, flüsterten seine Stimmen, »als in den lüsternen Träumen des Hauptmanns.«

Er musterte auch den Kreis der Banditen, und er wusste, dass ihre Seelen bereits in Besitz genommen und besessen waren. Er sah ihre Düsterkeit unter den leuchtenden Sternen, horchte auf ihr unglückliches Gelächter, das wie der Schrei der Nachteulen klang, und in der flackernden Dunkelheit spürte er ihre habgierige Eifersucht mehr, als dass er sie sah. »Sie werden stets voller Neid sein auf das, was sie nicht besitzen«, murmelten seine Stimmen, »und sie werden dich immer hassen, weil du sie nicht beneidest.«

Der Mond ging friedlich über den Dünen auf, und der kühle Windhauch der Nacht fuhr durch sein Haar. Der Mond hatte eine Botschaft für ihn; der Wind eine andere. Der Mond verteidigte ihn; der Wind klagte ihn an. Der Mond sagte, dass die Übereinkunft nicht mehr gültig sei, dass die Zeit gekommen war. Der Wind wisperte, dass dieser Augenblick sich schon lange ankündigte und die Erfüllung des Vertrags längst überfällig war. Und während sie stritten, war die Wüste erfüllt von ihren Stimmen.

»Ein schöner Feigling«, pfiff der Wind scharf, »scheinheiliger als jeder Pilger, ein größerer Lügner als jede Fata Morgana!« Die Banditen tranken mit wilder Hemmungslosigkeit, immer roher wurden sie, während ihnen der schneidende Wind die Flammen des Feuers ins Gesicht peitschte.

»Aber früher war es anders«, murmelte der Mond, und seine Argumente waren so zwingend, dass der Hauptmann für einen Moment zu ihm emporblickte. »Damals war er ein Knabe, jetzt ist er ein Mann«, so sprach der Mond weiter. Aber die Logik des Mondes schien den Hauptmann nicht zu überzeugen, denn er wandte sich abrupt einem der Banditen zu, der einen zotigen Witz erzählte.

»Wenn es einen Unterschied gibt zwischen dem, was er fühlt, und dem, was er tut«, zischelte höhnisch der Wind, »welcher Unterschied ist dann zwischen ihm und jenen, die er so verachtet?« Diese Anschuldigung ließ den Beduinen erschauern und er zog seine Dschellaba fester um die Schultern. Der Wind wurde immer erbarmungsloser. »Wie kann er die Pilger ausrauben, wenn er doch viel verdorbener ist als sie?«, spottete er.

»Der ursprüngliche Handel war der Tausch seiner Freiheit gegen Sicherheit«, erwiderte der Mond ruhig, »aber nun will er die Freiheit um jeden Preis.« Und der Mond riss sich los von einem letzten Wolkenzipfel und segelte in die dunklen Dünen des nicht kartogaphierten Universums.

Der Dieb hörte sehr wohl, wie ihn die heimtückische Brise verriet, aber seine Kumpane hörten es nicht. Er hörte, wie der Mond ihn verteidigte, aber der Hauptmann schien es nicht zu hören. Auch als die Sterne aussagten, einer nach dem anderen, Beispiele von weit entfernten Sonnen anführten, Beweise aus den flüchtigen Jahreszeiten vorlegten, schien niemand außer dem Beduinen zu bemerken, dass sich das Blatt gewendet hatte, dass sich die Vertragsbedingungen unwiderruflich geändert hatten.

Aber es gab einen Grund, warum er noch immer bei den Banditen war. Er fürchtete ihre Rache. Seine Ängste summten in seinem Kopf wie Fliegen in der Hitze über einem schlammigen Wasserloch; sie stießen durchdringende Schreie aus, wie die Aasgeier am Himmel. Des Hauptmanns Appetit auf Rache war unersättlich, und mit Verrätern kannte er keine Gnade. Der Beduine wusste, dass der Hauptmann ihn jagen und töten würde, sollte er davonlaufen. Er würde nicht eher ruhen, bis er die Tat vollbracht hatte; er würde von seinem Kurs nicht abweichen. Er wusste, dass die Banditen ihn aufspüren würden, wo immer er sich versteckte. Sie würden ihm ein Messer in den Rücken stoßen, ihm die Kehle aufschlitzen, die Zunge herausschneiden, ihn seiner Männlichkeit berauben, seine Leber und sein Herz mit den Händen herausreißen. Sie waren blutrünstig und gnadenlos. Jedes Mal, wenn er fliehen wollte, zischten seine Stimmen, dass dies seinen Tod bedeuten würde.

Es gab für ihn nur eine Möglichkeit, wie er seine Freiheit zurückkaufen und am Leben bleiben konnte: reich zu sein. Es war vielleicht das deutlichste Zeichen seiner Naivität, dass er das dachte. Er glaubte es auch mehr, als dass er es dachte, und dieser Glaube sprach mit klarer, eindringlicher Stimme und ließ Hoffnung keimen im Herzen des Beduinen. Frisch wie der Tau am Morgen sprach er zu ihm, versicherte ihm, dass es einen Ausweg aus seinem Dilemma gab. Er redete ihm ein, wenn die Verlockung gestohlenen Reichtums nur groß genug wäre, wenn er genug davon für sich allein rauben und die Banditen damit bestechen könnte, bräuchte er niemandem zu dienen, dann hätte er die absolute Freiheit, die er begehrte.

Und jetzt schien die Gelegenheit gekommen. Da der Beduine sich das Vertrauen des Hauptmanns verdient hatte und ihm besondere Gunstbeweise zuteil geworden waren, hatten die Banditen keinen Grund, ihn des Verrats zu verdächtigen. Wenn die Karawane so viele Reichtümer mit sich führte, wie es den Anschein hatte, dann könnte er genug stehlen, um seine Freiheit zu erkaufen. Wie hypnotisiert von dieser Möglichkeit, fügte sich der Beduine seinen aufgeregten Stimmen. In dieser Nacht, nachdem er den Banditen jahrelang treu gedient und schließlich ihre Anerkennung erworben hatte, nachdem er vor allen anderen erwählt und die Dolchspitze der Liebe des Hauptmanns an der Kehle gespürt hatte, stahl sich der Dieb fort von seinem Herrn und verschwand in der Wüste.

Am ersten Tag seiner Freiheit lag er in einem Tal zwischen schützenden Dünen auf der Lauer. Wenn sie mich verfolgen, dachte er, führe ich sie in den Treibsand. Aber sie verfolgten ihn nicht.

Am zweiten Tag wartete er an einem engen Pass nahe dem Rand einer tiefen Schlucht, gut versteckt hinter Felsen. Wenn sie mich verfolgen, werde ich sie einen nach dem anderen in den Abgrund stoßen und in die Berge fliehen, dachte er. Aber sie verfolgten ihn nicht.

Am dritten Tag stieß er auf einem öden Stück der Straße zwischen Mekka und Medina auf einen einsamen Brunnen. An dieser Stelle legten die Pilger oftmals eine Pause ein, denn hier hatte einst ein Schrein gestanden, der jetzt zerstört war; es war der ideale Ort, um die Karawane zu berauben, bevor sie den eigentlichen Hinterhalt erreichte. Zwischen den Felsen befanden sich eine Ruine ohne Dach und ein alter ausgetrockneter Brunnen, hinter dem er sich versteckte. Nicht weit davon neben der Straße sprudelte ein neuer Brunnen, der die Reisenden verlockte anzuhalten und zu trinken. Wenn sie mich hier finden, dachte der Beduine, werde ich in den alten Brunnen hinunterklettern und in die Schlucht unterhalb der Ruine entkommen. Aber sie hatten ihn noch immer nicht gefunden. Womöglich verfolgten sie ihn nicht einmal. Und wo blieb die Karawane?

Der Beduine wurde zusehends missmutiger. Weit und breit war keine mit Reichtümern beladene Karawane zu sehen, und keine Räuberbande jagte ihn. Er kam ins Grübeln und begann schließlich sogar an den Gerüchten, die er gehört hatte, zu zweifeln. Und er bekam Angst, er begann die schleichenden Schritte zu fürchten, die ihn von nun an bis an sein Lebensende verfolgen würden. Er begann die Rache des Hauptmanns zu fürchten. Am schlimmsten jedoch war, dass er an seinen Stimmen zu zweifeln begann. Er begann an der Wüste zu zweifeln, die ihm geraten hatte, sich in diesem öden Tal zwischen den hohen Felsen und dem zerstörten Schrein zu verstecken. Hätte er in der Karawanserei eine *Farsang* entfernt bleiben sollen? Dort hätte er zumindest die Gerüchte überprüfen können. Allerdings hätte er dort auch ein Zusammentreffen mit den Banditen riskiert. Oder hätte er sich nicht so weit von ihrem Hinterhalt entfernen sollen? Während der langen heißen Stunden des dritten Tages brütete er darüber nach, ob seine Gefährten das Gerücht von dem wohlhabenden Kaufmann und seiner Karawane nur in die Welt gesetzt hatten, um ihn zu hintergehen; ob der Hauptmann ihm Versprechungen gemacht hatte, nur um ihn zu täuschen, und ob sie nicht alle seinen Tod geplant hatten, weil sie ihn nicht länger brauchten. Als die Sonne träge im Westen unterging, wurde das Herz des Diebs so trocken wie der Staub auf seinen Lippen, und der Sand trübte den Blick seiner gelblichen Augen. In dieser Nacht kauerte er steif und frierend neben den Brunnen und war blind für die Schönheit des Abendsterns. Stattdessen wurde er vom Gespenst der Verzweiflung heimgesucht.

Schließlich, als es zum vierten Mal dämmerte und er fast aufgeben wollte, erblickte er etwas, was sich aus Richtung der heiligen Stadt näherte. Zuerst konnte er nichts erkennen. Dann gaben die flimmernden Trugbilder des frühen Morgens ihre Bedeutung preis, und er erkannte drei sich nähernde Gestalten. Drei Töne in der Stille, der Ruf der Dämmerung. Die Gestalten schimmerten, lockten, verschwammen und gewannen endlich klare Umrisse: drei Männer am fernen Horizont.

Das war etwas ganz anderes, als man ihn verleitet hatte zu erwarten. Das war beileibe nicht die große Karawane, die er erhofft hatte, trotzdem versteckte er sich rasch in der Ruine neben dem Brunnen, wartete und spürte die pochenden Schläge seines Herzens. Als sie näher kamen und in der flirrenden Luft klare Gestalt annahmen, sah er, dass einer der drei ein junger Mann in Pilgertracht war und auf einem Kamel ritt. Ein Junge ging zu Fuß. Er hielt die Zügel des Kamels und ging barfüßig, als schritte er einer bedeutenden Persönlichkeit voran. Der Dritte war ein schwarzer Sklave.

Es gab kein Gefolge und keinen reich beladenen Zug, aber die Strahlen der aufgehenden Sonne vergoldeten die Riemen der prallen Satteltasche, die das Kamel trug, und das scharfe Auge des Diebs erspähte eine Perle im linken Ohr des Sklaven. Es gab kein Gefolge und keinen reich beladenen Zug, aber der Dieb war beeindruckt von der außerordentlichen Ehrerbietung, die der Junge dem Pilger auf dem Kamel entgegenbrachte. Die vornehme Haltung des jungen Pilgers war sogar aus dieser Entfernung erkennbar. Es gab kein Gefolge und keinen reich beladenen Zug – das ist ein aufgeblasener junger Schnösel auf Pilgerreise, dachte der Dieb, das ist ein reicher Frömmler, der tut, als wäre er arm, um meiner Aufmerksamkeit zu entgehen. Das ist, wenn mich mein Auge nicht täuscht, ein schlauer, scheinheiliger kleiner Prinz, der seinen gesamten Reichtum in eine einzige Satteltasche gestopft hat. Aber er kann mich nicht zum Narren halten! Das ist der Kaufmann!

Es war die Stunde des Morgengebets, und während sich die Hoffnungen des Beduinen wieder belebten, wandte er den Blick seiner gelbbraunen Augen gen Himmel. Die Venus funkelte wie ein letzter, nur noch erinnerter Kuss an der samtenen Wange des Horizonts, und das Herz des Diebs war erfüllt von Begehrlichkeit. Er hatte geglaubt, dass seine Glücksfee ihn verlassen hätte, aber vielleicht liebte sie ihn noch immer. Flüsternd bat er sie darum, dass dieser Kaufmann fromm sein und eine Rast einlegen möge.

Seine Augen verfärbten sich so grün wie der Turban, der um den Kopf des jungen Mannes geschlungen war, als das Kamel näher und näher kam. Die meisten Menschen hatten die Bedeutung des zerstörten Schreins vergessen, als der Brunnen austrocknete, und nur wenige wussten um den neu gegrabenen Brunnen. Aber da es der erste Tag des Moharram, der heiligen Zeit der Trauer, war, würden diese Pilger vielleicht Rast machen und beten? Wenn sie stolz auf ihre Frömmigkeit waren, vielleicht würden sie dann hier anhalten, um sich am reinen Wasser zu erlaben?

Wie das Schicksal es wollte, hielt der Kaufmann an, um die rituellen Waschungen vorzunehmen. In seiner Freude schien dem Beduinen, als würde der Brunnen vor jubilierenden Stimmen überquellen. Er war aufgeregt, und rechnete fast damit, dass sich die Pilger umdrehen und ihn entdecken würden. Aber das taten sie nicht. Während der schwarze Sklave das Kamel von der Last der Satteltasche befreite, stieg sein Herr ab und ging auf den Brunnen zu. Dann wusch er sich Gesicht und Hände im Glück verheißenden Wasser und kniete sich mit dem Jungen hin, um zu beten. Die Satteltasche legte er neben sich auf den Boden.

Der Dieb beäugte sie gierig, sein Körper gespannt wie ein Bogen. So weit, so gut. Dieser Pilger war zumindest in Worten fromm. Wenn er auch fromm in Taten wäre, dachte er, und sich die Satteltasche unbemerkt stehlen ließe, wäre das noch besser für dessen Seele. Alles hing vom perfekten Zusammenspiel der Gebete des Kaufmanns und seiner eigenen Geschicklichkeit ab. Ich muss ganz leise sein, und der Kerl soll sich blind beten, dachte der Dieb. Wer weiß, diese Satteltasche wird vielleicht die Sonne verblassen lassen. Dick und schwer genug schien sie zu sein; ihre Stimme sprach von quälenden Geheimnissen; sie summte vor Rätseln. Wenn er weiterhin Glück hätte, würde alles ihm gehören. Jetzt, dachte er und wandte sich höhnisch an die Gottheit der Pilger, die er verachten gelernt hatte, soll ihr falscher Gott einmal ein echter sein und mich ihre Frömmigkeit auf die Probe stellen lassen.

Er wartete, bis die drei sich in den Wüstenstaub warfen, dann kroch er wie eine Schlange aus seinem Versteck. Blitzschnell hatte er die Satteltasche gepackt und lief davon. Der Kaufmann war in seine Gebete vertieft und schien den Diebstahl nicht zu bemerken, aber der Junge war einen Augenblick lang abgelenkt. Pah!, dachte der Beduine, während der Sand seine Fußsohlen verbrannte, so viel zu deiner Frömmigkeit, mein Junge! Er frohlockte über die Schwere der Satteltasche. Aber der schwarze Sklave war bereits aufgesprungen und wollte ihn festhalten. Aha!, dachte der Beduine und entschlüpfte ihm wie ein Flüstern des Winds. Die Gebete des Sklaven sind ebenso wenig fromm! Aber sein Herz hämmerte vor Angst, denn er spürte den heißen Atem seines Verfolgers im Nacken. Just in diesem Augenblick hob der Kaufmann, der noch immer betete, eine mahnende Hand. Seine Stimme stockte nicht, seine Augen blieben geschlossen, aber er hob die Hand und winkte den Sklaven zurück.

Der Beduine sah die Geste aus dem Augenwinkel. Sie war so bestimmt, so gebieterisch, dass er sich wider Willen gezwungen fühlte, sie zu befolgen. Er merkte, wie seine Glieder schwer wurden, seine Beine langsam. »Lauf nicht!«, flüsterten seine Stimmen heimtückisch. »Versuch nicht einmal zu laufen. Freiheit ist Gehorsam!« Beinahe ließ er die Tasche fallen.

Was war das? Wer konnte seinen Stimmen Befehle erteilen? Der Dieb war wie vor den Kopf gestoßen. Der Sand schien ihn zu verhöhnen; die Wanderdünen lachten ihn herzlos aus; die hohe Felswand stieß einen spöttischen Schrei aus, der die bröckelnden Fundamente seines Selbstvertrauens erschütterte. Nur mit allergrößter Willensanstrengung konnte er seine Füße zwingen weiterzulaufen. »Die Gebete dieses Mannes sind mächtiger als alle anderen«, murmelte er vor sich hin, »wenn sie meine Stimmen beherrschen können.« Er war zu Tode erschrocken. Er wusste, dass der Sklave jeden Moment die Hand ausstrecken und ihn ergreifen konnte, aber zu seiner Verwunderung gab der Mann die Verfolgung plötzlich auf. Er gehorchte. Der Junge wurde wieder andächtig, als wäre nichts geschehen. Sie beteten weiter.

Für den Bruchteil einer Sekunde verlangsamte der Beduine den Schritt und blickte sich ungläubig um. Alle drei lagen im Sand. Der Junge hatte den Kopf gesenkt, die Augen geschlossen und bewegte stumm die Lippen. Der Sklave hatte sich flach auf den Boden geworfen und streckte die langen schwarzen Finger in den Sand vor seinem entblößten Kopf. Der Kaufmann, der seinen melodiösen Singsang nie unterbrochen hatte, gelangte in diesem Augenblick zu einer Anrufung. Hingebungsvoll hob er das Gesicht und die Hände im Gebet. Er rief den Namen Gottes an, des Weltenherrn, des Allmächtigen. Er rief Gott, den Vergeber der Sünden, den Barmherzigen …

Die erhabenen Worte schienen wie frisches reines Wasser aus vertrockneter Erde zu sprudeln. Sie verbreiteten sich wie sanfte Wellen aus der Urquelle des unermesslichen Horizonts. Sie überfluteten die frühmorgendlichen Dünen im matten Licht der Dämmerung. Als er die heiligen Worte rezitierte, wurde das Gesicht des Kaufmanns vom Licht der aufgehenden Sonne getroffen. Es strahlte so hell, dass der Beduine geblendet den Blick abwenden musste. Er spürte, wie ein vertrauter Schauder der Ehrfurcht ihn durchfuhr, der ihm von namenlosen Mächten sprach, von unendlichen Erscheinungen. Er verspürte ein Entsetzen, das ihm offenbarte, dass dies die Stimme des Einen war, der seinen Stimmen befahl. Er drehte sich um und floh.

Er rannte auf die hohe Felswand auf der anderen Seite der Schlucht zu, in seinem Kopf unheilvolle Ahnungen, seine Füße zerrissen von den Felsen und der Angst. Er war verwirrt. Es hatte nur Sekunden gedauert, und er stellte alles in Frage, was er in seinem Leben je getan hatte, und er wusste um die Vergeblichkeit seiner Vergangenheit und seiner Zukunft, um die Armseligkeit seiner Träume. Der Klang des Morgengebets folgte ihm wie ein Finger aus Licht, als er in die Hügel floh, die geheimen, schattigen Pfade entlang, und die Satteltasche dabei fest an sein pochendes Herz gedrückt.

Kaum war er aus ihrer Hör- und Sichtweite, begann er zusammenhangslos vor sich hin zu plappern. Die waren verrückt, diese Pilger! Sie hatten nicht einmal ihre wirren Gebete unterbrochen, hatten ihn nicht einmal verfolgt. Ein panischer, unbekannter Schrecken überkam ihn, und er begann hysterisch zu lachen, als er sich im Schutz der Felsen einen Weg durch die Schlucht bahnte. Als er auf der anderen Seite die steile Anhöhe hinaufkletterte, weinte er hilflos. Die Schatten unterhalb der hohen Felswand wirkten bedrohlich und flüsterten ihm Warnungen zu, aber das war nichts verglichen mit dem namenlosen Entsetzen, das ihm auf den Fersen folgte. Er stürmte in die nahezu senkrechte Felswand und kletterte wie von Dämonen getrieben weiter hinauf. Er hatte sich die Satteltasche auf den Rücken geschnallt, um das unheilvolle Gefühl zu verscheuchen, das ihn verfolgte, aber es ließ sich nicht abschütteln. Obwohl er die drei Pilger auf der anderen Seite des Tals noch immer an derselben Stelle liegen und beten sah, fühlte er sich gejagt. Sie hatten ihn ziehen lassen, dennoch meinte er, für immer gefangen zu sein.

Was ihn trieb, war, dass der Kaufmann ihm gestattet hatte zu stehlen. Er hatte die Satteltasche gestohlen, weil der Kaufmann es ihm zugestanden hatte. Diese Freiheit war ihm gegeben worden. Er hatte sie sich nicht genommen als etwas, das ihm zustand. Der

Unterschied war unermesslich, und seine ganze Welt fiel taumelnd in den Abgrund, der sich auftat. Das war nicht, was er vorgehabt hatte, als er Fersengeld gab und von den Banditen davonlief, als er vor dem Hauptmann und seinem »Löwenanteil« Reißaus nahm. Er hatte überhaupt keinen Anteil gewollt, aber war ihm nicht gerade einer zugewiesen worden? Diese Möglichkeit hatte er nicht bedacht. »Dieser Kaufmann hat dir seinen Segen gegeben«, murmelten seine Stimmen hinterlistig. »Sein Gebet hat es dir ermöglicht zu entkommen; vielleicht hat er sogar gewollt, dass du ihn bestiehlst. Was für eine Freiheit ist denn das?«

Er schüttelte den Kopf, um das beunruhigende Geplapper darin loszuwerden. Die riesige Wüste, die sich in seinem Kopf auftat, drohte die Grenzen geistiger Gesundheit zu sprengen. »Der Mann muss ein Irrer sein«, schrie er den Felsen entgegen. »Und seine Begleiter Dummköpfe.«

»Dummköpfe!«, erwiderten die Felsen spöttisch. Und das Echo ließ ihn erschaudern, so dass er sich an die Felsen klammern musste, um nicht abzurutschen und hinunterzustürzen. Hatte er die Frömmigkeit der Pilger auf die Probe gestellt, oder hatten sie ihn einer Prüfung unterzogen? War er nicht ein größerer Dummkopf als sie, weil er glaubte zu stehlen, was ihm freiwillig gegeben wurde? Von diesem Gedanken wurde ihm so schwindlig, dass er wirklich gestürzt wäre, hätte er nach unten geblickt. So kletterte er weiter.

Während er sich nach oben kämpfte, erwärmte sich langsam das Wunder auf seinem Rücken. Und während die Sonne höher stieg, kehrte seine Zuversicht zurück. Wenn ihm gestattet worden war zu stehlen, dann zur Hölle mit den Folgen. Er war der vom Glück gesegnetste Teufel diesseits des Todes. Auch wenn ihm nur ein Anteil zugewiesen worden war, war dieser doch größer als sein Anteil bei den Banditen. Auch wenn sich das Gebet des Pilgers als wahrhaftig herausgestellt und er sich getäuscht hatte, so war er doch endlich frei. Als er auf halber Höhe des Felsens sicherere Pfade erreichte, musste er laut über sein Glück lachen, über die Torheit der Pilger und die Dummheit der Banditen. Hier war endlich die Beute, die ihm ganz allein gehörte!

Er kletterte eine Weile, ohne nach rechts oder links zu blicken, sondern nur nach oben, und gelangte schließlich auf einen windigen Felsvorsprung über der Schlucht. Er stand ganz oben auf dem Felsen, hoch über dem Tal, in dem er drei Tage lang auf der Lauer gelegen hatte. Jetzt musste er kriechen, denn hier oben war ein Mann meilenweit zu sehen, und auch er konnte meilenweit um sich schauen. Der Wind blies grausam. Der verlassene Schrein mit dem Brunnen, wo er die Satteltasche gestohlen hatte, war ein winziger Punkt weit unten. Die drei Pilger hatten ihre Gebete beendet und waren zwischen den Dünen verschwunden. Dort war die Straße, auf der sie gekommen waren. Und wenn er in die schimmernde Ferne im Osten geschaut hätte, wo die heilige Stadt war, hätten seine scharfen Augen aus dieser großen Höhe die Kreuzung erkennen können, wo die Pilgerstraße auf die Karawanenroute traf, die vom Meer herführte. Wenn er lange genug geblieben wäre, um so weit zu blicken, hätten sich seine Augen grün verfärbt.

Jetzt näherte sich eine Karawane, sie flimmerte am Horizont, nur eine *Farsang* entfernt. Es war durchaus keine kleine, aber der Beduine hatte keine Zeit, darüber nachzudenken. Flach auf dem Bauch liegend, schlängelte er sich wie eine Eidechse am Rand des Vorsprungs entlang zu einer schmalen Spalte im Felsen. Dort ließ er sich Zentimeter für Zentimeter hinunter, tastete sich mit den Füßen voran, bis er eine Höhle im Fels erreichte, die das Tal überblickte. Er stand jetzt auf einem gefährlichen Felsvorsprung, vor dem sich der Abgrund auftat und hinter dem sich eine Höhle befand, in die der Wind brandete wie das Meer in eine kleine Bucht. Von hier konnte er die ganze Schlucht überblicken, aber wenn man nicht wusste, wohin man schauen musste, fiel niemandem die kleine Höhle auf. Ein falscher Schritt führte in den sicheren Tod, und hinauf gab es nur den Weg, den er heruntergeklettert war. Das war das Versteck, das er vor den Banditen geheim gehalten hatte. Hier unter den Felsen konnte er seine Schätze verbergen. Endlich war er in Sicherheit. Niemand würde ihn hier finden.

Er warf die schwere Satteltasche auf den Boden und riss sie gierig auf. Aber was war das? Wo waren die Edelsteine, das

Gold, die kostbaren Perlen? Für einen Moment schwindelte dem Dieb, und er musste sich am Felsen festhalten. Er wusste nicht, ob das Gemurmel in seinen Ohren von den Stimmen in seinem Kopf, vom Wind oder vom Inneren der Satteltasche herrührte. Er sah genauer hin. Sie war voller Bündel, Päckchen und Rollen, manche in Seide eingeschlagen, andere in Pergament. Alle waren mit einer dünnen Schnur zusammengebunden und sorgfältig verknotet. Aha! Dieser Kaufmann überließ nichts dem Zufall. Der Dieb benetzte seine aufgesprungenen Lippen mit der rauen Zunge und stellte sich die prall gefüllten Börsen, die sagenhaften Schmuckstücke und das Gold in diesen ordentlichen Bündeln vor. Er murmelte zusammenhangslose Liebesworte an seine Glücksfee vor sich hin und fummelte mit ungelenken Fingern an den Knoten. Seine Nägel waren eingerissen, schwarz und abgebrochen. Seine Hände waren zerschunden vom Wissen um die Felsen und konnten diese feinen Fäden nicht entwirren. Frustriert nahm er schließlich die Zähne zu Hilfe, und ein Bündel brach auf.

Sein Herz krampfte sich ungläubig zusammen. Die Pergamentrolle, die er eben aufgebrochen hatte, fiel vor seine Füße und offenbarte ein Bündel Papier, dünnes blaues Papier, über und über mit Schrift bedeckt. Eine Handschrift, so hauchzart wie Marienseide, so fein wie Spinnweben. Konnte er etwa lesen? Nein. Lag ihm etwas an Geschriebenem? Nichts! Aber die Pergamentrolle enthielt auch ein langes schmales Kästchen. Aha, waren Edelsteine darin eingelassen? Nein. War es Blattgold, wie er es schon einmal auf einer wertvollen Schmuckschatulle gesehen hatte, die der Hauptmann seiner Lieblingskonkubine zum Geschenk machte? Nein. Es war ein schlichtes Holzkästchen, bunt lackiert, mit einer Leiste, die man hin- und herschieben konnte. Sein Herz hämmerte vor Aufregung, er schob sie auf in der Erwartung, endlich die Perlenkette, die Diamanten zu finden.

Aber er wurde bitter enttäuscht. Das Kästchen enthielt nichts weiter als eine Sammlung Rohrkiele. Sie waren gespitzt und in Tinte getaucht worden. Sie waren gebraucht und überaus gewöhnlich. Es war ein Kasten für Schreibutensilien. Er fand auch ein kleines Messer darin, das Messer, mit dem die Kiele wahrscheinlich angespitzt worden waren, ein einfaches Messer, in dessen Griff ein Stück Glas eingelassen war. Aber es versprach nicht mehr als das, was es war, damit konnte man kaum jemandem die Kehle durchschneiden. Das einzige Geheimnis war ein kleines Gläschen mit einem schwarzen Pulver. Er roch daran. Er steckte die Zunge hinein, und sie wurde schwarz. Es war Tinte.

War das schon alles? Kiele? Tinte? Vollgekritzeltes Papier? Worte?! Von Entsetzen gewürgt, plünderte er die Satteltasche. Bündel, nichts als Bündel und Päckchen, die zweifellos nichts weiter enthielten als Kiele, Tinte, Papier und Worte. Kein Wunder, dass der Kaufmann ihn nicht aufgehalten hatte. Kein Wunder, dass er seinem Sklaven bedeutet hatte, ihn laufen zu lassen. Er selbst, ein Narr von einem Beduinen, war der Dummkopf. Sie ließen ihn mit etwas entkommen, was wertlos war. Voller Wut, sein Pech verfluchend, tief gedemütigt, stand der Dieb an der Kante des Felsens, ihm schwindelte von den Attacken seiner spöttischen Stimmen. Er starrte die Päckchen in der Satteltasche an, einen Augenblick lang unsicher, ob er sie alle aufreißen oder einfach wegwerfen sollte. Enthielten diese nicht zu fassenden Bündel denn alle das gleiche nutzlose Zeug? Keine Edelsteine, kein Gold in Seide und Pergament gewickelt?

Aber seine Stimmen waren gnadenlos. »Wie kannst du dir sicher sein?«, murmelten sie. »Solltest du nicht alle öffnen, eins nach dem anderen, bevor du sie wegwirfst, nur für den Fall …?«

In diesem Augenblick, als er am Rand der Höhle stand, am Abgrund der Unentschlossenheit schwebend, ging ein Schauer von Steinchen auf ihn nieder. Sein Zorn hatte seine Vorsicht geblendet. Seine Stimmen hatten ihn für die Welt taub gemacht. Er wirbelte herum, blickte nach oben und sah, dass er umzingelt war! Dort standen die Banditen, von denen er fortgelaufen war. Und der Hauptmann, den er hintergangen hatte!

Hatten sie ihn verfolgt? Wie war das möglich? Waren sie ihm Schritt für Schritt nachgestiegen und ihm bis zu diesem Ort nachgejagt? Wie sonst hätten sie wissen können, wo er war? Aber das konnte nicht sein, er hätte sie gehört, sie gesehen.

Plötzlich schien es, als hätte die Wüste selbst ihn verraten. Sie hatte ihn im Stich gelassen. Seine Feinde zu seinem Versteck geführt. Nichts war mehr heilig, und er konnte nirgendwo hin. Schlagartig war ihm klar, dass er entweder in der Höhle verhungern oder sofort erstochen würde, wenn er versuchte hinaufzuklettern. Ihm blieb keine Wahl, keine Freiheit außer der Schlucht. Der Beduine sah kalte Wut in den Augen des Hauptmanns aufblitzen wie ein Messer, und er wusste, dass er unwiderruflich in der Falle saß.

Aber die Spitze dieses Messers war nicht tödlicher als sein eigener Groll, und sein Groll hinterließ einen nicht weniger bitteren Nachgeschmack als die verlorene Chance auf Freiheit. Alle Möglichkeiten zwischen dem Bekannten und dem Verweigerten waren ihm genommen, aber er hielt noch immer ein Geheimnis in Händen. Alle Erwartungen waren verflogen, bis auf diese eine. Sie lag immer noch zu seinen Füßen, wölbte sich vor verborgenen Hoffnungen. Nicht um alles in der Welt würde er sie aufgeben!

Hatte der Junge mit den blutigen Füßen sie nicht mit außerordentlicher Ehrerbietung vom Kamel geholt? War der Sklave ihm nicht nachgejagt mit höchster Dringlichkeit? Und war der Kaufmann nicht – und dessen war sich der Dieb plötzlich ganz sicher –, war der junge Kaufmann nicht so reich, so unermesslich reich, dass er den Dieb mit seiner Beute einfach hatte entkommen lassen? Und glaubten die Banditen nicht auch, dass sich eine sagenhafte Summe darin befand? Hatten sie ihn nicht bis zu diesem Versteck verfolgt, in der Hoffnung, ihm seinen Schatz abzujagen? Vielleicht barg die Satteltasche doch allen Reichtum der Welt! Unermessliche Möglichkeiten taten sich auf, gerade weil es keinen Beweis gab. Sollten sie ihn doch töten, sollten sie ihn doch vertrocknen lassen wie eine Eidechse, sollten sie doch seine geheime Höhle plündern: Er würde die Satteltasche behalten! Dieser Schatz gehörte ihm!

Der Beduine vergaß die bittere Enttäuschung, die er noch kurz zuvor verspürt hatte, warf das blassblaue Papier und das kleine Kästchen aus dem Bündel, das er gewaltsam aufgerissen hatte, zurück in die Satteltasche und presste sie an sich. In diesem außerordentlichen Augenblick schien ihm, als enthielte dieses brüchige Stück Leder seine eigene Seele. Und mit einem Schrei, der den Hauptmann und die Banditen erschaudern ließ, sprang er von dem Felsvorsprung vor der Höhle, prallte von einem Felsen zum nächsten, bis er kopfüber Hunderte von Fuß tief in die Schlucht stürzte.

Die Banditen sahen, wie die Satteltasche und der Mann in einem hohen Bogen flogen, schwarze Tintenkleckse vor dem Blau des Himmels. Sie sahen sie fallen, eine geschwungene Linie unsichtbarer Kalligraphie auf dem papierenen Himmel. Sie sahen sie unten in der Schlucht bei dem Brunnen aufschlagen. Und dann fingen ihre Augen das Flimmern der Karawane auf der Straße zwischen Mekka und Medina auf. Nur eine *Farsang* entfernt … Die Karawane des Kaufmanns!

Minuten später waren sie unterwegs, ritten tollkühn durch enge Schluchten und über gefährliche Pässe, die Flüche ihres Hauptmanns im Ohr. Der Dieb war vergessen. Und obwohl er am nächsten Tag mehrere Stunden lang zwischen den Felsen im Tal suchte, sah der Hauptmann die Satteltasche nie wieder.

Auf den Felsen unten lag der Dieb, zerbrochen wie ein Rohrkiel, ausgebreitet wie Worte auf einem Stück blauen Papier. Erinnerungen pulsierten in seinen Adern und explodierten in seinem zerschmetterten Gehirn mit einem letzten Herzschlag. Er sah drei Männer im Sand liegen und hörte Worte, die ihn lockten wie ein langer Finger aus Licht. Er sah die verblasste Spur Tinte auf dem Pergament der Wüste und versuchte, die Worte zu entziffern. Seine Augen füllten sich mit Tränen des Bedauerns ob seiner Unfähigkeit zu lesen, als er Schritt für Schritt dem Licht entgegentaumelte. In dem kurzen Augenblick vor seinem Tod wusste er, dass er für immer frei sein würde, wenn er nur diese lockenden Worte verstehen könnte.

Mit durchdringender Süße, die seinen letzten Atemzug beendete, näherte sich ihm die wohlklingende Stimme des Kaufmanns. Die Stimme des Kaufmanns rief die Gnade Gottes an. Sie rief den

Namen des Weltenherrn, des Barmherzigen an. Betete für ihn. Den Dieb. Den Beduinen.

Jetzt verstand er. Er hörte die Worte des Kaufmanns, als er sie am blauen Firmament zu lesen begann. Er las das Gebet, während er es hörte, über den Himmel gespannt wie eine Brücke aus Licht. Klarsichtig und mit offenem Herzen starb er und fühlte sich so reich wie ein Prinz. Seine Augen hatten die Farbe von Engelsflügeln.

Die Braut

Als die junge Braut den Mann mit den feurigen Flügeln sah, der sich von der steilen Felswand oberhalb der Karawane stürzte, wusste sie, dass es sich um einen Engel mit einer Botschaft handelte. Es war ein Engel, der die Brücke zwischen Wahrheit und Verleugnung, zwischen Himmel und Hölle überquerte, aber die Botschschaft ahnte sie nicht sofort voraus. Ob es ein Engel *Ahura Mazdahs* oder ein dunkler Engel *Ahrimans* war, wusste sie zuerst auch nicht, denn beide Möglichkeiten blendeten sie gleichermaßen.

Die anderen Engel, die sie in ihrem kurzen Leben von vierzehn Jahren bereits gesehen hatte, waren weniger geschunden, weniger verzweifelt gewesen, aber an den Flügeln erkannte sie sofort, dass es ein Engel war. Sie flammten von seinen Schultern und erfüllten die Luft mit Freude. Er stürzte in einem makellosen Bogen von dem Felsen, und sie las ihr Schicksal in dem Wort, das er in den wolkenlosen Himmel schrieb. Seine Botschaft traf ihr Herz, und dann gab es nicht den leisesten Zweifel mehr, denn sie erkannte, dass sein feuriger Federkiel die Wahrheit verkündete. Sie stieß einen Schrei aus und fiel in Ohnmacht.

Die Braut hatte seit jeher zu Visionen geneigt. Als kleines Mädchen plapperte sie gern mit Leuten, die gar nicht da waren, und sang des öfteren Lieder, die sie angeblich von unsichtbaren Geistern gelernt hatte. Zuerst versuchte ihre Mutter, sie zu bestrafen, wenn sie dergleichen Unsinn erfand, aus Angst, man würde munkeln, das hübsche Kind des *Gebr*-Kaufmanns sei nicht ganz richtig im Kopf. Das hätte dem Ruf der Familie geschadet. Schlimmer noch, womöglich würden die Nachbarn hinter vorgehaltener Hand flüstern, die Konstitution des Mädchens sei auf Grund von Inzucht schwach, und das würde ihre Aussichten auf eine gute Heirat ruinieren trotz ihrer marmorweißen Haut, ihrer grünen Augen und des Reichtums ihres Vaters.

Leider musste ihre Mutter zugeben, dass es in ihrer Familie durchaus Fälle von Inzucht gab. Sie waren wohlhabende Zoroastrier aus dem Osten Persiens, und zwischen Kirman und Karatschi heirateten seit Generationen Cousins und Cousinen. Sie selbst war die Cousine ihres Mannes mütterlicherseits, Tochter einer dritten Ehefrau, die eigentlich eher eine Schwester gewesen war. Da das Wort »unehelich« einen ebenso beunruhigenden Klang hatte wie das Wort »Inzest«, sprach man selbstverständlich nicht von solchen Dingen. So wie man es ebenfalls vermied, die eigenen religiösen Präferenzen oder die Höhe des Vermögens laut herauszuposaunen. Denn alle vermuteten, dass die *Gebr* auch nach der erzwungenen Konversion zum Islam an ihrem zoroastrischen Glauben festhielten. Glaube und Wohlstand wurden durch Heirat innerhalb der Familie aufrechterhalten, und beides wurde sorgfältig geheim gehalten.

Die Engel des Mädchens waren jedoch eine bei weitem ernstere Angelegenheit. Sie strahlten zu hell und zu häufig, machten zu viel Lärm und zogen die Aufmerksamkeit ihrer moslemischen Nachbarn auf sich. Die einen munkelten, die Tochter der *Gebr* leide an der Fallsucht, andere, sie sei von Dämonen besessen. Aber ganz gleich, ob das Mädchen nun ein bisschen irre oder nur eine Mystikerin war, der Stolz der Mutter hatte im Lauf der Jahre genug gelitten unter wirklicher wie eingebildeter Ächtung, auch ohne dieses weitere unwürdige Stigma. Sie wünschte von ganzem Herzen, dass ihre Tochter diese Heimsuchungen aus anderen Welten nicht allen kundtun würde.

Das Mädchen war jedoch der Liebling seines Vaters und konnte in seinen Augen einfach nichts falsch machen. Mehrere Töchter waren als Säugling gestorben, und er war nie mit einem Sohn gesegnet gewesen. Aber als diese Tochter geboren wurde, prophezeite eine zoroastrische Wahrsagerin, dass sie als erste ihres Volkes den Erlöser *Saoshyant* erblicken würde, der nach neun Jahrtausenden des Kampfes zwischen Gut und Böse in der vierten Epoche der Zeitrechnung erscheinen würde. Da das weit genug in der Zukunft zu liegen schien, interpretierte der zoroastrische Kaufmann diese Prophezeiung als gutes Omen dafür, dass dieses Kind länger leben würde als die anderen, und nannte sie nach dem Engel der Vollkommenheit *Haurvatat*. Er überhäufte das Kind mit Aufmerksamkeiten und verwöhnte es gründlich, was in krassem Widerspruch stand zu der Selbstbeschränkung, die er dem Rest der Familie auferlegte. Wann immer ihre Mutter das Mädchen schalt, lief sie zu ihrem Vater, und anschließend kam es zu Szenen in den Frauengemächern. Nach einer Weile gebot die Diplomatie, nicht einzuschreiten, auch wenn das Kind Lügen erzählte. Alles andere wäre politisch unklug gewesen. Ihre Mutter schürzte die Lippen und tat so, als würde sie das irre Gerede ihrer Tochter oder den Klatsch der Nachbarn nicht hören. Mit der Zeit gewöhnte sich die Familie an ihre Visionen, und dann begannen sogar die Nachbarn, sie um Rat zu fragen, sehr zum Widerwillen ihrer Mutter.

In dem Jahr, als in der Stadt die Seuche wütete, bestand das nach *Haurvatat* benannte Kind darauf, jeden Morgen, wenn es dämmerte, riesige Vögel über dem Haus ihres Vaters fliegen gesehen zu haben. Niemand sonst sah sie, aber nach einer Weile munkelten die Leute, dass es die Geier waren, die von den hohen Felsen herunterkamen, wo die Sonnenanbeter ihre Toten zurückließen, und über den Lebenden ihre Kreise zogen, um sie vor Ansteckung zu schützen. Denn wundersamerweise erkrankte niemand in ihrer Familie an der gefürchteten Krankheit. Keiner unter dem Dach des Zoroastriers erkrankte an den Pocken, die Tausende in der Stadt das Leben kosteten und doppelt so viele aufs Grausamste entstellten. Das heißt, niemand außer der Mutter des Mädchens, die als eine der Ersten in der Stadt der Krankheit erlag, jedoch nur, so behaupteten die Leute, um die Visionen ihrer Tochter ein für alle Mal zu widerlegen. Denn sie starb lachend. Die einzige andere Person im Haushalt des Zoroastriers, die sich ansteckte, war eine abessinische Sklavin, die sofort zusammen mit ihrem neugeborenen Baby von den anderen getrennt wurde.

In dem Jahr, als seine Mutter starb und es neun Jahre alt war, heiratete der Vater des Mädchens ein zweites Mal. Die neue Frau hielt noch weniger von den Visionen ihrer Stieftochter als deren Mutter und begann, dem Kaufmann damit in den Ohren zu liegen, das Kind früh zu verheiraten. Die neue Frau war noch keine zwei Monate im Haus, als das vorlaute kleine Geschöpf begann, seine Träume überall herumzuerzählen. Allen verkündete das Mädchen, es habe geträumt, dass die neue Frau eine alte Rübe in ihrem Bauch trage. In den Frauengemächern kam Unmut auf. Die neue Frau wurde hysterisch, verlor ihr Kind und gab ihrer Stieftochter die Schuld daran. Die Nachbarn raunten, dass Kind sei verhext, und ihre Visionen würden allmählich gefährlich; die neue Frau setzte in der zoroastrischen Gemeinde das hässliche Gerücht in Umlauf, das Kind sei irre, weil es süchtig sei nach dem berauschenden Trank *Haoma*, dies sei die Ursache seiner Halluzinationen. Kein Mann bei Verstand würde so ein Monster heiraten. Der Kaufmann versuchte, seine Frau mit Diamanten zu beschwichtigen, aber da er seiner Tochter bereits Smaragde geschenkt hatte, wurde sie noch gereizter und drohte damit, in das Haus ihres Vaters zurückzukehren, wenn er sie nicht mit mehr Respekt behandelte und seine Tochter fortschickte.

Ihm blieb keine andere Wahl, als ihren Forderungen nachzukommen und einen Mann für seine Tochter zu suchen, denn er hatte keinerlei Absicht, seine geschäftlichen Verbindungen mit den Verwandten seiner neuen Frau zu gefährden. Auf Grund der Vielzahl von Hindernissen, die es zu überwinden galt, wurde diese Aufgabe zu einer Übung in der Kunst negativer Auswahl. Der Bräutigam in spe musste weit genug entfernt leben, um die hässlichen Gerüchte nicht gehört zu haben und der kleinen *Gebr* gegenüber nicht voreingenommen zu sein. Aber der zoroastrische Kaufmann wollte weder die Chancen seiner Tochter auf eine finanziell vorteilhafte Eheschließung aufs Spiel setzen, noch hatte er vor, sie für immer wegzugeben. Die einzige Lösung bestand darin, ihr einen Mann zu suchen, der nicht mehr lange leben würde, damit sein schönes Mädchen bald zurückkehren konnte. Und so verzieh er sich in den folgenden Jahren nie, was passierte. Denn als er nach einem Bräutigam für seine Tochter Ausschau hielt, plante er vorsätzlich sowohl eine Hochzeit als auch eine Beerdigung. Im Jahr der Seuche begannen die Verhandlungen, die letztlich mit einem komplizierten Ehevertrag zwischen der kleinen Braut und einem reichen alten Türken endeten, der in Damaskus lebte.

Die Verhandlungen waren zwangsläufig schwierig und langwierig. Das Mädchen war noch jung, und sein Vater meinte, es könnte nicht schaden, mehrere Mittelsmänner zu engagieren, die zum einen das Verfahren verschleppen und zum anderen die Mitgift mit dem Türken aushandeln sollten. Einer dieser Mittelsmänner war ein Inder, der sich dem Zoroastrier als Kaufmann aus Bombay vorstellte. Er war klein, fett und schmierig, und jedes Mal, wenn er das Haus betrat, verursachte er eine Reihe doppelter und dreifacher Visionen des Mädchens. Sie behauptete, gesehen zu haben, wie er nackt neben einem Fluss stand, der auf die Berührung seines Fußes hin zu Gülle wurde. Sie sagte, sie habe auf der Haut seines wabbligen Bauches die eintätowierte Warnung gelesen, dass er ein *Druj* sei, ein Angehöriger des Volkes der Lüge aus den heiligen Schriften der *Avesta*. Sie habe die Trompeten der Rechtschaffenheit gehört, sagte sie, die der Welt verkündeten, dass der kleine fette Inder das Gesetz der Vertrauenswürdigkeit in seinen schmierigen Händen zerrieben und im ganzen Land außer Kraft gesetzt habe.

Diese Vision stellte sich später als vollkommen der Wahrheit entsprechend heraus. Der Hindu, der behauptete, aus Bombay zu stammen, war ein Scharlatan aus Kalkutta, der bereits dubiose Geschäfte mit dem Türken gemacht hatte. Der Türke seinerseits hielt ihn für einen gläubigen Moslem aus Karatschi. Nachdem er sich im Verlauf der Aushandlung des Ehevertrags bei beiden Parteien eingeschmeichelt hatte, brannte er heimlich mit den Verlobungsgeschenken des Bräutigams durch und verschwand, sehr zum Ärger des Vaters der Braut.

Die Aufdeckung des Verrats bestätigte die Visionen der kleinen Braut und mehrte zum großen Bedauern ihrer Stiefmutter ihr Ansehen sowohl in den Frauengemächern als auch in der gesamten Nachbarschaft. Allerdings kam es infolgedessen auch zu ernsten Schwierigkeiten und wachsender Abneigung zwischen dem zoroastrischen Kaufmann und dem Türken, der seinen eigenen Mittelsmann nicht verdächtigen wollte. So wurde die Hochzeit schließlich abgesagt, und die zweite Frau des Kaufmanns verlor ein weiteres Kind.

Zu diesem Zeitpunkt wurde der Türke schwer krank. Den Gerüchten zufolge wäre er gestorben, wenn da nicht das Mädchen, benannt nach Haurvatat, dem Engel der Vollkommenheit, gewesen wäre. Ihre Visionen retteten ihn. Sie bestand darauf, dass ihr im Traum Engel erschienen seien, die ihr die Anweisung gaben, dem alten Mann neun Ballen reiner Seide und neun Fässer mit Rosenwasser für seine Beerdigung zu schicken, getragen von fünf zypriotischen Eseln. Sie duldete keinerlei Widerstand gegen diese göttliche Anordnung, so dass ihr Vater sich trotz seines verletzten Stolzes und seiner persönlichen Vorliebe für Geier in der Stunde des Todes gezwungen sah, sich ihrem Willen zu fügen. Als das unerwartete Geschenk wie durch ein Wunder unversehrt eintraf, genas der Türke augenblicklich von seiner Krankheit und fand neuen Gefallen am Leben. Er beschloss, die kleine Hexe zu heiraten, koste es ihn und ihren Vater, was es wolle.

Und es kostete eine Menge. Die Eheverhandlungen, die im Jahr der Seuche begonnen hatten, wurden im Frühling, als sie zum ersten Mal das Zeichen des Frauseins zeigte, wieder aufgenommen und trugen schließlich Früchte, als das Mädchen vierzehn war. Die Geschenke, die ihr Vater nach Damaskus schickte, entsprachen bis zur letzten Goldmünze den Geschenken, die er vom Türken während des ausgedehnten Werbens erhielt.

Im Jahr der Seuche gab der zoroastrische Kaufmann auch der abessinischen Sklavin ihre Freiheit. Nach der Krankheit trug sie stets einen Schleier, um ihr einst wunderschönes Gesicht zu verstecken, aber seine zweite Frau war im Gegensatz zur ersten eifersüchtig. Die erste hatte auf Grund der Visionen ihrer Tochter gelernt, inneren Abstand zu wahren, und war, lange bevor sie starb, bereit für höhere Orte des Schweigens gewesen. Seine neue Frau war alles andere als schweigsam und hatte nicht vor zu sterben. Außerdem hatte sie ihre eigenen Bediensteten aus Bombay mitgebracht, eine flatterhafte Truppe parsischer Gecken, die eine alberne Mischung aus Hindi und Persisch sprachen und die Frauengemächer mit ungewohnten Gerüchen und Gewürzen erfüllten. Auf die Visionen der kleinen Braut reagierten sie mit schrillem Gelächter, was den Stolz der neuen Frau etwas besänftigte, aber sie konnten die finstere Abessinierin nicht vom Altar ihrer Verehrung loseisen. Obwohl sie freigelassen worden war, beschloss die Sklavin, in dem zoroastrischen Haushalt zu bleiben. Man vertraute ihr wegen ihrer Verschwiegenheit, und sie wurde zuerst das Kindermädchen, dann die persönliche Dienerin der Tochter.

Von da an hatte die kleine Braut eine Vertraute. Sie wuchs auf unter dem wachsamen Blick ihrer Dienerin, die an ihre Visionen glaubte und die helle Sprache der Engel anhand der flackernden Schatten verstand, die sie auf die flachen Umrisse des alltäglichen Lebens warfen. So gab es zum Beispiel Tage, an denen sich das Mädchen weigerte, in einen Spiegel zu schauen, aus Angst, dass ihr nicht ihr eigenes Gesicht, sondern der Schatten des dunklen Engels Ahrimans entgegenblicken würde. Weil sie davon überzeugt war, dass dieser verhängnisvolle Schatten durch das Glas schlüpfen und sich ein für alle Mal an ihre Fersen heften konnte, zerbrach sie einmal sämtliche Spiegel im Haus und ließ nur ein poliertes Silbertablett in den Frauengemächern übrig, damit sich die Leute ihrer Identität vergewissern konnten. Es gab auch Nächte, in denen sie nicht schlafen konnte, weil *Ahura Mazdahs* feuriges Kristall die Stelle des Monds einnahm und Mitternacht zu Mittag geworden war, und wenn man dem nicht Rechenschaft trug, würde die ganze Familie bestraft. Sie war ein schwieriges Kind und ließ sich von niemandem etwas sagen außer von ihren Engeln.

Häufig sprach sie mit *Ameretat* und *Haurvatat*, die ihr besonders vertraut waren. Diese Engel, der Engel der Unsterblichkeit und der Engel der Vollkommenheit, jagten der Dienerin Angst ein, denn in ihrem Schlepptau fanden sich häufig die Zeichen von

Tod und Verfall, und sie erzählten dem Mädchen Geheimnisse, die es für sich selbst behielt. Das Mädchen flüsterte sie nur den kleinen Ringen zu, die sie an den Fingern trug, und als die Ringe eines Tages auf unerklärliche Weise verschwanden, wurde es ganz matt, blass und dünn. Nichts, was die Ärzte taten oder empfahlen, zeigte Wirkung, und sein Vater war der Verzweiflung nahe. Als die Dienerin nach einer Weile die Ringe zufällig im Garten fand, vergraben unter den Mandarinenbäumen, führte dieser Fund zu einem schrecklichen Tobsuchtsanfall, der jedoch den Appetit des Mädchens wiederherstellte. Sie weinte, schrie, raufte sich die Haare und verlangte, dass die Ringe sofort wieder in ihre flachen Gräber zurückgebracht würden. Gemäß den Engeln konnten sie nur wachsen und zu den Ringen der Schöpfung werden, so sagte sie, wenn sie ihr Verlangen opferte, ihnen ihre Geheimnisse anzuvertrauen. Wie, so schluchzte sie, konnten ohne dieses Opfer die Finger *Saoshyants* je geschmückt werden? Die Dienerin schloss daraufhin ein Abkommen mit ihr. Sie sollte jeden Tag eine Mandarine essen und im Gegenzug jeden Tag den verschwiegenen Bäumen ihre Geheimnisse erzählen, so dass die Ringe ungestört unter den Bäumen gedeihen könnten, um schließlich dem Retter der Welt würdig zu sein.

Die Engel machten dem Kind auch Versprechungen, die es vor Freude schier verrückt werden ließen, und die Dienerin sah sich gezwungen, die Füße des Mädchens anschließend stundenlang in Orangenwasser zu baden, damit sich sein Herzschlag wieder beruhigte. Eines Tages, als sie gerade dreizehn geworden war, fand die Dienerin sie in dem kleinen Sommerhaus. Sie hatte Granatäpfel geschält, die Schüssel war zu Boden gefallen und zerbrochen, und rubinrote Kerne, zart und zitternd, lagen verstreut auf dem sonnenbeschienenen Boden. Sie befand sich in einer Art Trance und bebte heftig. Der Engel des göttlichen Reichs, *Khshathra Vairya*, sei ihr erschienen, hauchte sie, und habe sie mit den Spitzen seiner Flügel berührt, woraufhin sie hier, sie deutete auf ihren Unterleib, einen schrecklichen Schmerz verspürt habe. Er habe zu ihr gesagt, der Zeitpunkt sei gekommen, dass sie eine Frau würde. Selbstverständlich hatte sie gehorcht.

Sie reagierte stets mit großer Eile auf die Befehle ihrer Engel. Sie ließ ihr dichtes Haar wachsen und färbte es mit Henna, als sie zu menstruieren begann. Mit vierzehn war sie atemberaubend schön, mit einer marmorweißen Haut, rotem Haar und smaragdgrünen Augen. Ihre Dienerin liebte sie in blinder Ergebenheit, wie man sie normalerweise nur von Hunden kennt.

Als man die kleine Braut endlich nach Damaskus schickte, wurde sie selbstverständlich von ihrer Dienerin begleitet. Niemand sonst konnte sich so gut um das verwöhnte, eigenwillige Mädchen kümmern, und sie wollte keine andere Frau als ihre Dienerin. Wenn sie von Visionen heimgesucht wurde, konnte niemand sonst sie unter Kontrolle bringen, und bisweilen verhielten sich ihre Engel wie wahre Tyrannen und waren nur schwer im Zaum zu halten. Sie tollten durch die Frauengemächer und hinterließen verräterische Sirupspuren, schändliche Flecken von zerquetschten Früchten und verkohlte Stellen auf den Teppichen. Gelegentlich drangen sie sogar bis ins *Biruni* vor und experimentierten dort offenbar mit der *Qualun*. Anschließend fanden sich Wasserspritzer und Spuren von Asche auf den kostbaren Kissen aus Seide und Satin. Ihre guten und bösen Geister erforderten ein regelrechtes Gefolge von Dienstboten, um ihre Befehle auszuführen.

Es wurde beschlossen, dass sie die Reise in Begleitung von zwölf bewaffneten Männern zu Pferd und einem Zug aus neunzehn Eseln und Kamelen antreten sollte, mit einem *Farrash-bashi,* der verantwortlich war für die Tiere und ein halbes Dutzend männlicher Diener. Sie selbst würde in einer prächtigen *Takhteravan,* einem eleganten Zelt auf einer hölzernen Plattform, das von vier Maultieren wie eine Sänfte getragen wurde, reisen. Für ihre besonderen und intimen Bedürfnisse stand ihr außer den drei Frauen, die zu ihrer Aussteuer gehörten, als persönliche Dienerin die befreite Sklavin zur Verfügung, für die ihr Vater alles Notwendige an Verpflegung, Wäsche und Silbermünzen bereitstellte.

Zum Erstaunen der Nachbarn, die nur seine genügsamen Gewohnheiten kannten und von dem Ausmaß seines Reichtums nichts geahnt hatten, und zur rechtschaffenen Empörung seiner Frau, die seine Extravaganz an die Grenzen eifersüchtiger Gereiztheit trieb, scheute er keine Kosten und sparte an nichts bei den Vorbereitungen der bräutlichen Reise. Seine Tochter sollte geschmückt wie eine Prinzessin und eines Königs würdig sein. Über ein Jahr lang waren Näherinnen in sein Haus geströmt und hatten kleine goldene Münzen an die Säume ihrer zahllosen Unterröcke genäht. Über ein Jahr lang wurde eine überaus reiche Aussteuer für sie zusammengestellt: Laken aus reinem Damast und Decken aus Kaschmir; wertvolle Teppiche aus Kaschan und Truhen mit Tafelsilber; ein russischer Samowar aus purem gehämmertem Gold und die zweitausendfünfundfünfzig Perlen ihrer Mutter, ganz zu schweigen von den schwarzen Perlen aus Ceylon, die am Tag ihrer Geburt für sie zur Seite gelegt worden waren. Es würde ihr an nichts mangeln, sie besäße mehr, als sie je benötigen würde.

Neben all dem Luxus für ihr persönliches Wohlergehen hatte ihr Vater auch Geschenke für den Türken ausgewählt: ein Schachspiel aus Elfenbein und Ebenholz, eine schöne Kalligraphie im Namen der höchsten Gottheit der Sonne, Anrufungen des Propheten, illuminiert mit Azurblau und Gold, eine brokatene Decke für winterliche Stunden und mehrere Kisten gezuckerter Aprikosen, die seine Tochter liebte. Da der Türke alt und wassersüchtig war, schadete es nichts, für die Witwenschaft seiner Tochter vorzusorgen. Sie würde alles erben, das zumindest hatte er ausgehandelt, zudem hatte er für eine zweite Ehe ein Auge auf einen Prinzen aus Rajasthan geworfen. Er mochte seinem Liebling einmal gestatten, so weit fortzugehen, aber das nächste Mal sollte sie näher bei ihm bleiben, damit er etwas von seinen Enkelkindern hätte. Seine zweite Frau hatte sich als unfruchtbar erwiesen.

Blieb nur noch das Problem der Reiseroute. Der kürzeste Weg von Kirman nach Damaskus wäre den Persischen Golf hinauf und über Basra durch die Syrische Wüste gewesen. Aber das war keine viel genutzte Pilgerstrecke, und eine Braut mit ihrer Aussteuer allein durch die Wildnis von Najd zu schicken, wäre Wahnsinn. Deswegen hätte er sie normalerweise über Land auf den regulären persischen Pilgerstraßen durch die westlichen Provinzen des Landes und über Kirmanschah in den Irak reisen lassen. Aber in dieser Region waren vor kurzem Unruhen religiöser Natur ausgebrochen, und das beunruhigte ihn; in Karbila und Najaf hatten heftige Auseinandersetzungen zwischen den türkischen und den persischen Obrigkeiten stattgefunden, und er wollte nicht, dass seine Tochter unter engstirnigen Schiiten in Bagdad festsäße. Die andere mögliche Route, über das Meer nach Süden, war noch problematischer, denn sie erforderte einen langen Marsch durch die Wüste Arabiens, und obwohl sie offiziell Moslems waren, hieße es, das Schicksal herausfordern, wenn sie sich der heiligen Stadt Mekka zu sehr näherten, wo die kleine Braut auf Gedeih und Verderb fanatischen Pilgern ausgeliefert wäre. Zudem gab es besorgniserregende Gerüchte, wonach wilde Stämme in dieser Region das Banner der Revolte gegen die schwächelnden osmanischen Paschas trugen. Die andere lange Überlandroute – nach Norden, durch Tabris und Armenien – war kaum sicherer. Was war zu tun? Vielleicht sollte die Hochzeit in Kirman gefeiert werden, so dass die kleine Braut unter dem Schutz ihres Ehemannes in ihr neues Zuhause nach Damaskus reisen konnte?

Als er diesen Vorschlag machte, obwohl seine Frau beleidigt war und schmollte und er riskierte, seine ausgezeichnete Verhandlungsposition gegenüber dem Türken zu verlieren, antwortete Letzterer dankenswerterweise prompt. Der alte Mann ließ ihn sofort wissen, dass er die Hochzeit mit seinem *Hadsch* kombinieren wolle und die Braut unter seiner höchstpersönlichen Obhut durch die Schrecken der Provinz Hijaz geleiten werde. Er würde sie, so versprach er, mit Prunk und Pracht durch Mekka und Medina führen. Die Wüste, fügte er hinzu, würde in ihrer Anwesenheit erblühen. Daraufhin zauderte der Zoroastrier nicht länger und beschloss, das Risiko einzugehen und seine Tochter auf dem Seeweg nach Dschidda zu schicken.

Da es eine überaus lange Reise sein würde, ließ sich der Zoroastrier nicht davon abbringen, seine Tochter bis Bandar Abbas zu begleiten. Dort gingen die Boote aus Buschir auf ihrem Weg um die Arabische Halbinsel häufig vor Anker, und hier wollte er ihr Lebwohl sagen und sie mit den Pilgern, die nach Mekka unterwegs waren, nach Maskat und weiter nach Mokha schicken. Er stellte alle geschäftlichen Belange zurück, gestattete sich den Luxus, gegenüber seiner Frau die Beherrschung zu verlieren, und reiste in der *Taktheravan* mit seiner reizenden Tochter von Kirman in die feuchte Hafenstadt Bandar Abbas. Dort erfuhr er, dass die Boote in diesem Winter Pilger nur in Langih aufnahmen, und deswegen musste er weiter die Küste entlang reisen in die kleinere Hafenstadt und dort auf eine Überfahrt nach Arabien warten. Länger und länger dauerte die Reise, immer neue Ausreden fand er, um seine Rückkehr hinauszuzögern. Und die ganze Zeit über wuchsen seine Zweifel und seine Schuldgefühle.

Auf die Seereise sollte jenseits von Dschidda der Marsch durch die Wüste folgen, und der lieferte dem Zoroastrier Grund zu großer Sorge. Die Strecke war berüchtigt für Banditen und bevölkert von fanatischen Moslems. Trotz der Versprechen des Türken, zur Stelle zu sein und seinen kleinen Liebling zu beschützen, befürchtete er das Schlimmste. Während sie auf das nächste Pilgerboot warteten, verbrachte er die Tage in Angst; die Nächte in dem stinkenden Hafen von Langih waren schwül und raubten ihm den Schlaf. Sollte er sie noch weiter begleiten?

Auf Grund der Machenschaften seiner zweiten Frau und zu seinem großen Kummer hatte er keinen männlichen Verwandten oder vertrauenswürdigen Freund aus der zoroastrischen Gemeinde auftreiben können, der willens gewesen wäre, während der langen Reise auf seine Tochter aufzupassen. Das war einerseits ein eindeutiger Beweis dafür, dass sie den Türken unbedingt heiraten musste, andererseits verletzte es den Stolz ihres Vaters. Cousins, auch zweiten oder dritten Grades, lehnten ab, ebenso alle Onkel, denen er vertraute. Er befürchtete Verrat unter den berittenen Männern, Heimtücke unter den Leibwächtern und vollkommene Inkompetenz unter den Dienern, die den Zug begleiteten. Es gab niemanden, der der heiklen Aufgabe, die kleine Braut zu beschützen, gewachsen war, außer ihm selbst. Aber seine Geschäfte zu Hause befanden sich in einem kritischen Zustand und forderten seine sofortige Rückkehr. Er wagte es nicht, noch länger fortzubleiben. Seine Frau war höchst verärgert. Was sollte er tun? Da er kein tatkräftiger Mensch war und die Kunst, Entscheidungen zu treffen, nur ungenügend beherrschte, gab der Zoroaster ein kleines Vermögen für Limonen für seine Tochter aus, während er wieder und wieder zauderte und nicht wusste, wie er sich angesichts dieses Dilemmas verhalten sollte. Und sie verpassten das Boot.

Seine Tochter bekam von alldem nichts mit. Alles, was sie wollte, waren Bäder. Sie trieb ihre Dienerinnen zur Verzweiflung, weil sie aufwendige rituelle Bäder nehmen wollte, während sie warteten. Sie saugte an den Limonen, lag stundenlang träge zwischen Rosenblüten im öffentlichen Bad von Langih und kicherte, während ihre Dienerin ihr die Fußsohlen mit Schnörkeln und Arabesken aus Henna bemalte. Ihr Vater musste an sieben aufeinanderfolgenden Tagen für die Benutzung der Räume im öffentlichen Bad zahlen, um ihre Ansprüche zu befriedigen. Die Sache sorgte für einen Skandal in der Stadt, an den man sich noch Jahrzehnte später erinnerte. Die Leute von Langih bauten dieses Wunder sogar in ihren Volksmund ein, und Mädchen, die zu lange im Bad lagen, wurden als »Bräute unterwegs nach Damaskus« verspottet.

Schließlich, nachdem er über eine Woche in der unerbittlichen Feuchtigkeit auf ein Schiff gewartet hatte, bot sich dem Zoroastrier am letzten Tag seines Aufenthalts in Langih eine, wenn auch zweifelhafte, Lösung des Problems. Der Hindu aus Bombay, der ihn so schamlos hintergangen hatte, ließ sich durch die vermittelnden Dienste des örtlichen *Kad-khuda* erneut bei ihm einführen. Unterwürfig katzbuckelnd tat er so, als wäre ihr Verhältnis nie getrübt gewesen, behauptete, die engen Geschäftsbeziehungen mit dem Türken aus Damaskus wieder aufgenommen zu haben, und stellte sich nun als Geldwechsler vor, der zufällig unterwegs nach Mekka sei. Er bot seine Dienste als Aufpasser für die Tochter des Zoroastrier und als Spion an, der den besorgten Vater in jeder Phase über den Fortschritt der Reise informieren würde. Der Hindu versprach, sich mit Leib und Seele der Sicherheit der kleinen Braut zu verschreiben, sich für ihre Ehre selbstlos zu opfern und ihn sofort davon in Kenntnis zu setzen, sollten sie in widrige Umstände geraten. Für den unwahrscheinlichen Fall, dass es zu ernsthaften Schwierigkeiten kommen sollte, schnurrte er, würde er ihn augenblicklich in Kirman benachrichtigen, und der Zoroastrier könnte sofort Hilfe senden. (Zumindest. Oder schlimmstenfalls.) Er sprach in vertraulichem Gudscharati und widerlich verschwörerischem Tonfall, damit ihn die arabischen Matrosen und persischen Pilger nicht verstanden.

Das war keine verlockende Lösung, und sie beruhigte den besorgten Zoroastrier keineswegs. Sie barg ebenso viele Risiken, wie sie zu vermeiden versprach. Aber besonders komplexe Ängste suchen nur allzu gern nach dem einfachsten Ausweg. Er ließ sich dadurch blenden, dass der Hindu das Vertrauen des *Kadkhuda* besaß, der behauptete, der Inder habe eine spirituelle Wandlung durchlaufen, ja er sei beinahe so etwas wie ein Heiliger geworden. Er war ein liebender Vater, und in seiner Sorge, nicht genug zum Schutz seiner Tochter getan zu haben, beging er den verhängnisvollen Fehler, zu viel zu tun. Er zahlte dem Hindu eine hübsche Summe und übergab dann seine Tochter schweren Herzens den zu rauen Wellen der See und den zu weichen Händen des Geldwechslers.

Sein einziger Trost war, dass die kleine Braut während der Reise keinerlei Visionen von einer unmittelbar bevorstehenden Katastrophe hatte. Im Gegenteil, sie schien die Unannehmlichkeiten der Reise gar nicht zu spüren und war äußerst vergnügt. Kaum in Langih angekommen, gab sie sich mit unermüdlichem Eifer den rituellen Bädern und Limonen hin. Zum Erstaunen ihres Vaters hatte sie mit keinem Wort gegen den Inder protestiert. In der Tat war es so, dass sie in der Nacht, bevor ihm dieses zweifelhafte Ansinnen unterbreitet wurde, träumte, dass der Engel der Rechtschaffenheit sie aufsuchte, ihr eine frohe Botschaft verkündete und einen schlichten Handel vorschlug.

»Er wird all jenen die Zunge herausschneiden, die die Wahrheit mit eigenen Augen sehen wollen«, verkündete sie am nächsten Tag voller Freude den Frauen im öffentlichen Bad.

Trotz ihrer Behauptung, dass dies eine unwiderlegbar wirkungsvolle Methode zur Lösung von Konflikten sei, schienen sich nur wenige der Frauen im Bad ihrer Meinung anschließen zu wollen. Die kleine Braut war betrübt, dass niemand sich ernsthaft dafür interessierte. Es war das einzige Mal während der Reise, dass ihre gute Laune sie verließ und sie niedergeschlagen wirkte.

Später, am Abend, als sie erfuhr, dass der Inder sie begleiten würde, hob sich ihre Stimmung wieder, und zur grenzenlosen Erleichterung ihres Vater hatte sie keine Einwände. In der Nacht träumte sie weder von Gülle noch von Exkrementen in anderer Form, sie hatte keine warnende Vision, dass sie in schmutzigem Wasser ertrinken oder in Schlick versinken würde. Sie würde es doch bestimmt spüren, dachte ihr armer Vater, wenn ein Unglück im Anmarsch wäre. Im Gegensatz zu ihrer skeptischen Mutter hatte der Zoroastrier uneingeschränktes Vertrauen in die Visionen seiner Tochter. Er hatte gegenüber dem Türken sogar auf ihre Stärke gesetzt, denn in seinen Augen war sie kein gewöhnliches Mädchen. Er war überzeugt davon, dass sie von der Wahrheit des Feuers berührt worden war, und das Spirituelle bedurfte des materiellen Ausdrucks, nicht wahr? Sie war nur zum Teil ein Mensch; der andere Teil war Feuer. Und deswegen kostbar.

Aber es schien, als wäre der flammende Teil auf der Reise erloschen. Zwar hatte der Engel der Rechtschaffenheit einen Handel – Sprache für Einsicht – angeboten, aber die kleine Braut schien es vorzuziehen, ihre Visionen einem nicht enden wollenden Strom von Geplapper mit den anderen Frauen im öffentlichen Bad zu opfern. Am letzten Tag in Gesellschaft ihres Vaters war sie flatterhaft und hatte nur Flausen im Kopf. Sie verhielt sich, kurz gesagt, ganz so wie jede andere Vierzehnjährige. Als er ihr schließlich an Bord des überfüllten Pilgerboots nach Dschidda notgedrungen Lebewohl sagte, zitterte sie nicht, noch weinte oder keuchte sie, und sie fiel auch nicht in Trance und schlug um sich, sondern lächelte ihn bezaubernd an und hatte dabei Grübchen in den Wangen. Ja, sie war unbegreiflicherweise nahezu gefühllos, legte kaum sinnliche Empfindsamkeit an den Tag, geschweige denn übersinnliche. Einerseits war er erleichtert, andererseits höchst verwundert und zugleich traurig. Dieser Gemütszustand schützte ihn vor allzu heftigen Gefühlswallungen der einen oder anderen Art. Ihre gesamte Entourage befand sich auf einem Schwesterschiff, das mit doppelt so viel Fracht als zulässig beladen war.

Während der schrecklichen Überfahrt, als die Daus mit ihren flatterhaften Segeln jeden Augenblick zu kentern drohten und eine Ladung Pistazien über Bord ging, als ihre strapaziöse Fahrt von Hafen zu Hafen entlang der südlichen Küste der Arabischen Halbinsel zusätzlich durch heftigen Sturm und Seeleute verzögert wurde, die drohten zu meutern, weil ihr Trinkwasser schlecht geworden war, war die kleine Braut so seekrank, dass ihre Dienerin befürchtete, sie würde das Bewusstsein vollkommen verlieren, aber sie hatte nicht eine einzige Vision. Auch als sie endlich in Dschidda ankamen und keinerlei Anzeichen des Türken und der von ihm versprochenen Eskorte, die sie nach Damaskus begleiten sollte, vorfanden, wirkte sie ganz und gar gelassen. Die Lage war ernst, ernst genug jedenfalls, um einen bedeutungsvollen Traum, irgendeine visionäre Erkenntnis zu verdienen. Aber nichts dergleichen geschah. Der Inder machte ein großes Theater und sandte Botschaften in alle Richtungen, aber die Familie der kleinen Braut reagierte nicht. Als die frommen Moslems erbost Anstoß nahmen an der Verzögerung, die die Verhandlungen mit dem bräutlichen Zug verursachten, blieb das Mädchen weiterhin ganz ruhig. Und als der Inder schließlich behauptete, der Türke wünsche, dass seine Braut trotz aller Gefahren unverzüglich nach Mekka weiterreise, fügte sie sich auch dieser höchst verdächtigen Anweisung, ohne mit der Wimper zu zucken. Es schien, als wäre sie von allen Engeln verlassen.

Gerade wollten sie gemeinsam mit den Pilgern nach Mekka aufbrechen, als eine schneidige Eskorte osmanischer Infanterie am Horizont auftauchte, mit Trompetenstoß und beneidenswertem Selbstbewusstsein. Die Soldaten behaupteten, der Türke habe seinen *Hadsch* bereits durchgeführt, während die Braut in Langih aufgehalten worden war, und befinde sich jetzt in Medina, wo er auf sie warte. Sie verkündeten, dass sie bereit seien, sie über einen Umweg, der in sicherem Abstand an der heiligen Stadt vorbeiführte, zu seiner Eminenz zu eskortieren. Und sie legten versiegelte Dokumente vor, die sehr zur Verlegenheit des Inders und in krassem Widerspruch zu seinen Behauptungen besagten, dass die Braut die heilige Stadt ohne seinen persönlichen Schutz unter allen Umständen meiden sollte.

Aber obschon dadurch bestimmte Dinge geklärt wurden, komplizierten sich andere. Da die Hauptkarawane mittlerweile ohne sie nach Mekka aufgebrochen war, machte die Vorstellung, allein den Umweg durch die gefahrenreiche Wüste zu nehmen, die türkische Eskorte nervös und überaus empfänglich für die Vorschläge des Inders. Die Wege seien wild und gefährlich, behauptete er, auf jedem Pass hätten sie Angriffe von marodierenden Stämmen zu befürchten. Sie waren hier, um die Ehre der Braut zu bewachen, gewiss, aber auch ihre eigene Ehre musste beschützt werden. Das fanden die türkischen Soldaten auch. Und so überzeugte der Inder sie in letzter Minute, dass auch sie Leibwächter brauchten, die er selbstverständlich für sie auftreiben würde. Der Aufbruch verzögerte sich neuerlich.

Aber die kleine Braut war unbeschwert wie ein Singvogel und nicht im Mindesten beunruhigt von dem erneuten Aufschub der Abreise. Sie nutzte die endlosen Verzögerungen, um noch mehr Bäder zu nehmen. Dschidda bot eine größere Auswahl und wesentlich bessere Qualität an öffentlichen Bädern als Langih, und sie schlug ihre Zelte in dem elegantesten Bad in der Nähe des Stadttors Bab Al Mekka auf. Es war weitläufig und lichtdurchflutet und zu jener Zeit berühmt für seine indigoblauen Kacheln. Zum Entsetzen ihrer Dienerin befahl sie, dass mehrere Kisten gezuckerter Aprikosen verkauft würden, um einen besonders hübschen kleinen privaten Alkoven aus weißem Marmor anzumieten. Hier ließ sie sich in Vorbereitung ihrer Hochzeitsnacht erneut das Haar mit Henna färben und jedes einzelne Körperhaar sorgfältig auszupfen. Und hier verbreitete sie sich, glatt wie ein frisch gelegtes Ei, täglich mehrere Stunden in drolligem Arabisch über das Thema Sauberkeit, sehr zum Erstaunen Dutzender Hausfrauen aus Dschidda. Zu dieser Zeit hörte sie auch auf, Knoblauch und Fleisch zu essen. Sie entwickelte eine heftige Abneigung gegen die *Qualun,* der der Inder besonders zusprach. Aber trotz ihrer Zimperlichkeit und zum großen Ärger ihrer Dienerin sagte sie nie ein Wort gegen diesen abscheulichen Mann oder brachte Bedenken hinsichtlich der Lauterkeit seiner Motive oder seiner Gründe für die verzögerte Abreise zum Ausdruck.

Während die Tage verstrichen, zeigte die Dienerin jedoch zunehmend Anzeichen von Nervosität und konnte ihre Aversion gegen den Inder kaum mehr verbergen. Sie andererseits hatte ihn verärgert, indem sie den Führer der türkischen Eskorte aufsuchte und zu größerer Eile drängte. Als die Preise des Inders den Türken schließlich zu hoch wurden, fanden ihre Bitten schließlich Gehör. Sparsamkeit zwang zu Taten, wo die Worte einer Frau versagten. Ein Woche nachdem die Pilgerkarawane Dschidda ohne sie verlassen hatte, brach der Zug der Braut mit seiner martialischen Eskorte auf, einen weiten Umweg um Mekka zu machen und sich dann jenseits der Stadt den Pilgern wieder anzuschließen. Sie zogen im Schlepptau einer kleinen Handelskarawane auf der kaum begangenen Kamelroute in Richtung Nordwesten von Mekka und rechneten ständig mit Überfällen von Banditen, Räubern und wilden Stämmen. Und sie hatten keine Leibwächter. Aber die kleine Braut war trotz dieser Umstände höchst zufrieden.

Die Bedingungen entlang dieser Strecke waren äußerst schwierig, und Bäder waren bald nur noch eine im Gedächtnis haften gebliebene Fata Morgana. Es gab keine Karawansereien, in denen die Braut und ihre Gefolgschaft Schutz finden konnten vor marodierenden Banditen und Stämmen. Sie waren gezwungen, unter freiem Himmel ihre Zelten aufzuschlagen, ganz und gar den Unbilden der Elemente ausgesetzt. Ein Teil ihrer Vorräte verschwand auf geheimnisvolle Weise in den Taschen der Kameltreiber, zum wachsenden Zorn des Inders. Und auch die Kamele wurden zusehends übellauniger und störrischer, denn es gab nur wenige und weit auseinander liegende Wasserlöcher. Es war sehr unbequem.

Aber das schien der kleinen Braut nichts auszumachen. Ihre heitere Gelassenheit beunruhigte die abessinische Zofe. Sie hatte erwartet, dass das Mädchen an jeder Ecke ein Riesentheater veranstalten würde, sie hatte befürchtet, dass ihre Engel unerfüllbare Forderungen stellen würden, und rechnete jeden Tag damit, dass sie verlangen würde, alle Wasserschläuche für ihr persönliches Wohlbefinden zu leeren. Aber die kleine Braut beklagte sich nicht und war zufrieden, sich auf der heißen staubigen Reise mit einem Becher lauwarmem Wasser zu waschen. Sie hatte keinerlei Vorahnungen von einem Unglück, träumte nicht, erlitt keinen Ohnmachtsanfall, hatte keine Vision, bis sie an der heiligsten aller heiligen Städte vorbeigezogen waren und auf die Hauptkarawane stießen, die jetzt mit der üblichen Pilgerschar, tote wie lebende, nach Medina unterwegs war. Nichts deutete auf körperliches Unbehagen oder mystisches Erwachen hin, bis sie am vierten Morgen ihrer Reise die Karawanserei Khulays verließen. Ein paar Stunden später stieß sie einen Schrei aus und wurde ohnmächtig, ihre gesamte Gefolgschaft und alle Pilger und Kamele mussten anhalten. Denn in diesem Augenblick sah sie ihren Engel fallen.

Nachdem die Dienerin ihre Schläfen mit Eukalyptusbalsam eingerieben, ihr Arrak unter die Nase gehalten und sie so wieder aufgeweckt hatte, warf sich die kleine Braut in ihrer stickigen *Takhteravan* hin und her, wand sich wie in Trance. Eine verzehrende Leidenschaft schien von ihr Besitz ergriffen zu haben. Ihre Pupillen waren erweitert, ihr Haar zerzaust, und sie war in Schweiß gebadet. Sie war hysterisch, über alle Maßen erregt, durch nichts zu beruhigen. Sie behauptete, ein Engel sei vom Himmel gestürzt, um ihr eine Botschaft zu überbringen. Sie beharrte darauf, dass die Botschaft neben einem Brunnen auf sie wartete. Sie sagte, es sei lebenswichtig, dass sie sie lese, gleich, sofort, unverzüglich, denn der Engel habe ihr Kunde vom Erlöser, *Saoshyant*, gebracht. Er warte auf sie, mitten im Herzen der frostigen Berge vor ihnen.

»Er hat mir eine Botschaft hinterlassen, wo die Toten und Lebenden gemeinsam trinken«, schluchzte sie. »Er hat sich an mich erinnert. Und ich bin nicht vorbereitet!«

Sie bestand darauf, dass die Zofe die Botschaft sofort holen ließ. Wenn sie die Gelegenheit versäume, die Botschaft des Engels zu lesen, kreischte sie, wäre ihr Leben umsonst. Sie würde auf der

Stelle verrückt werden. Atemlos, erschöpft von ihren eigenen Schreien, flüsterte sie ihrer Dienerin zu, sie habe das Gesicht des Engels gesehen, seine Flügel, sie hätten ihren Körper berührt, überall. Schau! Und sie riss die Perlenknöpfe von ihrer kleinen Bluse und entblößte ihre knospenden Brüste, die vor Verlangen rosig und hart waren. Als die Dienerin versuchte, sie zu besänftigen, kreischte sie wieder, fiel in ihren Armen in Ohnmacht und zitterte am ganzen Körper wie eine Besessene.

Bei all ihrer Wachsamkeit hatte die arme Sklavin nicht mit einer solchen Krise gerechnet, hier und jetzt. Die Kameltreiber wurden ungeduldig, die wohlhabenden Pilger verlangten nach einer Erklärung, die Kamele schnaubten und prusteten unter der Sonne; die ärmeren Pilger hatten ihre liebe Not mit den Eseln, und die Maultiere kamen vom Weg ab. Die Karawane musste weiter. Eine Gruppe Wachmänner, die angeheuert worden war, um einen stinkenden Leichnam zu bewachen, der zusammen mit einer Ladung Geschenke für die Geistlichen zum Friedhof von Al Bakr gebracht werden sollte, fluchten lauthals. Der Inder war zur *Takhteravan* geritten und sprach in Gudscharati durch den Vorhang, fragte in schmeichlerischem Tonfall, ob mit der *Khanum* alles in Ordnung sei. Ein junger schiitischer Mullah, der sich von den anderen Pilgern durch unerträgliche Arroganz und ebensolchen Fanatismus unterschied, stieg von seinem Kamel, lungerte in bedenklicher Nähe der Braut herum und beklagte sich über Frauen, die die Grenzen des Anstands überschritten. Schließlich bahnte sich der Führer der Karawane einen Weg durch den Zug der Braut, um sich barsch nach dem Grund dieses nicht eingeplanten Halts zu erkundigen. Zu diesem Zeitpunkt sah sich die Dienerin in ihrer Verzweiflung gezwungen, der Braut eine in Opiumsirup getränkte Quittenscheibe unter die Zunge zu legen, um sie ruhig zu stellen. Es war nur eine winzige Dosis, gerade ausreichend, um sie für die nächste Stunde außer Gefecht zu setzen. Ihre Schreie waren alles andere als zusammenhangslos.

Vor ihnen befinde sich tatsächlich ein Brunnen, sagte der Karawanenführer unumwunden, ein ausgetrockneter Brunnen neben einem zerstörten Schrein in einer Schlucht, nichts weiter, aber sie könnten dort kurz anhalten, um den Bedürfnissen der Damen entgegenzukommen. Sie könnten aber nicht lange dort verweilen, weil die für den Abend angestrebte Karawanserei noch einige Stunden entfernt war und die Gefahr bestand, dass ein Sandsturm aufkam. Die Winde, die über die am Horizont aufragenden Bergpässe pfiffen, waren bisweilen heimtückisch. Die Wege waren schmal und eng, und die Karawane käme nur langsam voran, ein Tier nach dem anderen, und deswegen könnten sie sich nicht lange aufhalten. Aber er versprach, einen Halt einzulegen.

Bevor sie in eine bleierne Benommenheit versank, rang die kleine Braut ihrer Dienerin das Versprechen ab, rasch jemanden vorauszuschicken. Sie flehte sie an, jemanden zu schicken, um am Brunnen nach der Botschaft des Engels zu suchen. Sie ließ sie bei ihrem Leben schwören, ihr zu willfahren. »Sag ihm, dass ich bereit bin, wenn auch nicht vorbereitet«, hauchte sie, und ihr Kopf rollte über die Kissen wie eine Lilie, deren Stängel geknickt war, als sich die Karawane zwischen dampfenden Haufen Kamelkot langsam wieder in Bewegung setzte.

Kurz vor Mittag hielt die Karawane bei dem eine knappe *Farsang* entfernten Brunnen an. Zur großen Überraschung des Karawanenführers befand sich neben dem alten Schrein ein neu gegrabener Brunnen, aus dem kühles süßes Wasser sprudelte. Er spähte angespannt zum Horizont und gab Befehl, eine Stunde Rast zu machen. Sie sollten diese unverhoffte Segnung nutzen und die Wasserschläuche füllen, aber sie könnten nicht lange genug bleiben, um alle Tiere trinken zu lassen, da sich ihnen eine Sandwolke näherte. Er wollte die schroffen Pässe überqueren, bevor es dunkel wurde.

Als die Karawane anhielt, lichtete sich im Kopf der kleinen Braut der Opiumnebel, aus dem die Erinnerung an den Engel sehr zum Leidwesen der Dienerin unversehrt hervorging. Sie hatte sich weder die Zunge abgebissen, noch stand ihr Schaum vorm Mund, der Anfall war vorbei, aber nicht vergessen. Im Gegenteil, sie war auf geradezu übernatürliche Weise hellwach. Sie war nicht mehr hysterisch, sondern wartete ungeduldig auf die Fortsetzung der Vision. Sie zweifelte nicht an ihrer außerordentlichen Bedeutung und erkundigte sich sofort bei ihrer Dienerin, ob sie ihr Versprechen gehalten und jemand die Botschaft vom Brunnen geholt habe.

Was als Nächstes geschah, war unerklärlich, obwohl das Mädchen nicht überrascht wirkte. Wann immer die Dienerin im Lauf des Tages daran dachte, konnte sie einen Schauder nicht unterdrücken, angesichts der unheimlichen Vorahnungen der Braut. Es gab tatsächlich eine Botschaft, von einem Engel, in einer Satteltasche, und der Inder brachte sie ihr.

Trotz dieses unglaublichen Zusammentreffens von Umständen nahm die Braut die Satteltasche von dem Mann auf eine Art und Weise entgegen, die nahe legte, dass der Sinn seines Daseins hier auf Erden darin bestand, Botschaften von Engeln zu überbringen, dass er nur zu diesem Zweck existierte. Sie nickte ihm kaum merklich zu und streckte wortlos die Arme nach der Satteltasche aus. Sie schien ihn gar nicht wahrzunehmen, als sie die staubigen ledernen Laschen und Gurte an sich presste. Sie verschwendete nicht einen Atemzug, um ihm zu danken, als wäre es offenkundig, dass diese Tat an sich schon Belohnung genug sei. Der Kerl seinerseits wirkte, als hätte es ihm die Sprache verschlagen. Nachdem er ihr die Satteltasche ausgehändigt hatte, stolperte er davon und wurde nie wieder gesehen.

In der Satteltasche befanden sich Dutzende von Botschaften, in Seide eingeschlagen und mit dünner Schnur gebunden. Die kleine Braut drückte ein Bündel an die Lippen und murmelte wie im Fieberwahn vor sich hin. Sie zerriss die Schnur so ungestüm, dass sie ihr in die weichen Finger schnitt, und als sie die Blätter auf ihrem Schoß ausbreitete, waren sie von ihrem Blut verschmiert. Seiten über Seiten waren in dem Päckchen, bedeckt mit einer wunderschönen wispernden Handschrift. Das Mädchen berührte sie sehnsüchtig und wurde vollkommen ruhig. Die Raserei war verklungen. Eine reine, klare Ruhe senkte sich über sie.

Sie befahl ihrer Dienerin, sie allein zu lassen, lehnte jegliche Nahrung ab und wollte nur Wasser aus dem Brunnen trinken. Sie wies sie an, die kupfernen Badekessel vorzubereiten und Wasser für ein rituelles Bad zu erhitzen. Sie sagte, sie wünsche, ihren Körper jetzt den Absolutions- und Reinigungsritualen zu unterziehen. Jetzt sofort. Mitten in der Wüste. Und dann war sie allein in der *Takhteravan* und las die Botschaft des Engels.

Die Anweisungen der Braut wurden gewissenhaft ausgeführt. Wasser wurde aus dem Brunnen geholt, und im Windschutz des zerstörten Schreins wurde ein Feuer entfacht. Zur allgemeinen Verwunderung stiegen mitten in der Wüste die parfümierten Dämpfe eines bräutlichen Bades auf. Das feuchte Wunder von Orangenblüten hüllte alle in eine Wolke der Heiligkeit. Es war ein duftendes Opfer vergeudeter Zärtlichkeit, eine ätherische Zeremonie, die leicht wie eine Feder durch die staubtrockene Luft schwebte. Es blieb länger in den Gedanken haften als der Duft zwischen den wogenden Dünen, und diejenigen, die es erlebten, vergaßen nie die Erleichterung, die es ihnen brachte.

Aber die Prozeduren waren kompliziert und konnten nicht beendet werden, bevor das Signal zum Aufbruch ertönte. Die Braut bestand darauf, dass die Rituale trotz der widrigen Umstände fortgesetzt würden. Sie wies ihre Dienerin an, die Badezuber in der rumpelnden *Takhteravan* aufzustellen, wo nur ein schwankender Vorhang ihre Blöße von der Welt trennte. Es war unvorstellbar, dass es zu einer Verzögerung käme; die Reinigungsriten mussten durchgeführt werden. Der Geruch von parfümiertem Öl und Wasser war stark, stärker sogar als der Gestank des Leichnams. Und die Vorbereitungen waren so aufwändig, dass während der nächsten drei Stunden alle anderen Sorgen vergessen waren. Nichts konnte die kleine Braut von ihrer Aufgabe ablenken.

Nicht einmal ein Sandsturm.

Die Karawane war nicht mehr als eine *Farsang* weitergezogen, als der Sandsturm sie mit voller Wucht traf und sie zum dritten Mal an diesem Tag halten mussten. Aber auch diese zusätzliche Unbill hatte keinerlei Auswirkung auf die Konzentration des jungen Mädchens. Es schien, als hätten sich die Elemente mit ihr zusammengetan, um alle anderen Gedanken zu tilgen und alle

Erinnerungen an die Vergangenheit auszulöschen als Vorbereitung auf eine neue und ungeheuerliche Schönheit. Vom Sandsturm durchgerüttelt und kaum davor geschützt, entkleidete sie sich und wusch sich gewissenhaft in dem dämmrigen Licht der *Takhteravan*, verspritzte Wasser auf die bestickten Decken und seidenen Kissen, während sie im Wind wankten und schwankten. Und als das Bad beendet war und ihre Finger und Zehen erneut mit Henna bemalt waren, bestand sie darauf, dass ihre Dienerin alle Seide und allen Satin zusammenpackte und die Tücher und Decken mit dem Wasser aus der *Takhteravan* entfernte, sie einfach hinauswarf. Denn sie wären jetzt schmutzig und fleckig, beharrte sie, sie wären nass und ihrer Zwecke unwürdig. An ihnen hafte ihr altes Selbst, meinte sie, und sie dürften ihre neue Seele nicht besudeln.

Als die Dienerin kurz versuchte, sie zur Vernunft zu bringen, sie vorsichtig daran erinnerte, dass all die Seide und der Satin zu ihrer Aussteuer gehörten, dass sie von unschätzbarem Wert waren und der Brauch es wollte, dass ein Mädchen die bestickten Tücher aufbewahrte, bis sie sie an ihre eigene Tochter weitergeben konnte, wurde die Braut bleich und zornig. Sie hob eine kleine gebieterische Hand, die Fingerspitzen leuchtend rot wie Flammen, und schlug der älteren Frau ins pockennarbige Gesicht. Sie befahl ihr schrill, den Mund zu halten. Die Dienerin äußerte nicht ein Wort des Protests, sondern krümmte sich vor Schmerz. Es war kein heftiger Schlag gewesen, aber er schien sie überwältigt, entzweigebrochen zu haben. Die kleine Braut sah sie eine Weile kalt an, ohne Zeichen des Bedauerns.

»Es ist an der Zeit, den Brauch zu ändern«, sagte sie knapp.

Dann, die flammende Hand noch immer erhoben, machte sie eine kleine Bewegung mit dem Handgelenk und schickte sechs Monate Arbeit und mehrere hundert Meter bestickten Damast in den Sturm hinaus. Sie war immer schwer im Zaum zu halten, zu kontrollieren gewesen, aber diese neue tyrannische Art war mehr als nur der Eigensinn eines pubertierenden Mädchens. Verglichen damit waren ihre Engel sanftmütig gewesen. Ihre Entscheidungen waren von schrecklicher Bestimmtheit, ihre Befehle beruhten auf einer beängstigenden und absoluten Überzeugung, und ihre Dienerin begann vor Angst zu zittern.

Nachdem sie die nassen Decken und Badezuber hinausgeworfen hatte, musste sie auf Anweisung der kleinen Braut in dem wütenden Sandsturm zu den sich zusammenkauernden Maultieren gehen und aus den ordentlich geschnürten Bündeln und Paketen die Hochzeitslaken holen. Dann befahl ihr die Braut, sie statt der alten Laken, die sie weggeworfen hatte, in der *Takhteravan* auszubreiten: Hochzeitslaken, gesponnen von den fleißigen Seidenraupen, die sich an den fetten Maulbeerbäumen von Kirman satt gegessen hatten, seidene Hochzeitslaken, gewürzt mit Lorbeer und Kardamom, um sie vor dem Ansturm der Motten in den syrischen Bergen zu schützen. Dann, während die *Takhteravan* in dem heulenden Sturm schaukelte, legte sich die Braut auf die Laken und salbte sich an allen intimen Stellen. Während der Wind den Sand gegen die niederkauernde Karawane trieb, putzte sie sich mit all ihren Gewändern und Hosen heraus, Schicht auf Schicht, Münze auf klimpernde Münze. Schließlich unterwarf sie ihr langes zerzaustes Haar den geölten Kämmen und ließ es zu bräutlichen Zöpfen flechten. Ihre Dienerin zitterte so sehr, während sie ihre wunderschönen Locken mit Perlen verflocht, und war so außer sich, dass die kleine Braut sich schließlich gezwungen sah, ihre Hände in die eigenen zu nehmen und ihr Zärtlichkeiten zuzuflüstern. Sie musste diese dünnen kalten Finger mit ihren eigenen kleinen heißen massieren und küssen, bis die ältere Frau sich beruhigte.

Dann bat sie ihre Dienerin, alle ihre lang und weniger lang zurückliegenden Vergehen, alle ihre ungerechten Taten und ihre vielen Grausamkeiten zu vergeben. Diese neue Wendung jagte der armen Frau noch größere Angst ein als die früheren Anfälle und Trancezustände. Das Kind führte in seiner Litanei alles auf außer der Ohrfeige. Abgesehen von dieser bemerkenswerten Ausnahme gab es nicht einen Akt der Mitleidlosigkeit, an den sie sich nicht erinnerte. Mit tödlicher Genauigkeit erinnerte sie alle kleinlichen und unvernünftigen Forderungen, die sie seit ihrem neunten Lebensjahr an ihre Dienerin gestellt hatte, sie nannte die vielen Male, die sie mit dem Fuß aufgestampft, die Papageien angeschrien und den Karpfen aus dem Becken im Hof geworfen hatte. Und sie bat ihre Zofe, ihr jeden einzelnen dieser selbstsüchtigen Akte zu verzeihen. Die kleine Braut küsste die schlanken kalten Hände der Abessinierin und sagte, dass sie des Engels nicht würdig wäre, sollte ihr nicht vergeben werden. Sollte sie ihr nicht vergeben, wären alle Bäder umsonst gewesen und sie wäre immer noch befleckt von den schmutzigen Satinlaken. An dieser Stelle senkte sie in wortloser Scham den Kopf. Ihre Zofe, die wusste, dass das Antimon um ihre schönen Augen neu aufgetragen werden müsste, wenn Tränen flössen, verzieh ihr von ganzem Herzen.

Eine Stunde vor Sonnenuntergang war die kleine Braut fertig. Der Sturm schien in seiner Wut endlich ein wenig nachzulassen. Frohgemut saß sie in der *Takhteravan,* draußen heulte der Wind, ihre Dienerin kauerte zitternd zu ihren Füßen. Ihr Haar war um ihren Kopf geschlungen, ihr Körper war parfümiert, und in der rechten Hand hielt sie ein Bündel in Seide gewickelter Papiere. Es war die Botschaft des Engels. Die Handschrift auf dem Papier trug das Siegel des Verheißenen.

Der Engel, sagte sie zu ihrer Dienerin mit unerschöpflicher Geduld – die Frau schien am Rande ihrer Kräfte, und das Mädchen fühlte sich verpflichtet, ganz leise und ruhig zu sprechen, um ihren verwirrten Geist nicht noch mehr durcheinanderzubringen –, der Engel, wiederholte sie, habe ihr mitgeteilt, dass sie sich auf seinen Ruf vorbereiten müsse. In seiner Botschaft teilte er ihr mit, dass die Welt in die vierte Epoche eingetreten war und Saoshyant vor der Tür stand. Er schickte ihr einen Boten, der sie zum Erlöser führen würde, denn der Kampf zwischen Gut und Böse war endgültig vorbei. Sie bemühte sich, ihrer Dienerin zu erklären, dass das Mindeste, was sie tun konnte, nachdem es neuntausend Jahre gedauert hatte, bis dieser einzigartige und heilige Moment in der Geschichte erreicht war, darin bestand, vollkommen und vollständig vorbereitet zu sein. Nachdem sie ihre Erklärung beendet hatte, küsste sie ihre Dienerin auf den Mund, steckte ihr einen Ring mit einem Karneol, der funkelte wie eine durchsichtige Träne, an den kleinen Finger und sagte der zitternden Frau Lebe-

wohl. Dann befahl sie ihr, sich zu freuen, denn der einzige Grund, in dieser Welt jemals wieder zu weinen, wäre, wenn *Saoshyant* vergessen würde, nach ihr zu schicken.
Die Liebe ihrer Dienerin war absolut. Geformt aus dem Stoff des Gehorsams, befolgte sie auch diesen letzten Befehl ihrer Herrin treu ergeben, drückte das Gesicht gegen den Vorhang der *Takhteravan* und begann hysterisch zu lachen.

Als die Banditen wie ein zweiter Sturm in die Schlucht einfielen, gerade als das Auge der Sonne hinter dem Schleier aus Sand verschwand, war die kleine Braut bereit. Als sie die Karawane mehrere *Farsang* hinter dem ausgetrockneten Brunnen im letzten Aufbäumen des heulenden Sandsturms überfielen, wartete sie. Sie war angekleidet und duftete, sie saß still im Herzen des Sturms, bereit. Gelassen wie ein gepflückter Pfirsich blickte sie ihre Zofe aus mit Antimon umrandeten grünen Augen an und sagte nur: »Siehst du, er hat mich nicht vergessen.«

Was die Dienerin in der Dämmerung unter dem verzerrten Mond sah, waren namenlose Gräuel. Als die Fackeln aufloderten, hob sie die seidenen Vorhänge und sah blitzende Zähne und die Äxte von tausend wilden Männern. Neun Jahrtausende des Kampfes zwischen Gut und Böse waren nicht mit jener Hölle vergleichbar, deren sie ansichtig wurde. Was ihre Zofe durch das Wimmern des Sandsturms hörte, waren die Stimmen der Verdammten am Ende der Zeit, und auch ihre eigenen Schreie waren darunter. Denn während sie vor Angst fast erstickte, wurde sie von dem schrecklichen Schlag eines Banditen getroffen, der wie ein Blitz vorbeiritt und sie niedermähte. Aber die kleine Braut bemerkte nichts von alldem. Sie hörte nur die Trompeten der Rechtschaffenheit, die die Ankunft des Königs der Könige verkündeten. Sie sah nur die Lichter des Himmels, und die Gastgeber der Engel sammelten sich, um auf ihrer Hochzeit zu tanzen. Und ihr Herz jubilierte vor Freude.

Als die grölenden Banditen die *Takhteravan* umzingelten, lag die Dienerin bereits unter den Hufen der panischen Maultiere und sah nicht, wie die Augen des Hauptmanns funkelten, als er hineinspähte und die wartende kleine Braut entdeckte. Sie sah nicht – was schlimmer als der Tod für sie gewesen wäre –, wie das schöne Mädchen getötet wurde. Genauso wenig sah sie, was sie erstaunt von den um sie herum liegenden Toten wieder auferweckt hätte: Sie sah nicht den Ausdruck des Mädchens, als sie sich in die seidenen Kissen legte und auf Leben und Tod wartete.

Als die Braut den Hauptmann sah, erkannte sie in ihm sofort den Boten, den der vom Himmel gestürzte Engel ihr geschickt hatte. Sie wusste, dass er von *Saoshyant*, dem Erlöser der Welt, gesandt war und gekommen, um sie zu Gott zu bringen. In seinen funkelnden Augen sah sie den Erlöser mitten im Herzen eines frostigen Berges. In seinen Gliedern erkannte sie ihn, in dieser, seiner jüngsten Manifestation, wie er auf dem Weg der Mitte dahinschritt. Zu seiner Rechten das Volk der Rechtschaffenheit; zu seiner Linken das Volk der Lüge, und sie war bereit, sich ihm zu Füßen zu werfen. Sie sah eine Flamme vor ihm, und sie wusste, das war Gott, *Ahura Mazdah*, und sie sah einen Schatten hinter ihm, und sie wusste, das war *Ahriman*, und sie wollte alles sein, was zwischen beiden war. Er war der vor der Sonne aufgestellte Spiegel, und sie glaubte an ihn. Er war das vor das Feuer gelegte Kristall, und sie nahm ihn an. Er verlangte nichts von ihr, was sie nicht augenblicklich tun wollte. Er sagte nichts zu ihr, was sie nicht zuinnerst verstand. Zart und zitternd sah sie, wie *Saoshyant* sich vorbeugte, um ihre Seele zu umarmen, und sie wusste, sie würde sterben, um der Ring der Schöpfung am Finger eines seiner Diener zu sein. Als der Hauptmann den Vorhang der *Takhteravan* auseinanderriss, am Wendepunkt des neunten Jahrtausends, in der vierten Epoche der Zeit, bot sie sich ihm von ganzem Herzen dar, damit er sie auf der Stelle zu ihrem Geliebten brächte.

Verwirrt von dem Ausdruck in ihrem Gesicht und dem Blick in ihren Augen, an den er sich bis ans Ende seiner Tage erinnern sollte, schlitzte ihr der Hauptmann die Kehle auf und stieg mit einem ordinären Fluch auf den Lippen wieder aus der *Takhtevaran*. Er ergriff eine Fackel, die auf einem Haufen abgeschlachteter Esel loderte und innerhalb von Sekunden brannte die *Takhteravan*.

Als die Flammen an den Vorhängen emporzüngelten und die Wasserschläuche zu zischen und dampfen begannen, stolperte er davon, den Duft nie gekannter Schande in der Nase. Zuvor versetzte er dem Kopf eines toten Mannes, der in Leichentücher gewickelt in der Nähe lag, einen heftigen Schlag. Er sollte sich später, zu seiner eigenen Verwunderung, an diesen unrühmlichen Vorfall erinnern, bei dem er eine Leiche getötet hatte, weil er eine Jungfrau nicht vergewaltigen konnte.

In der Nähe nieste ein beladenes Maultier, schüttelte unter leisem Klimpern des Zaumzeugs den Kopf und legte die Ohren flach an, während der Rauch der bräutlichen *Takhteravan* es einhüllte. Angewidert von dem stechenden Geruch, wandte es sich ab, als der Hauptmann vorbeitorkelte; unbemerkt von den anderen Banditen stahl es sich in die Dunkelheit der Dünen davon. Und so, durch das Wunder misshandelten Dufts in der Wüste, unterdrückte es den Impuls zu iahen und entging dem Tod.

Der Hauptmann

Am nächsten Tag suchte der Hauptmann in der Schlucht nach dem zerschmetterten Leichnam des Beduinen, fand aber nur ein Häufchen Asche und Reste verbrannter Knochen. Nichts war entzifferbar. Und die Satteltasche war verschwunden.

Der Beduine war für den Hauptmann immer so etwas wie eine Geheimschrift gewesen, ein Geheimnis, ein Rätsel. Er hatte seinen Führer nie durchschauen können, obwohl er sich in anderer Hinsicht durchaus für einen klugen Mann hielt. Jedenfalls kannte er sich mit den Schwächen anderer Menschen aus. Einst war ihm gesagt worden, dass er unter einem Glücksstern geboren sei, und er hatte das immer geglaubt, obwohl er stolz darauf war, jemand zu sein, der die Sterne befehligte und nicht ihren Befehlen folgte. Frauen fürchteten ihn, Männer gehorchten ihm, und Führerschaft war sein Schicksal. Und das verdankte er allein seinem Willen und seinem Einsatz, nichts sonst. Sein Leben war hart gewesen, er schuldete niemandem etwas.

Als junger Mann hatte er gezwungenermaßen mehrere Jahre lang im Dienst eines grausamen Scheichs gestanden, und einmal, in einem Anfall weißglühender Wut, hatte er einen Mann umgebracht und fliehen müssen, um sein Leben zu retten. Daraufhin hatte er entschieden, dass er nie mehr den Befehlen eines anderen gehorchen würde. So durchstreifte er die einsamen Bergpässe auf der Suche nach Möglichkeiten, sich an den Reichen und Mächtigen zu rächen. Er war entschlossen, sein eigenes Scheichtum zu besitzen und derjenige zu sein, der die Befehle erteilte. Im Lauf der Zeit scharte er eine Bande rücksichtsloser Rohlinge um sich, die die Verzweiflung in die Gesetzlosigkeit trieb, denen das Schicksal jedoch einen vergleichbaren Willen zur Macht versagte. Sie waren seine Leibeigenen, und er wurde nicht nur sein eigener Herr, sondern auch der ihre. Das war befriedigend, aber keineswegs überraschend. Er erwartete nicht weniger vom Leben, als es sich untertan zu machen.

Er war von schneller Auffassungsgabe, hatte einen klaren Verstand, einen starken Körper und Zähne so weiß, wie sein Bart schwarz war. Obwohl er bereits in seinem vierzigsten Lebensjahr stand, hatte er noch nicht ein einziges graues Haar auf dem Kopf, und bei seinen Überfällen sammelte er Konkubinen, die hellhäutiger waren als die Frauen in den Palästen der Scheichs. Zu seiner Bande gehörten kräftige Männer, die bereit waren, auf seinen Befehl hin zu sterben. Seit Jahren konnte er jetzt die Pilger entlang der Straße zwischen Mekka und Medina ausplündern, weil er einen Beduinen hatte, der die Geheimnisse der Dünen kannte. Sein Beduine führte ihn zu einem Schatz, lange bevor seine Rivalen überhaupt wussten, dass es etwas zu holen gab, und brachte ihn wieder in Sicherheit, bevor die Opfer merkten, dass sie ausgeraubt worden waren. Deswegen stand er vermutlich in dem Ruf, ein kluger Mann zu sein. Aber die Natur des Beduinen konnte er nie wirklich durchschauen. Er war ihm ein Rätsel.

Als dieser Führer ihn eines Nachts im Stich ließ und in die Wüste verschwand, spürte der Hauptmann in seinem Herzen eine Furcht, die tiefer saß als die Angst vor der Gefahr: Zum ersten Mal begann er daran zu zweifeln, dass die Sterne auf sein Kommando hörten. Er hatte der Wüstenratte vertraut. Er hatte ihn vor allen anderen ausgezeichnet und beabsichtigt, ihm Geschenke zu machen, die diesen unruhigen Geist unwiderruflich an ihn binden sollten. Der Gedanke, dass er seinem Sklaven in jener Nacht, als er davonlief, sogar gestattet hatte, aus seinem eigenen Becher zu trinken, hinterließ in seinem Mund einen gallebitteren Geschmack. Er hatte diesen Mann für immer in seine Dienste pressen wollen, aber etwas an dem Beduinen war ihm entgangen. Etwas an ihm entzog sich seiner Kontrolle. Der Rest seiner Männer war unterwürfig, aber dieser nicht. Er wusste nicht, was es war, denn der Kerl war ein Schwächling und ein Feigling, wenn es um körperlichen Kampfeinsatz ging. Er hatte keinen Mumm zu kämpfen, keine Lust auf Blut. Er konnte nicht mal reiten. Aber er konnte laufen.

Nachdem der Beduine desertiert war, schwor der Hauptmann Rache, aber er glaubte nicht wirklich an seinen eigenen Schwur. Er wusste, dass der Beduine nie wirklich zu seinen Ergebenen gehört und deswegen auch keinen Vertrauensbruch begangen hatte. Er war ihr Amulett gewesen, ihr Glücksbringer, ein Geschenk, aber nie ihr Eigentum. Warum er sie jetzt verlassen hatte, zu diesem Zeitpunkt, als die Möglichkeit auf reiche Beute winkte, war dem Hauptmann ein Rätsel, das ihn mit bösen Vorahnungen erfüllte.

Aber vor ihnen lag ein viel versprechender Raubzug, und seine Männer waren trotz dieses rätselhaften Verlustes noch immer seine Leibeigenen. Eine mit sagenhaftem Reichtum beladene Karawane wurde erwartet, und obschon die Gerüchte einander widersprachen, wollte sich der Hauptmann die Gelegenheit keineswegs entgehen lassen. Es wurde von einem bräutlichen Zug gemunkelt, der auf der Kamelroute aus Dschidda kommen sollte, und von einer Leiche aus Mekka; auch von einem Kaufmann war die Rede, aber niemand wusste genau, ob Letzterer in Geschäften oder auf Pilgerreise unterwegs war. Niemand wusste außerdem, wann die Karawane die Küstenstraße nach Rabigh erreichen würde, weil sie so oft aufgehalten worden war. Aber der Hauptmann hatte ein Auge geworfen auf die Aussteuer der Braut und die Opfergaben, die den Leichnam in den Himmel begleiten sollten. Und obwohl niemand mit Sicherheit sagen konnte, wie reich der Kaufmann tatsächlich war, so war der Hauptmann doch entschlossen, die Karawane zu einem Zeitpunkt und an einem Ort zu überfallen, wo alle Vorteile auf seiner Seite wären und nichts dem Zufall überlassen bliebe.

Zusammen mit dem Beduinen hatten die Räuber den Plan ausgeheckt, die Karawane eine Stunde vor Sonnenuntergang ein paar *Farsang* von den Bergen von Dafdaf und dem Tal von Khulays entfernt zu überfallen. Es war der ideale Ort und zudem vollkommen isoliert gelegen, an einem schmalen Pass in den Bergen, von dem sie über geheime Pfade durch die Dünen direkt zu ihrem Lager gelangen konnten. Es war unmöglich, dass Hilfe aus Khulays käme, und zu dieser Stunde war es absurd, Rettung aus Towal, der Karawanserei an der Küste, zu erwarten, wo sich die Küstenstraße mit der Straße nach Medina kreuzte und Karawanen übernachteten. Es war der Beduine gewesen, der Zeit und Ort des Überfalls vorgeschlagen hatte, und der Hauptmann sah keinen Grund, den Plan zu ändern, auch nachdem der Beduine verschwunden war.

Um seine eigenen Zweifel auszuräumen und den Anschein einer unabhängigen Entscheidung vorzutäuschen, fasste er augenblicklich den Plan, die Einzelheiten des Hinterhalts zu überprüfen. Er schickte ein paar Männer in die Berge von Dafdaf, die ihn informieren sollten, sobald sich Reisende aus Dschidda oder Mekka näherten. In Khulays, dem vierten Halt auf der Straße von Mekka, befand sich eine kleine Karawanserei, und auch dorthin schickte er Späher. Er sandte zudem ein paar Männer zum fünften Halt, Towal, die ihn benachrichtigen sollten, falls sich jemand von der Küste näherte. Er würde am Ort des Überfalls auf sie warten, so sagte er, auf dem windigen Bergpass von Dafdaf, dort hätte er alles unter Kontrolle. Später wäre noch Zeit genug für Rache. Sollte der Verräter zuerst von seinen eigenen Phantasien verfolgt werden, bevor er die Klinge des Messers spürte. Der Beduine war ein Narr, so sagte er sich; durch diesen Überfall hätte er reich werden können, wäre er bei ihnen geblieben.

Drei Tage und Nächte warteten er und seine Männer auf den Kaufmann und seine Karawane. Um den Führer, der sie im Stich gelassen hatte, kümmerten sie sich drei Tage und Nächte nicht. Aber niemand von Bedeutung kam vorbei. In der dritten Nacht brachte der Spähtrupp die Nachricht, dass im Khan von Khulays Reisende aus Mekka eingetroffen waren, aber sie waren offensichtlich Pilger und entsprachen nicht der Beschreibung, die der Hauptmann im Kopf hatte. Offenbar handelte es sich nicht um einen reichen Kaufmann, von einer aus Eseln bestehenden großen

Karawane keine Spur. Es gab nur ein Kamel, und die Satteltasche, die es trug, schien nichts Besonderes zu enthalten. Die Reisenden hatten nur das Nötigste bei sich: Holzkohlen, einen Kessel, einen Sack mit Datteln und einen Wasserschlauch. Der Hauptmann befahl, die Pilger nicht zu behelligen.

Er wurde jedoch ungeduldig und ritt in der dritten Nacht zu seinem Spähtrupp. Seine Männer versteckten sich eine *Farsang* von Khulays entfernt. Nicht an der Stelle, die ihnen der Beduine gezeigt hatte, neben dem Brunnen am zerstörten Schrein von Abwa, sondern auf der anderen Seite der Schlucht, am Fuß einer hohen Felswand in den Bergen von Dafdaf. Dort war es immer schattig, meinte der Hauptmann, und sicher.

Als der vierte Morgen dämmerte, sah er die drei Reisenden auf der anderen Seite der Schlucht neben der Ruine anhalten. Zweifellos hatten sie die Karawanserei in der kühlen Stunde vor Tagesanbruch verlassen, und jetzt schienen sie sich auf das Morgengebet vorzubereiten. Sie waren, wie berichtet, arm und unbedeutend. Gewiss, der schwarze Sklave hätte auf dem Markt einen guten Preis erzielt, doch der Hauptmann hatte in diesem Jahr schon genug Sklaven verkauft, und man sagte, dass der Handel zur Zeit keine Gewinne einbrächte. Der Junge, der zu Fuß ging, hatte blutige Sohlen, und der junge Mann in Pilgertracht war überhaupt nichts wert, trotz seines grünen Turbans, der auf eine angebliche Abstammung vom Propheten hinwies. Der Hauptmann gab seinen Männern wortlos ein Zeichen, sie in Ruhe zu lassen.

Aber als die Pilger zu beten begannen, schlich hinter der Ruine ein Schatten hervor. Ein schmaler, dünner Schatten, zerlumpt und dunkel. Ein Schatten mit langen Armen und Beinen, die sich wie eine Fata Morgana auflösten, als er rannte. Der Schatten ergriff die Satteltasche, die im Sand neben den Pilgern lag, und lief dann direkt auf sie zu, was die Banditen verwunderte und den Hauptmann faszinierte. Es war der Beduine! Er lief mit der Satteltasche im Arm auf sie zu. Entweder ist er ein Narr, dachte der Hauptmann, weil er sein Leben für eine Tasche mit frommen Sprüchen riskiert. Oder er ist mir doch treu ergeben und bringt mir die Beute.

Die Banditen murmelten nervös vor sich hin. In ein paar Sekunden würde der Beduine sie erreicht haben. Er würde die Aufmerksamkeit der Pilger auf sie lenken. Der Hauptmann signalisierte ihnen, sich mucksmäuschenstill zu verhalten. Hatte der Dieb sie bemerkt? Aber er lief an ihnen vorbei und blieb nicht stehen. Er redete mit sich selbst, in japsenden, unzusammenhängenden Sätzen. Er schien sie überhaupt nicht zu bemerken und verhielt sich ganz bestimmt nicht wie ein Jagdfalke, der zu seinem Herrn zurückkehrt. Die Banditen machten Anstalten anzugreifen. Wieder gab der Hauptmann das Zeichen, sich nicht zu rühren, während sie innerlich vor Ungeduld kochten. Der Dieb kam so nahe an ihnen vorbei, dass sie das Weiße seiner Augen sehen konnten; sie hörten ihn keuchen.

Der Hauptmann sah zu, wie aus Stein gemeißelt. Nichts bewegte sich außer seinen Augen. Die Pilger blieben im Sand liegen und ließen den Dieb davonlaufen. Offensichtlich waren sie mehr daran interessiert zu beten, als ihn zu verfolgen. Nicht einmal der schwarze Sklave rannte ihm nach. Sein Urteil war korrekt gewesen: Die Satteltasche war wertlos. Aber warum hatte ihn sein Führer wegen so einer Kleinigkeit verlassen? War das reine Torheit, oder steckte ein schändlicher Plan dahinter? Bei diesem undurchsichtigen Beduinen konnte man nie sicher sein.

Seine Männer wunderten und ärgerten sich. Warum ließ ihr Hauptmann den Kerl entkommen? Warum verhielt er sich so wie die Pilger? Warum hatte er ihnen nicht befohlen, den Verräter zu ergreifen und auf der Stelle umzubringen? Die Satteltasche mochte wertlos sein, aber was war mit Rache? Sie ärgerten sich ungeduldig, witterten eine Ungerechtigkeit, waren eifersüchtig, ängstlich.

Aber des Hauptmanns Verlangen nach Rache ging über einen simplen Dolchstoß in den Rücken hinaus. Er ließ den Dieb nicht aus den Augen, als er sich das Stück Leder auf den Rücken schnallte. Er beobachtete unversöhnlich, wie der Beduine den Felsen hinaufzuklettern begann und dabei immer wieder mit den Füßen abrutschte. Während er zusah, breitete sich langsam ein grausames Lächeln auf seinen Lippen aus. Der Beduine kletterte hinauf, mühsam, Zentimeter für Zentimeter. Die Felswand war nahezu senkrecht. Steine brachen unter seinen Füßen weg. Er kämpfte sich auf allen vieren nach oben, klammerte sich an den unbarmherzigen Felsen, plapperte vor sich hin, fluchte. Der Hauptmann biss die Zähne zusammen, fest, seine Augen wie behauener Stein; das Lächeln hinterließ eine Narbe in seinem Gesicht, nahezu so dunkel und grausam wie der Felsen selbst. Er mochte ein wenig lieben können, aber hassen konnte er wesentlich besser. »Aha«, murmelte er durch seine zusammengebissenen Zähne, »die kleine Sandschlange versucht, mich um eine Satteltasche zu bringen, was? Er glaubt, meinen Händen ebenso leicht entgehen zu können wie denen der Pilger? Soll er verfaulen und von den Geiern zerfleddert werden, bis er seine Dummheit einsieht!«

Er spuckte einen lautlosen Fluch gegen den Felsen und flüsterte seinen Männern rasche Befehle zu. Er wollte dem Beduinen folgen, heimlich, hinter seinem Rücken; er würde hinter ihm die Felswand hinaufklettern, sagte er. Er befahl ihnen, in Windeseile auf die andere Seite der Felswand von Al Daf zu reiten, und dann sollte sich die ganze Bande lautlos wie Eulen oben versammeln. Sollte der Verräter ihn hören, würde er ihn bei den Fersen packen und von den Felsen baumeln lassen. Wenn es ihm gelänge, ihm unbemerkt zu folgen, würden sie erfahren, wo sich der Verräter versteckte, und könnten ihm die Kehle aufschlitzen, wenn er am wenigsten damit rechnete.

Beunruhigt von seinem wilden Ausdruck und von den Ereignissen verwirrt, wagten es die Banditen nicht, ihn an die Karawane oder den Überfall zu erinnern. Wenn ihr Hauptmann Befehle erteilte, mussten sie gehorchen.

Als der Dieb seine Höhle erreicht hatte, saß er in der perfekten Falle. Der Hauptmann wartete, bis der Beduine in der Felswand verschwunden war und sich in der Höhle in Sicherheit wähnte, bevor er sich selbst ganz nach oben arbeitete. Dort traf er auf seine Männer und brachte sie zum Versteck des Diebs. Diese Art Rache war wahrhaft süß, denn der Dieb konnte nicht nach oben klettern, ohne gemeuchelt zu werden, und die andere Alternative bestand darin, dass er unten in seinem Loch verhungerte. Eine dritte Möglichkeit sah der Hauptmann nicht.

Er war ein heimtückisches Geschöpf, dieser Beduine. So glitschig wie eine Schlange. Er hatte ihn nie verstanden, dachte der Hauptmann. Als der undurchschaubare Kerl sich mit der Satteltasche vom Felsen hinabstürzte, lösten sich alle Möglichkeiten der Rache in Luft auf.

Der Hauptmann war seinen sich verdüsternden Gedanken ausgeliefert. Warum der Mann sich dazu entschlossen hatte, sich auf diese Weise umzubringen und ein wertloses Stück Leder mit in den Tod zu nehmen, war ein noch wesentlich größeres Rätsel als seine Flucht. Warum er sein Leben unlösbar an dieses Stück Leder gebunden hatte, nur um sich damit in den Abgrund zu stürzen, war jenseits aller Logik und Vernunft. Was um alles in der Welt war in dieser Satteltasche, dass er sie nicht hergeben wollte? Entweder hatte er den Verstand verloren, oder es steckte doch mehr in der Tasche, als es den Anschein hatte. Der Hauptmann verspürte einen Übelkeit erregenden Stich, als er seinen Führer auf den Felsen aufprallen sah. Ein unangenehmer Geschmack säuerte seinen Mund, als ihm klar wurde, was für ein Narr er gewesen war. Die Satteltasche musste einen Schatz enthalten.

Aber genau in diesem Augenblick erregte etwas anderes seine Aufmerksamkeit, etwas, was am Horizont glitzerte. In den fernen Dünen bewegte sich ein Fleck. Etwas Vergessenes näherte sich auf der Straße von Mekka. Dort, wo sie bei Khulays auf die Küstenstraße traf. Erst als ihm der Schatz des Beduinen entglitten war, erinnerte er sich an den weit größeren Schatz, der auf ihn wartete. Da war die versprochene Beute. Da war der Schatz, der die Sonne untergehen lassen würde. So wie es aussah, war eine Leiche dabei, und das verhieß allemal Reichtum. Und diese protzige Sänfte konnten nur zu einer Braut gehören, und das verhieß Aussteuer. Die Karawane!

So heftig war sein Durst nach Rache gewesen und so tief der Zweifel, den ihm das Verschwinden seines Führers verursacht hatte, dass er die Karawane vergessen hatte, bis er sie nun erblickte. Sie musste die Nacht über in der Wüste Halt gemacht haben, oder sie war in Khulays eingetroffen, nachdem seine Späher in der Nacht zuvor aufgebrochen waren, um mit ihm zum Brunnen zu reiten und sich zwischen den Felsen zu verstecken. Wenn sein Auge ihn nicht täuschte, war sie jetzt nur noch eine halbe *Farsang* entfernt. Dort unten sollten die Banditen jetzt sein, in diesem Augenblick, bereit für den Angriff. Es war keine Zeit zu verlieren. Wenn man sie hier oben entdeckte, hatten sie womöglich ihre Chance verspielt.

Gnadenlos und mit einem Gefühl der Ohnmacht, das ihm fremd war, befahl der Hauptmann seinen Männern, schnell über die gefährlichen Bergpässe von Dafdaf zu reiten, die hohe Felswand zu umrunden und sich in der Schlucht zu sammeln. An den Beduinen und die Satteltasche verschwendete er keinen Gedanken mehr. Sie würden am Brunnen angreifen müssen für den Fall, dass sie gesichtet worden waren. Sie würden ihren Plan ändern und sofort angreifen müssen, sagte er, bei der Ruine von Abwa. Sie hatten keine andere Wahl. Es war kein guter Platz für einen Hinterhalt, aber es war zu spät, um den ersten Plan auszuführen. Er würde seine Männer aufteilen und die Karawane von zwei Seiten angreifen. Er schätzte, dass selbst wenn sie entdeckt worden waren, die Karawane nicht genug Zeit haben würde, Verteidigungsmaßnahmen zu ergreifen. Aber er hatte seinen Vorteil verspielt, und das Risiko war groß. Er verfluchte sein mangelndes Urteilsvermögen, weil er sich auf die Verfolgung des Beduinen eingelassen hatte.

Nachdem sie die Berge umrundet und den Brunnen im Tal von Khulays erreicht hatten, rechnete er damit, auf die Karawane zu stoßen. Der Entfernung und ihrer Geschwindigkeit nach zu schließen, musste sie jeden Augenblick eintreffen. Er teilte die Bande auf und ließ sie auf beiden Seiten der Schlucht Stellung beziehen. Schweigend und mit pochenden Herzen beobachteten sie den Horizont. Niemand kam. Sie warteten eine weitere halbe Stunde. Immer noch nichts.

Das war unfassbar! Hatten sie sie verpasst? Hatte der Karawanenführer sie erspäht, als sie weithin sichtbar oben auf dem Felsen standen, und einen Umweg gemacht, um die Ruine zu meiden? Hatte sich die Karawane nach Norden gewandt und war quer durch die Wüste auf den wenig begangenen Kamelrouten nach Buraykah und Hamamah weitergezogen, wo, wie er wusste, die Männer vom Stamm *Harb* lauerten, und würde er deswegen die Beute an seine Rivalen verlieren? Der Hauptmann knirschte vor Wut auf den Beduinen mit seinen schönen weißen Zähnen – sollten sich die Aasgeier an seinem Leichnam gütlich tun. Einzig der Dieb war am Fehlschlagen all seiner Pläne schuld. Sie wären bereit gewesen, und er hätte die Lage vollkommen unter Kontrolle gehabt, hätte diese Wüstenratte sie nicht vom Ort des Hinterhalts weggelockt. War es möglich, dass sie die Gelegenheit, ein Juwel von Karawane auszurauben, beladen mit Fässern voll Öl und Säcken voll Reis, mit Beute würdig einer Braut und ausreichend, um einen Leichnam in den Himmel zu schicken, verpasst hatten nur wegen der Satteltasche eines Narren?

Ohne weitere Zeit zu verlieren, schickte er zwei Späher los, um die Sache überprüfen zu lassen: einen in Richtung Mekka, den anderen in Richtung Medina. Und dann wartete er, wie es schien, wieder eine Ewigkeit.

Auf der Straße nach Medina, so berichteten seine Späher atemlos, befanden sich, ein paar *Farsang* von der Karawanserei von Towal entfernt, nach wie vor die drei Pilger, die sie schon am Morgen gesehen hatten; aber auf der Straße nach Mekka hatten sie die Karawane erspäht, die mitten in der Wüste hielt, eine halbe *Farsang* von der Karawanserei von Khulays entfernt. Sie befand sich unter den überhängenden Bergen von Dafdaf. Die Karawane hatte sich nicht von der Stelle fortbewegt, an der sie sie von oben auf dem Felsen gesichtet hatten.

Der Hauptmann war verwirrt. Warum dieser unvorhergesehene Aufenthalt? Warum dieser Halt zwischen den beiden Karawansereien? War das ein Omen? Spielte es in seine Hände, oder war es ein Zeichen, dass ihm etwas entglitt? Er kniff die Augen zusammen und blickte zur anderen Seite der Schlucht, zu einer Stelle unter der hohen, steilen Felswand. Von dort, wo er stand, konnte er nichts erkennen, aber hoch oben zogen die Aasgeier ihre Kreise. Er war zufrieden. Es war ein gutes Omen. Die Beute lag noch immer in seiner Reichweite. Er befahl seinen Männern zu warten und spähte zunehmend aufgeregt zum östlichen Horizont. Jeden Moment konnte jetzt sein Preis auftauchen!

Aber statt der Kamele und Esel, statt der Soldaten, Wachen und Pilger, die die Räuber erwarteten, statt der Karawane tauchte ein einzelner Mann am Horizont auf. Als er näher kam, sah der Hauptmann, dass es ein kleiner fetter Mann auf einem Maultier war. Das Maultier schien nichts weiter zu tragen außer der nicht unerheblichen Last des Reiters. Der wirkte zerstreut und schaute sich des Öfteren um. Er betrachtete die rote Bergkette von Dafdaf zu seiner Linken und die weißen, heißen Dünentäler von Khulays zu seiner Rechten. Er schien nicht zu wissen, wohin er wollte.

Der Hauptmann beobachtete ihn argwöhnisch, als er sich dem Brunnen näherte. Der Mann war nervös und warf wiederholt Blicke zu den Schatten unter der Felswand. Er murmelte vor sich hin und fluchte laut. Dann zog er eine Trinkflasche aus seiner Tasche, schluckte den Inhalt und lenkte das Maultier zu genau der Stelle, an der die zerschmetterte Leiche des Beduinen liegen musste.

Der Hauptmann und seine Männer wurden unruhig. Wohin wollte dieser Mann? Warum steuerte er auf die Felswand zu? Wusste er etwas über die Satteltasche? Über den Beduinen? Als er an ihnen vorbeitrabte, gab der Hauptmann zwei seiner Banditen das Signal, ihn gefangen zu nehmen. Lebend.

Sie zerrten den Kerl, der um sich trat und weinte, zusammen mit seinem Maultier in die Ruine, wo sie ihn zu verhören begannen. Er schien Ausländer zu sein, weder Araber noch Perser, weder Christ noch Jude, und er hatte Todesangst. Sie hielten ihn an der Gurgel, und seine Froschaugen verdrehten sich in seinem Gesicht, als er den Hauptmann anstarrte; sein Doppelkinn bebte, als er von einem Banditen zum anderen glotzte; aus seinem Mund tropfte Speichel, als er zu reden versuchte. Er sei nur ein einfacher Geldwechsler, ein armer ehrlicher Sunnit aus Karatschi, keuchte er, der seinen *Hadsch* zu der heiligsten aller heiligen Städte unternommen habe. Er sei nur ein einfacher Mann, der in der

Moschee von Medina seinen Respekt bezeigen wolle. Gott solle ihn tot umfallen lassen, wenn er log, wirklich, er habe seinem Beruf abgeschworen, um sich für die Pilgerreise zu reinigen, und habe nichts, was er ihnen geben könne, nichts, schaut nur, außer diesen paar Silbermünzen …

Der Kerl stank nach Arrak und Heuchelei. Sie traten ihn ein bisschen, der Form halber, und zogen ihn bis auf die Haut aus, und zum Erstaunen des Hauptmanns sagte er die Wahrheit. Seine Taschen enthielten ein paar Silbermünzen; er besaß nichts Wertvolles, nur ein paar billige Schmuckstücke um den Hals und einen goldenen Armreif, den sie ihm umstandslos abnahmen. Der Hauptmann interessierte sich nicht für sein beflissenes Angebot, die Banditen mit verbotenem Alkohol zu versorgen, den er zu einem ausgezeichneten Preis von ihm bekannten parsischen Händlern beziehen könnte. Auf seinem fetten Bauch befand sich die schlechte Tätowierung einer Rose. Den einzigen Körperteil, den einem solchen Mann zu entfernen sich der Hauptmann die Mühe gemacht hätte, besaß er bereits nicht mehr.

Der Sunnit aus Karatschi bestritt vehement Kenntnis von oder Verlust einer Satteltasche. Aber er bestätigte bereitwillig, dass er mit einer Karawane unterwegs sei. Diesbezüglich war er überaus gesprächig, und er wusste genau, wie viele berittene Soldaten, wie viele Soldaten zu Fuß, wie viele Wachmänner, Kamele und Maultiere, männliche und weibliche Dienstboten aus Richtung Mekka auf sie zukamen, nur eine *Farsang* entfernt. Warum hatte er sich von ihnen getrennt und ritt allein voran? Auf diese Frage wusste er keine präzise Antwort, nannte keine klaren Gründe und murmelte nervös etwas vor sich hin, errötete sogar leicht, als man ihn unter Druck setzte. Und er wurde durchaus unter Druck gesetzt. Aber zu diesem Thema entlockten sie ihm nicht mehr als einen kleinen ratlosen Schrei, der in einer Flut von Tränen und ein paar zusammenhanglosen Vorwürfen gegen Zoroastrier und Juden gipfelte. Stattdessen erzählte er ihnen alles über den Reichtum der Braut. Er sei sagenhaft, stieß er keuchend hervor. Und der Leichnam! Er plapperte redselig über die Leiche. Die Wächter der Leiche seien wilde Männer aus Luristan. Aber der dazugehörige

Reichtum sei nicht weniger bedeutend als der der Braut, deren entkräftete türkische Eskorte, so versicherte er ihnen, gewiss keinen Widerstand leisten würde. Er war nur allzu bereit, dem Hauptmann alles zu erzählen, was er wissen und nicht wissen wollte, und die Androhung von Folter war bezeichnenderweise nur nötig, als es um die Gründe dafür ging, warum er der Karawane vorausritt. Sein Arabisch war so billig wie die Schmuckstücke um seinen Hals, und er lispelte etwas. Der Grund für die Verzögerung, sagte er, und an dieser Stelle gestattete er sich ein unsicheres Grinsen und wissendes Zwinkern, der Grund für die Verzögerung sei die Braut, die jung und heiratsreif sei, dafür lege er seine Hand ins Feuer. Auf Grund ihrer Wünsche, deutete er heiser an, sei er gezwungen, der Karawane vorauszureiten. Um ihre leidenschaftlichen Forderungen zu erfüllen, riskiere er sein Leben …

Der Hauptmann befahl seinen Männern, den widerwärtigen Kerl gegen den Brunnen in der Ruine zu stoßen, und stellte ihn dann vor die Wahl. »Unter der Felswand dort liegt ein toter Mann«, sagte er leise, mit dem Finger zeigend. »Du kannst dich entweder jetzt zu ihm gesellen, oder du lässt mich deine Zunge rausschneiden, damit du ihm nicht Gesellschaft leisten musst. Was ist dir lieber?«

Was das bedeutete, war klar. Sollte er versuchen, die Karawane vor dem bevorstehenden Überfall zu warnen, wäre er tot. Sollte er es nicht tun, wäre er stumm. Weinend und plappernd entschied sich der Mann aus Karatschi für die zweite der beiden Möglichkeiten. Einige Männer stellten sich mit ihrem ganzen Gewicht auf seine weichen Schultern, um ihn festzuhalten, aber das war eigentlich nicht nötig, denn er leistete keinen Widerstand. Er war sogar so zuvorkommend, ihnen mit abstoßender Bereitwilligkeit die Zunge herauszustrecken. Der Hauptmann erschauerte angesichts seines schwachen Charakters, schärfte seinen Dolch am Stein des alten Brunnens und warf dann die Zunge hinein.

Danach ließen sie ihn frei. Sie gaben ihm sogar das Maultier zurück, was der Hauptmann als einen Akt überschwänglicher Großzügigkeit seinerseits ansah. Aber da sich ihnen ein riesiger Schatz näherte, wozu brauchten sie da ein Maultier mehr? Der Hauptmann wollte nicht als kleinlich gelten, vor allem nicht bei seinen Männern. Deswegen widerstand er zum zweiten Mal dem Impuls, einen von ihnen loszuschicken, um die Satteltasche vom Fuß der Felswand, wo sie liegen musste, zu holen.

Das Letzte, was sie von dem Sunniten aus Karatschi sahen, war, wie er auf die Felsen auf der anderen Seite des Tals von Khulays zusteuerte, über dem die Aasgeier immer niedrigere Kreise zogen. Er schien jeglichen Orientierungssinn verloren zu haben. Soll er sich doch die Satteltasche holen, dachte der Hauptmann, auch wenn sie den größten Schatz der Welt enthält. Was nützte Gold und Silber, wenn man damit nicht feilschen konnte? Jedenfalls war der Hauptmann jetzt nicht in der Stimmung, an Satteltaschen zu denken. Er war zufrieden, dass er alles über die Schätze der Karawanen erfahren hatte, und wollte sich voll und ganz auf den bevorstehenden Überfall konzentrieren. Er würde denselben Fehler nicht ein zweites Mal machen. Außerdem näherte sich aus Süden eine Sandwolke. Ein weiteres Omen? Doch er war entschlossen, es seinem Willen zu unterwerfen.

Der Hauptmann war ein gottloser Mensch, aber er glaubte an die Macht von Omen. Er stammte ursprünglich aus der Gemeinschaft der *Wahhabiten,* und er rechnete es dem Propheten als großes Verdienst an, dass er ein Mensch und kein Gott gewesen war. Der Prophet war seiner Meinung nach ein Pragmatiker gewesen und ein Anführer der Menschen. Wenn er die Menschen lehrte, eine göttliche Fiktion anzubeten, dann nur, um sie besser beherrschen zu können. Er sah jedoch keinen Grund, sich selbst beherrschen zu lassen. Der Hauptmann betrachtete es als ein Zeichen von Schwäche, Götter zu verehren. Die meisten Menschen waren schwach, und nur wenige waren stark, und diejenigen, die wie er geboren waren, um zu befehlen, fürchteten sich nicht vor Fiktionen. Die Bedeutung des Propheten bestand seiner Meinung nach in seiner praktischen und politischen Fähigkeit, die Herzen seiner Anhänger wie auch die Omen dieser Welt seinem allmächtigen Willen zu unterwerfen.

Omen waren nach Meinung des Hauptmanns Bestandteil einer

politischen Taktik, sie konnten genutzt werden, um Macht über andere auszuüben. Sie waren Werkzeuge. Mit ihrer Hilfe deutete er die Umstände und die Chancen des Lebens, so wie er Männer befehligte und Frauen beherrschte. Omen dienten dazu, seinen Männern zu beweisen, dass er die Winkelzüge des Schicksals voraussah. Mehr war es nicht. Entweder spielte man das Spiel wie ein Mann und hatte die Würfel in der Hand. Oder man erfand einen Gott, der das Spiel spielte, und überantwortete die Würfel anderen. Der Hauptmann war überzeugt, ein Meister des Spiels zu sein und die Würfel unter Kontrolle zu haben, und bislang hatten ihm die Umstände Recht gegeben. Seine Männer, die angesichts seiner Gotteslästerlichkeit zitterten, waren davon insgeheim fasziniert. Sie fürchteten seine Macht und glaubten an sie. Er wusste es und verachtete sie dafür. Und da sie Angst vor der Kraft der Omen hatten, deutete er Omen, um seine Macht über sie zu demonstrieren.

Aus diesem Grund änderte er seine Meinung ein drittes Mal, als er die Sandwolke von Süden heranrollen sah. Eine Sandwolke würde die Sicht entscheidend einschränken und ihm somit nützlich sein. Er könnte sie als Omen auslegen, um seine Macht über das Schicksal unter Beweis stellen. So kehrte er zu seinem ursprünglichen Plan zurück. Er bestimmte, dass seine Männer so schnell wie möglich zu dem anfangs geplanten Ort des Hinterhalts auf der Straße nach Medina reiten sollten, fünf *Farsang* weiter in den Bergen von Dafdaf, um sich an den vereinbarten Stellen zu verstecken. Im Schutz der Sandwolke wäre genügend Zeit, und sie könnten eine Stunde vor Sonnenuntergang – die voraussichtliche Ankunftszeit der Karawane in Towal – bereit für den Überfall sein. Jetzt, da er die genaue Zahl der Soldaten und Wachmänner, die Qualität und Quantität ihrer Waffen und das Ausmaß der Beute kannte, konnten sie diesen unerwarteten Umstand zu ihrem Vorteil nutzen. Jetzt konnten sie unten auf der Straße rasch zu dem ursprünglich vorgesehenen Ort zurückreiten, anstatt sich langsam einen Weg durch das wilde Terrain oberhalb der Karawanenroute zu bahnen. Denn die Sandwolke würde das Fortkommen der Karawane behindern und ihre eigenen Spuren verwischen. Dieses Omen spielte ihm in die Hände.

Als die Sonne höher stieg und am Horizont das erste Flimmern der sich nähernden Karawane zu erkennen war, gab er das Signal. Ein durchdringender Pfiff, und seine Banditen, die sich zu beiden Seiten des Tals von Khulays in den Felsen versteckt hatten, standen auf wie ein Mann, sprangen auf ihre Rosse und brachen auf nach Towal. Innerhalb von Sekunden waren sie in ihrer eigenen Sandwolke verschwunden. Über eine Stunde ritten sie schnell wie die Winde in Richtung Medina, bis sie eine *Farsang* vor Towal waren. Es war der perfekte Ort für einen Hinterhalt. Ein hoch gelegener, enger Pass in Al Daf. Nachdem jeder Einzelne gewissenhaft instruiert war, nachdem jeder sich wie geplant versteckt hatte und haargenau wusste, wie und wann und in welcher Reihenfolge er angreifen sollte, glaubte der Hauptmann endlich wieder, alles unter Kontrolle zu haben. Es gab nichts weiter zu tun, als auf die Karawane zu warten.

Und dann, ohne Vorwarnung, schlug der Sandsturm zu.

Nichts verlief nach Plan. Nie zuvor in seinem ganzen Leben hatte er einen so chaotischen, schlecht organisierten und verhängnisvollen Überfall angeführt wie diesen. Wenn er sich Jahre später an diesen fatalen Hinterhalt erinnerte, zweifelte er nicht einen Augenblick daran, dass der Reichtum, den sie erbeuteten, wesentlich weniger wert war als die Ehre, die er an diesem Abend verlor. Und wenn er an seine Entscheidungen im Verlauf des Überfalls dachte, verstand er nicht, was sie beeinflusst hatte. Oder wer. Seine Schachzüge wirkten im Nachhinein vollkommen unsinnig. Der Überfall kennzeichnete den Augenblick, in dem er seine Macht zu verlieren begann.

Es hieß, die Mutter des Propheten sei hier in diesem Tal, zwischen den Bergen entlang der trostlosen Straße zwischen Mekka und Medina, vor Hunderten von Jahren gestorben. Ihr Name war Aminah, und der Schrein von Abwa mit dem alten Brunnen war vor langer, langer Zeit ihr zu Ehren errichtet worden. Er war jedoch verfallen und seit Jahren eine Ruine, und der Brunnen hatte sich allmählich mit Sand angefüllt und war ausgetrocknet. Dann, vor nicht allzu langer Zeit, hatte ein gottesfürchtiger Türke gelobt, ihn wieder aufzubauen. Er war angeblich ein Eiferer gewesen und hatte es als schwerwiegende Beleidigung des Propheten gedeutet, dass der Schrein seiner Mutter so vernachlässigt wurde. Das alte Gemäuer wurde restauriert mit geschwärzten Balken, die das Dach trugen, und Sklaven aus dem weit entfernten Dschibuti bauten die Mauern wieder auf. Zu dieser Zeit wurde auch der neue Brunnen ganz in der Nähe gegraben.

Aber der Stamm der Harb, der den Wiederaufbau als Verstoß gegen seine souveränen Rechte betrachtete und sich über jeden Akt osmanischer Einmischung empörte, hatte den Schrein jüngst neuerlich verwüstet. Sie brannten das Dach ab, rissen die Mauern ein und stellten den ursprünglichen Zustand wieder her, sowohl um den Türken zu beleidigen als auch um ihren Standpunkt zu untermauern, dass alle mit dem Propheten in Verbindung gebrachten Orte von keinerlei Bedeutung waren. Denn wie so viele der Saudi-Stämme waren sie zu der von Ibn Abd Al Wahhab gegründeten Sekte konvertiert und fühlten sich von jedem Hinweis auf die Göttlichkeit des Propheten brüskiert, und in ihren Augen war es höchst frevelhaft und sogar ein Zeichen von Götzenverehrung, dass die heiligen Stätten in Mekka und Medina verehrt wurden und Gegenstand der Anbetung waren. Es war erst wenige Wochen her, dass sie den Schrein von Abwa in Schutt und Asche gelegt hatten. Die Wüste hatte ihr Werk vollendet. Zwar musste der Hauptmann laut herauslachen, als er feststellte, dass seine Rivalen so viel Mühe auf Holz und Stein verwendet hatten. Mühe, die besser genutzt gewesen wäre, wenn sie einen Gewinn bringenden Überfall durchgeführt hätten, aber auch er trug seinen Teil zur Zerstörung des Gebäudes bei. Er trat in die Fußstapfen der Männer vom Stamm Harb und riss sich unter den Nagel, was die Flammen übrig gelassen hatten. Holz war wertvoll in der Wüste, und unter dem Schutt lagen ein paar Teppiche, die er herausholte und behielt.

Obwohl nicht er es gewesen war, der mit der Zerstörung des Schreins begonnen hatte, brachte er seinen eigenen Niedergang damit in Zusammenhang. Später sprach er, wenn es um seinen Verlust der Macht ging, von »Aminahs Rache«.

Ob es nun die späte Rache einer lange verstorbenen Mutter war oder, in ironischer Verkehrung des Schicksals, ihr Sohn, der vielleicht doch ein göttlicher Bote gewesen war, sei dahingestellt, jedenfalls bestand kein Zweifel, dass die Wüste das Medium der Rache war. Und der Sandsturm war ihr Werkzeug. Er kam mit einer Wucht über sie, die kein Mensch hätte erahnen können. In dieser Gegend gab es häufig Sandstürme, denn die Winde in den Bergen von Dafdaf wehten heftig und peitschten mit heißer Wut und schönster Regelmäßigkeit den roten Sand auf. Aber die Sandwolke, die der Hauptmann am Horizont erspäht hatte, als sie neben dem Brunnen warteten, war an einem leuchtend blauen Himmel aufgetaucht, ohne jeglichen Hinweis auf einen drohenden Sandsturm. Die Wolke mochte Kameltreiber hinters Licht führen, aber nicht einen Adler der Wüste, wie er einer war, der stets den Unterschied zwischen Sturm und Wolke erkannte. Oder zumindest in der Vergangenheit erkannt hatte, weil der Beduine ihn warnte, denn dieser Mann war in der Lage gewesen, den Himmel zu deuten. Jetzt wurde der Hauptmann zu seinem Entsetzen völlig überrumpelt. Am Morgen hatte er zugelassen, dass Zorn sein Urteilsvermögen benebelte, und am Mittag ließ er sich von Selbstgefälligkeit verführen. Die Nähe des Erfolgs hatte seinen Blick getrübt. Er hatte die Zunge des Eunuchen mit einem Dolch herausgeschnitten, und dabei waren seine Sinne abgestumpft. Jetzt verfluchte er den Narren aus Karatschi sowie den Beduinen – für seine eigenen Fehler.

Lange bevor die Karawane am Ort des geplanten Überfalls erwartet wurde, verdunkelte der Sand die Sonne, und die Wüste nahm hinterhältige Rache an ihnen. Was sollte er tun? Auf dem Pass bleiben und bis in alle Ewigkeiten ausharren? Denn ohne Zweifel würde die verdammte Karawane Halt machen und unten im Tal das Ende des Sturms abwarten. Oder die Gelegenheit beim Schopf packen, zurückkehren und einen Angriff riskieren, jetzt, da sie am verletzlichsten war? Das wäre ein großes Risiko, denn in das Herz eines heulenden Sandsturms zu reiten, auch in engster Formation, Flanke an schwitzender Flanke, Tier an Tier, so wie er es mit seinen Männern geübt hatte, war keine leichte Aufgabe. Und unter diesen Umständen die Karawane zu finden, die zum eigenen Schutz einen Kreis gebildet hätte und wehrlos wäre, war angesichts der schlechten Sicht zu viel verlangt. Eine kluge Entscheidung wäre es gewesen zu warten; der Berg konnte so heimtückisch sein wie der Sturm. Er las es in den Augen seiner Männer; es war ein wortloses Flehen. Denn ob sie heute oder morgen käme, die Karawane musste irgendwann an ihnen vorbeiziehen.

Aber der Hauptmann hatte allmählich das Gefühl, dass diese Karawane verhext sei. Zu oft schon war sie ihm durch die Finger geschlüpft. Zu oft schon hatte er angenommen, sie würde kommen, und sie kam nicht. Zu oft schon hatte er irrigerweise mit ihrem Auftauchen gerechnet. Wer wusste, was für weitere Verzögerungen sie endgültig seinem Griff entgleiten lassen würde? Als er zum ersten Mal nach ihr Ausschau hielt, waren drei Pilger auf der Bildfläche erschienen, die ihn zum ersten Abweichen vom ursprünglichen Plan – der Verfolgung des Beduinen zu seinem Adlerhorst – veranlasst hatten. Als er zum zweiten Mal nach ihr Ausschau hielt, war er auf den Eunuchen hereingefallen. Ihm die Zunge abzuschneiden, hatte dem Hauptmann keinerlei Vergnügen bereitet, denn der Mann nahm sein Leiden mit einer höchst unerquicklichen Unterwürfigkeit hin. Warum nur hatte er den Kerl nicht umgebracht, sein weiches Hirn an einem Felsen zerschmettert? Warum hatte er ihn mit der trügerischen Satteltasche entkommen lassen? Und jetzt hatte der Sandsturm die Karawane verschluckt. Würde sie ihm wieder entwischen, oder sollte er aufbrechen und sie suchen? Würde er, so unterwürfig wie der Eunuch, darauf warten, bis das Glück ihn auserwählte, oder würde er aufstehen wie ein Mann und sein Glück herauszufordern?

Er beschloss, zurückzukehren. Er befahl seinen Männern, in den Sturm zu reiten, und verließ den perfekten Hinterhalt zwischen den sicheren Felsen.

Es war die Hölle. Auf der Karawanenroute zu bleiben war ebenso unabdingbar wie gefährlich. Wenn sie von der Route abkämen, wären sie für immer verloren und würden ohne jede Vorwarnung vom Berg stürzen; wenn sie nicht davon abkämen, würden sie bei diesen miserablen Sichtverhältnissen ohne jede Vorwarnung auf die im Kreis kauernde Karawane stoßen, und ihre Chancen auf einen ertragreichen Überfall wären dahin. Der Hauptmann gab harsche Befehle. Ein Mann, durch ein Seil um den Bauch mit dem Rest verbunden, sollte allein auf der Straße voranreiten, die anderen würden dicht hinter ihm folgen, an den rechten Rand des Wegs gedrängt nah am Felsen. Dort mochten sie zwar stolpern, aber sie könnten sich zumindest verstecken, wenn der Mann vorn am Seil zog und damit Gefahr signalisierte. Zog er zweimal, bedeutete das, dass er die Karawane gesichtet hatte und sie aufschließen sollten, um gemeinsam anzugreifen.

Normalerweise hätte der Hauptmann den Beduinen vorausgeschickt und wäre selbst bei der Hauptgruppe der Räuber geblieben, um den Angriff zu leiten. Aber der Beduine war tot, verflucht sollte er sein. Er spürte das Unbehagen seiner Männer, ihre Angst und ihre Unsicherheit angesichts einer weiteren Änderung des Plans, ihre Zweifel an der Durchdachtheit des Vorhabens umzukehren und die Karawane zu suchen. Und er traf eine weitere verhängnisvolle Entscheidung. Er beschloss, ihnen zu beweisen, dass er keine Angst hatte, seinem Schicksal entgegenzutreten, band sich selbst das Seil um den Bauch und ritt als Führer voraus. An Stelle des verfluchten Beduinen.

Innerhalb von Sekunden hatten ihn Sandwirbel verschluckt. Was folgte, waren Jahrhunderte. Die schummrige, schemenhafte Sonne nahm ihm jegliches Gefühl für das Vergehen der Zeit. Sandkörner wurden zu Flutwellen und schlugen über ihm zusammen, laut wie ein Gong. Er war eingehüllt und ausgehöhlt, und der Sand schien ihn von innen wie von außen zu geißeln. Der Sand drang in seine Augen, seine Nase, seinen Hals, so dass er zu ersticken glaubte; er verlor allen Sinn für Ort und Zeit. In der Anstrengung, etwas zu erkennen, rammte er immer wieder die Felsen auf der Seite des Wegs und musste sich jedes Mal neu orientieren. Wie ein Blinder tastete er sich in dem heulenden Wind voran und fand sich mehrmals am Rand des Abgrunds. Sein Verstand war wie betäubt, und er erinnerte sich kaum mehr daran, wonach er in dieser Ewigkeit aus Sand eigentlich suchte.

Plötzlich spürte er einen Ruck. Einen so starken Ruck, dass er beinahe vom Pferd gefallen wäre. Da er vollkommen verwirrt und orientierungslos war, konnte er in diesem Moment kaum unterscheiden zwischen dem Zerren an seinem Körper und der davon hervorgerufenen Erinnerung an den stürzenden Beduinen, der Purzelbäume über die Kanten und Vorsprünge der Felswand schlug. Mehrmaliges Ziehen war erforderlich, bis er begriff, dass seine Männer an dem Seil um seinen Bauch rissen. Sie zogen an ihm, statt dass er zog und ihnen damit das Signal gab. Verdattert drehte er sich um und tastete sich blind am Seil entlang zurück zu den Räubern. Sie hatten sich in einem geschlossenen Verband auf der Straße formiert, einer Geisterarmee gleich, mit ihren in Tüchern gehüllten Häuptern. Er war es, der vom Weg abgekommen war. Und sie hatten die Karawane gesichtet. Er war daran vorbeigeritten, ohne sie zu bemerken. Der starke Sturm hatte ihn beschützt und die im Kreis kauernde Karawane darüber in Unkenntnis gelassen, dass sich ihr Banditen näherten.

Das war ein weiteres Omen.

Aber der Hauptmann hielt sich nicht damit auf, es zu deuten. Er konnte nicht ermessen, wo sie sich in diesem Chaos aus Sand befanden: Wie weit entfernt von Khulays, wie nahe an Towal, wie erreichbar Rettung war oder wie groß die Gefahr eines Gegenangriffs der Männer vom Stamm Harb, die die Gegend kontrollierten. Sie mussten rasch handeln. Und so viel wie möglich zusammenraffen. Schnell.

Auf sein Zeichen hin stürzten sich die Banditen auf die zu Tode erschrockenen Tiere, dabei brüllten sie, wie es ihr Brauch war, schwangen Bajonette und Säbel, um zu töten oder zu überwältigen, auf wen oder was immer sie stießen. Es kam zu einem Scharmützel mit den Soldaten, die die Sänfte der Braut bewachten. Aber obwohl sie beritten waren und trotz des noch immer wütenden Sturms, waren alle Soldaten innerhalb einer Stunde tot, und die meisten Türken hatten das Weite gesucht und waren geflohen. Größere Schwierigkeiten hatten sie mit den Kameltreibern, aber der Geruch von Blut und die harten Sandböen verliehen den Schlägen der Banditen Schärfe und Unbarmherzigkeit. Der Hauptmann hatte sie erfolgreich ausgebildet. Und die Aufregung des Überfalls machte die vorangegangenen Stunden der Unsicherheit und Anspannung wieder wett. Endlich konnten die Klingen ihrer Säbel das Gefühl der Ohnmacht auszumerzen.

Kaum hatte er die zusammengetriebenen, mit der Aussteuer beladenen Kamele und Maultiere gesehen, spürte der Hauptmann, wie die alte Zuversicht wieder in ihm aufwallte und die Selbstzweifel dämpfte, die den ganzen Tag über an ihm genagt hatten. Sie erbeuteten zudem mehrere Pferde, reinblütige Araber, die zusammen mit den Packeseln angebunden waren, und nur die überflüssigen Maultiere und Kamele wurden getötet, die Sänften und Wagen in Brand gesteckt. Pilger und Reisende wurden umstandslos mit einem Streich niedergemäht, und wenn einige in den nachlassenden Sturm entkamen, so war niemand darunter, der lohnenswerte Beute gewesen wäre. Die Frauen ließen sich nahezu widerstandslos zusammentreiben, und es bereitete dem Hauptmann große Befriedigung, sie schreien zu hören. Sie würden in sein Lager in den Bergen gebracht und später von den Banditen gemeinsam missbraucht werden.

Die Braut allerdings war sein ganz persönliches Privileg. Der Sturm wimmerte nur noch, und die schlimmsten Kämpfe waren vorüber, als sich der Hauptmann der bräutlichen Sänfte näherte. Seinen Männern hatte er befohlen, die zum Leichnam gehörigen Wertgegenstände zu sichern. Der Abend senkte sich über diesen vom Unheil verfolgten Tag, und ein kränklich wirkender Mond ging über dem Schauplatz der Verwüstung auf – ein Omen dafür, dass der Hauptmann die Kontrolle endlich wieder den Händen des Schicksals entrungen hatte. Das Stöhnen der Sterbenden erfüllte die Luft, ein paar der Sänften brannten bereits, und die Banditen packten die Beute ein. Das war die Phase eines Überfalls, die er am meisten liebte: Seine Männer führten seine Befehle aus, in seinen Ohren die Schreie der Frauen, der Brandgeruch in der Luft, und eine Jungfrau, die er sich gleich nehmen würde. Endlich führte er wieder das Kommando!

Der Hauptmann spürte Lust in sich aufsteigen. Wie hatte er glauben können, vor Stunden nur, dass das Schicksal gegen ihn war? Wie hatte er an seinem Glück zweifeln können? Wie recht er doch damit gehabt hatte, die Karawane anzugreifen, statt ohnmächtig darauf zu warten, dass sie in seine Hände fiele. So hatte er seinen Männern gezeigt, welch ein Anführer er war. Er hatte ihnen bewiesen, wie er die Flut der Ereignisse zu seinen Gunsten wenden konnte. Er war auf der Höhe seiner Macht! Er fummelte mit blutigen Fingern an seiner Kleidung herum, um sich zu entblößen, riss den Vorhang der bräutlichen *Takhteravan* auf und kletterte hinein.

Der Anblick, der ihn erwartete, im Licht der flackernden Feuer und Fackeln draußen, war keineswegs, womit er gerechnet hatte. Es befand sich ein Mädchen darin, das wohl. Aber es erwartete ihn. Nicht in Todesangst, nicht vor Furcht in einer Ecke kauernd, nicht schreiend und wimmernd und ihn aus entsetzten Augen um Gnade anflehend. Sie erwartete ihn mit einem entzückten Blick des Wiedererkennens. Das Mädchen kannte ihn!

Einen Augenblick lang zögerte der Hauptmann verdutzt. Was war sie – eine Hure? Jedenfalls war sie keine jungfräuliche Braut! Die unglaublichen Verzierungen, die Pracht ihrer Gewänder erinnerten ihn an den bunten Tand, den er aus Bordellen in Dschidda kannte. Wo in aller Welt könnte er ihr zuvor begegnet sein? Und wie in Teufels Namen …? Als er beunruhigt innehielt, streckte sie ihm die Arme entgegen. »Erinnerst du dich nicht?«, flüsterte sie in gestelztem Arabisch. Und lächelte.

Er war fassungslos. War sie eine Hexe? Er hatte dieses Wesen noch nie zuvor gesehen, und sie begrüßte ihn wie einen lang ersehnten Liebhaber. Unter solchen Bedingungen wusste er nicht, wie man einem Mädchen Gewalt antat. Auch wenn sie keine Jungfrauen mehr waren, so waren die Frauen, die er sich nahm, für gewöhnlich zu Tode verängstigt, hysterisch und mussten mit dem Dolch zur Unterwerfung gezwungen werden. Das war befriedigend. Wenn er sie bei sich behielt, waren sie danach sprachlos, ängstlich, gefügig, und von Zeit zu Zeit jagte er ihnen wieder Todesangst ein, damit er Gefallen an der Sache fand.

Aber die da? Was für eine anmaßende Wahnsinnige war das? Ihre Augen waren von mehr als nur Antimon vergrößert, ihre mit

Henna bemalten Hände, die sie ihm entgegenstreckte, zitterten nicht vor Furcht. In der zeitlosen Sekunde der Verwunderung, als sich seine Absicht in nichts auflöste und er einen Augenblick lang seiner Motive unsicher war, bemerkte er im flackernden Licht der Feuer eine winzige Blase, die sich auf ihrer Unterlippe bildete und dann platzte. Ein Wunder der Leidenschaft. War ein solches Verlangen überhaupt möglich? Sie schien vor Liebe zu schmelzen. Oder war es nur ein Trick? Hatte die kleine Hexe in den Falten ihrer seidenen Unterröcke ein Messer versteckt? Nahm sie ihn auf den Arm, weil sie glaubte, die Oberhand über ihn gewinnen zu können? Mit pochendem Herzen und gezücktem Dolch beugte er sich vor, und als er sie ergriff, roch er den verwirrenden Duft ihres Körpers.

Als er sie umbrachte, verfing sich sein Dolch in den Perlen um ihren Hals. Sie kullerten wie blutrote Samenkerne über ihre seidenen Kleider. Vor Entsetzen konnte er nicht eine einzige Goldmünze von ihren raschelnden Unterröcken reißen, und er stolperte fluchend rückwärts aus der Sänfte.

Die Banditen peinigten gerade den letzten Soldaten, als der Hauptmann rasend vor Wut auftauchte und ihnen den Spaß verdarb. Dieses Spiel spielten sie für gewöhnlich, es war eine der wenigen Zerstreuungen, die ihnen ihr Anführer während eines Überfalls gestattete. Sie verstanden nicht, warum er dem Kerl umstandslos die Kehle durchschnitt und Befehl gab, sofort ins Lager zurückzukehren. Er war in miserabler Stimmung. Er bellte Befehle nach allen Seiten und wollte die Beute sehen, die sie dem Leichnam abgenommen hatten. Offensichtlich war sie nicht bei den Dingen, die aus dem Zug der Braut stammten.

Es herrschte Verwirrung. Wo war die Leiche? Als die Banditen ausschwärmten, um sie zu suchen, fanden sie sie nirgendwo. Keine Leiche, keine Beute. Keine Maultiere, keine Leichenwächter, kein Gold eines Toten. Im Chaos des Sandsturms waren die sorgfältig ausgearbeiteten Einzelheiten des Überfalls vergessen worden, und niemand hatte die Abwesenheit der Leiche bemerkt. Waren die Wächter mit ihrer Last aus Tod und Gold entkommen? Unmöglich! Alle Vier- und Zweibeiner waren augenblicklich umgebracht worden. Nur noch ein Maultier stand reglos im Mondschein, mit einer Satteltasche beladen.

Der Hauptmann hatte das Gefühl, dass ihm schon wieder etwas durch die Finger geschlüpft war. Er hatte die Hälfte der Beute verloren. Er stand da, von seinem Säbel tropfte Blut, und schaute sich langsam im Kreis seiner Männer um, der ohne den Beduinen armselig wirkte. Plötzlich ergriff er einen Mann beim Haar, zwang den vor Angst schlotternden Kerl, sich hinzuknien, und drückte dessen Gesicht auf das Gesicht des toten Soldaten zu seinen Füßen. Dann schlitzte er ihm mit einem sauberen Schnitt die Kehle auf. Diesmal zumindest gab es nichts, worin die Klinge sich hätte verfangen und was sich als Ernte der Leidenschaft zu seinen Füßen hätte ausbreiten können. »Merkt euch das!«, zischte er.

Er erinnerte sich. Nachdem er in sein Lager zurückgekehrt war, in seinem Bett lag und auf die Dämmerung wartete, fiel es ihm plötzlich ein. In dieser Nacht war er nicht in der Lage, von seinen Frauen Gebrauch zu machen, weder von seinen regulären Konkubinen noch von dem neuen Fleisch, das ihm quiekend wie aufgespießte Ferkel vorgeführt worden war. Unfähig zu schlafen, warf er sich hin und her. Und da erinnerte er sich an das einsame Maultier im Mondschein. Hatte er diese Satteltasche nicht schon einmal irgendwo gesehen? Und das Maultier? Wo hatte er dieses Maultier gesehen?

Er erinnerte sich. War das nicht das Maultier des Eunuchen? War das nicht die Satteltasche, die der Beduine gestohlen hatte? Die Wahrscheinlichkeit war so gering und der Gedanke so beunruhigend, dass in dieser Nacht und vielen folgenden Nächten nicht mehr an Schlaf zu denken war. Das Rätsel des verschwundenen Leichnams war umso verwirrender, als der Hauptmann sich daran erinnerte, einem in ein Leichentuch gewickelten Mann den Todesstoß versetzt zu haben, nachdem er die bräutliche Sänfte in Brand gesteckt hatte. Hatte er eine Leiche umgebracht? War es das, was er in seiner Torheit versucht hatte? Die immer stärker werdende Überzeugung, eine Chance versäumt, die Kontrolle verloren zu haben, die Rolle der Würfel in einem Spiel, das er nicht verstand, übernommen oder sich vielmehr darin verloren zu haben, statt der unangefochtene Meister des Spiels zu sein – diese beunruhigende Überzeugung brach sich langsam Bahn. Und ließ ihn nicht mehr los.

Es blieb ihm nichts anderes übrig, als am nächsten Morgen in aller Frühe vor seinen Männern aufzustehen, auf sein Pferd zu steigen und zurück ins Tal von Khulays zu reiten, allein. Nachdenklich ritt er über die Berge von Dafdaf zum Brunnen und dann durch die Schlucht zu den Felsen und Steinen am Fuß der hohen Felswand. Er wollte die vermaledeite Satteltasche suchen, mit der der ganze Ärger angefangen hatte. Er fand sie nicht.

Was er schon von weitem sah, war eine Rauchsäule, die in den dämmrigen Himmel stieg. Was er fand, war ein Häufchen schwarzer Asche und eine Hand voll verbrannter Knochen an der Stelle, wo die Leiche des Beduinen gelegen hatte. Das war merkwürdig. In der Nähe, halb im Sand steckend, fand er zudem ein gefaltetes Blatt Papier, das mit einer schönen Handschrift bedeckt war. Er konnte kaum etwas erkennen, weil die Schrift so hauchzart war, aber er meinte, Parfüm zu riechen.

Der Hauptmann respektierte das geschriebene Wort, obwohl er nicht lesen konnte. Er hatte gelernt, dass Schreiben Wissen bedeutete und dass Wissen Macht verlieh. Und die Sprache der Macht beherrschte er. Er entzifferte sie in den Augen von Männern und in den Körpern von Frauen. Sein ganzes Leben lang hatte er Macht in Händen gehalten, und jetzt, hatte jetzt die Macht ihn in der Hand?

Er stand eine Weile neben dem verkohlten Haufen, tief in Gedanken versunken. Irgendetwas war da – die geplatzte Blase des Begehrens auf der Lippe des Lebens, die Explosion von Perlen und Granatapfelkernen um den Hals des Todes – etwas war an diesen seltsamen Ereignissen, das ihm von seiner Machtlosigkeit sprach. Er war nur ein Werkzeug gewesen und nicht derjenige, der die Macht in der Hand hielt. Er war einem Omen begegnet, das er nicht hatte deuten können. Er würde sich immer daran erinnern, denn es stand nicht in seiner Macht, es zu vergessen. Als er über diese Dinge nachdachte, verlor er jegliches Zeitgefühl, und mit zitternden Fingern faltete er das Stück Papier ehrfürchtig wieder zusammen und steckte es in sein Hemd. Er kehrte nicht sofort in sein Lager zurück, sondern saß lange Zeit neben dem Brunnen in der Nähe des zerstörten Schreins und kämpfte gegen den Wunsch an zu weinen. Denn die Luft um ihn schien erfüllt von der Erinnerung an Parfüm. Später nähte er die duftende Handschrift in einen seidenen Beutel, den er wie ein Amulett um den Hals trug. Die nächsten neunzehn Jahre würde er die Handschrift am Herzen tragen. Er konnte nicht lesen, aber er wusste, was darin stand.

Nicht lange nach »Aminahs Rache« dankte er ab. Führerschaft und Streben nach Macht waren ihm zuwider geworden. Bevor seine Banditen ihre Überraschung überwinden und ihn ermorden konnten, zog er sich in ein Land zurück, das zu weit weg war, als dass sie ihn bis dorthin verfolgt hätten. Er kaufte sich ein kleines Stück Land und baute Feigen und Aprikosen an, die er zuckerte und an die Feueranbeter und die Gemeinde der parsischen Kaufleute jenseits der Grenze verkaufte.

Jahre später, wann immer etwas geschah, was ihn an seine Machtlosigkeit erinnerte; wann immer etwas geschah, was ihn an seine Ohnmacht erinnerte; wann immer er sich in der Verwirrung seiner Seele an die Myriaden Mysterien erinnerte, die er nicht fassen konnte; an die vielen Rätsel, die er nie verstehen würde, berührte er mit den Fingern den seidenen Beutel um seinen Hals, und sein Blick wurde vage und in die Ferne gerichtet. Die ungelesenen Worte, die darin aufbewahrt waren, sprachen zu ihm in einer geflüsterten Kalligrafie, die sein Herz berührte und ihn fest an sich drückte und ihm leidenschaftliche Zärtlichkeiten zuraunte. Sie sprachen zu ihm in Wolken von Parfüm, in Spiralen hennafarbener Locken und in anschmiegsamer Seide, die ihn nicht loslassen wollte. Mit unendlicher Liebe murmelten sie ihm zu, sich daran zu erinnern, dass es im Lauf der Schöpfung Millionen gegeben hatte, die sich für einen flüchtigen Moment ihrer Macht gebrüstet hatten, wie er. Mit liebevollem Mitgefühl erinnerten sie ihn daran, dass diese ungezählten Millionen mit all ihren kleinlichen Lüsten und Mächten ausnahmslos und vollkommen vergessen waren, wie er. Und mit heiligem Eifer mahnten sie ihn, nicht zu vergessen, dass die gesamte Schöpfung, alle wie er, all diese Millionen, weniger waren, weit weniger als das, was sich in der Pupille einer toten Ameise befand, verglichen mit ALLEM, was er nie würde benennen können, mit ALLEM, was er nie wissen würde.

Der Geldwechsler

Der Geldwechsler hatte viele verschiedene Leben gelebt. Mit vierzig Jahren war er bereits der Schoßhund einer *Memsahib* gewesen, ein Aasgeier, ein Wüstenskorpion und eine Fliege. Aber ein Mensch war er noch nicht gewesen.

Er war in diesem Kreis von *Samsara* oder Wiedergeburten gefangen, solange er denken konnte. Angefangen hatte es, als er ein kleines Kind war. Als sein Vater starb, wurde seine Mutter zuerst Witwe und dann gezwungen, *Sati* zu begehen, womit sie ihm ermöglichte, in jungem Alter zu verstehen, dass man auf viele Arten sterben konnte, unter anderem indem man den Anschein erweckte, noch am Leben zu sein. Die Asche seiner Mutter wurde in den Ganges gestreut, bevor er alt genug war, um den Unterschied zwischen Himmel und Himmelreich zu begreifen. Er war der Gnade seiner Onkel mütterlicherseits ausgeliefert, die wenig Geduld hatten mit dem einzigen Sohn ihrer Schwester, dessen Verwandte väterlicherseits aus einer niedrigeren Kaste stammten. Die Onkel waren allesamt Schuster und von Natur aus geizig. Der schniefende Junge, der keinerlei Talent für ihr Handwerk an den Tag legte, war ihnen lästig. Wenn er sich mit dem Hammer auf den Finger schlug, heulte er so laut, dass die Kunden davon Abstand nahmen, den Laden zu betreten. Sie erklärten ihm, dass sie ihm nicht dabei helfen würden, eine Frau zu finden, solange er nicht ausreichend Geld verdiente und sich einen Namen machte; und solange er keine Frau fand, würde er in der Familie nicht akzeptiert werden. Außerdem würden sie ihn enterben, wenn er dem Namen der Familie Schande bereitete, denn ihre Kaste war höher als die der Gerber, die Unberührbare waren. Und dann schickten sie den Waisen los, damit er sich seinen Lebensunterhalt selbst verdiente.

So weit also reichten die Logik und die moralische Unterstützung seiner Onkel, und sie veranlasste den Jungen sogleich, eine Namensänderung in Betracht zu ziehen. Aus Kindheit und Unschuld hinausgeworfen, wurde er als Aasfresser wiedergeboren und lernte zu betrügen, um zu überleben. Denn er begriff sehr schnell, dass der Weg, den die Schriften der *Bhagavadgita* ihn ermahnten zu wählen – der Weg der Weisheit und der Liebe, des Wissens und der Hingabe, von *Jnana* und *Bhakti* –, der Weg in den Untergang war. Er interessierte sich überhaupt nicht für den Untergang, sondern vor allem dafür, wo er seine nächste Mahlzeit herbekommen würde. Das war die einzige Gewissheit in seinem höchst zweifelhaften Leben.

Seinen ersten ernst zu nehmenden Job und das Leben, das daraus folgte, verdankte er der Barmherzigkeit eines Onkels, der die Stiefel eines bei der East India Company in Kalkutta angestellten britischen *Sahib* reparieren durfte und ihn bei dieser Gesellschaft einführte. Daraufhin fand der Junge Arbeit als Lakai im Büro eines englischen Steuerbeamten. Dort gehörte es zu seinen Aufgaben, den Boden zu fegen, an den heißen Nachmittagen den *Punkah* in Bewegung zu halten und mit einem nassen Tuch liebevoll die Kanten des mit Papieren überladenen Schreibtischs des *Sahib* zu wischen. Die Schreibtischplatte selbst durfte er mit diesem stinkenden, dreckigen grauen Tuch nicht abstauben, denn das hätte die Papiere des *Sahib* durcheinander bringen können. Aber die Kante durfte er abwischen. Er wischte die Kante des Schreibtischs ab, die Stuhlkante, die Kanten der staubigen Fenster und der Tür – und wenn der *Sahib* nicht hinschaute, die Kante seiner Nase.

Aber der *Sahib* schaute hin. Er betrachtete des Öfteren den pubertierenden Jungen mit den Froschaugen, den vollen Lippen und den überentwickelten Drüsen. Welches dieser Kennzeichen die meiste Aufmerksamkeit auf sich zog, ist ungewiss, aber während des Monsuns blieb dieser Gentleman, der für das Steueramt der hoch angesehenen East India Company Ihrer Majestät verantwortlich war, eines Abends länger als gewöhnlich in seinem Büro in dem berühmten Gebäude in einem besseren Viertel Kalkuttas und nutzte die Gelegenheit und das dämmrig grüne Licht, um versuchsweise mit der Hand über die zitternden Hinterbacken des Jungen zu streichen.

Die Hand war von der Sonne gerötet, sie war hart und trocken, aber der Engländer war noch jung und stand am Beginn einer aussichtsreichen Karriere. Kurz darauf wurde er befördert und verließ das Steueramt in Kalkutta, um den wesentlich prestigeträchtigeren Dienst als kleiner Attaché in der britischen Botschaft in Konstantinopel anzutreten. Und er beschloss, den jungen Inder mitzunehmen.

Da es keine Alternativen gab, erteilten die Onkel die Erlaubnis und veranstalteten sogar eine Abschiedsparty für ihren vielversprechenden Neffen, und nach dieser kurzlebigen Auszeichnung reiste er ab und hinterließ bei allen große Hoffnungen auf eine Heirat nach seiner Rückkehr. Das war seine erste Reise, aber es würde nicht die letzte sein. Als er durch den Bosporus fuhr, wurde ihm klar, dass eine Rückkehr nach Kalkutta so zweifelhaft war wie seine Vergangenheit dort.

In dieser neuen Inkarnation – Ashwin hieß er jetzt – wurde er in den Rang eines Boys erhoben, und seine Aufgabe bestand darin, die Pfützen und Haufen zu beseitigen, die der Schoßhund der *Memsahib* hinterließ. Ob es nun daran lag, dass dieses Tier kurz darauf unter mysteriösen Umständen verstarb, oder daran, dass er plötzlich mit einem rosenwangigen türkischen Jungen um die Aufmerksamkeit seines Herrn konkurrieren musste, die günstige Wendung der Dinge war jedenfalls nicht von langer Dauer. Nachdem entdeckt wurde, dass in den Schubladen der *Memsahib* Geld fehlte und sich die Kleidung in ihrem Schrank in höchst unordentlichem Zustand befand, wurde er fristlos entlassen. Der rosenwangige Türke bestritt, irgendetwas über den Diebstahl zu wissen, und obwohl er dabei erwischt wurde, wie er Spitzen aus dem Schrank unter seinen burgunderroten seidenen Hosen trug, wurde die Angelegenheit vertuscht und der Inder umstandslos auf die Straße gesetzt.

Während des ersten Winters seines Lebens wanderte er ziel- und mittellos und halb erfroren durch Konstantinopel. Hierbei gelangte er zu der Überzeugung, dass er lieber an Hitze als an Kälte zu Grunde gehen würde, und ganz gleich, welche Jahreszeiten er noch einmal durchstehen müsste, Winter sollte nicht mehr darunter sein. Konstantinopel war eine grausame Stadt, die jede Nacht ein neues Gesicht annahm, damit die Bewohner nicht auf den selbstgefälligen Gedanken kämen, sie würden darin wohnen. Denn in Konstantinopel veränderten Straßen und Gassen ihre Lage, Häuser starben und wurden an anderer Stelle wiedergeboren, und nichts war mehr, was es am Tag zuvor gewesen war. Es war eine dieser Städte, die in ihren Bewohnern Wurzeln schlagen, in ihnen leben, nicht umgekehrt, und in ihren Köpfen Labyrinthe von Gassen anlegen. Bis so eine Stadt sich entschließt, einen Menschen in ihre verwinkelten Innereien aufzunehmen, bis sie sich bereit erklärt, ihn sich einzuverleiben und seinen Körper zu wärmen, zu kauen und zu verdauen und seinen Geist in Abfall zu verwandeln, ist sein Leben in Gefahr.

Konstantinopel schmeckte der junge Hindu aus Kalkutta nicht, und es spuckte ihn aus. Er wäre vielleicht an einem Wintertag, als er geschwächt und mit blauen Lippen an der mit Urin verspritzten Mauer eines öffentlichen Bads lehnte, verhungert, wäre nicht ein Türke vorbeigekommen, hätte ihn wohlwollend gemustert und nach seinem Namen gefragt. Er entschloss sich blitzschnell, sich in einen jungen Sunniten aus Karatschi zu verwandeln, der dringend Arbeit suchte. So wurde er Abdullah und in den Haushalt des Türken aufgenommen.

Der Türke war selbst ein frommer Sunnit, und er war wohlhabend. Außerdem war er nicht mehr ganz jung und hatte gewisse Bedürfnisse. Abdullah war in der Lage, sein Glück rasch voranzutreiben, denn er entwickelte Talent in der Kunst zu gefallen. Allerdings zu einem verhängnisvollen Preis. Zu seinem Entsetzen und seiner immer währenden Verlegenheit stellte sich bald heraus, dass seine Sicherheit in Konstantinopel einen gewissen Verzicht auf männlichen Stolz erforderte. Wenn er wohlgenährt sein wollte, musste er sich entmannen lassen, denn der Türke vertraute keiner seiner Frauen. Wenn er Zugang zu den privaten Gemächern des Türken wünschte, sich auf den Kissen des Türken zurücklehnen, die köstlichen Speisen des Türken essen, seine Wasserpfeife rauchen und es im Winter warm haben wollte, musste er jede Hoffnung aufgeben, an den Busen seiner Familie zurückzukehren und zwischen mit Arm- und Fußreifen klimpernden Hindu-Bräuten zu wählen. Der Türke zog es vor, Vorsicht walten zu lassen und auf Nummer Sicher zu gehen.

Diese vierte Inkarnation und nicht die Zeit bei den Briten bezeichnete der Inder als die Phase seines Lebens, in der er seine Philosophie des Zweifelns kultivierte. Hier, im Harem des Türken, wurde er träge und durchtrieben, hier bekam er ständig zu viel zu essen und wurde verhätschelt, hier ließ er sich die rosa Rose tätowieren und spielte andere kitzlige Spiele, und hier lernte er allmählich, sich einen Begriff von unabhängigem Wohlstand zu machen, und pflegte ein Lispeln, um seine wachsende Skrupellosigkeit zu verbergen. Hier, wo er die Kunst des Schmeichelns und der Heimtücke erlernte, fasste er den Plan, dem Türken zu entrinnen und ihn trotzdem zu melken, ihn zu hintergehen und trotzdem als sein Freund zu erscheinen.

Und eines schönen Frühlingsnachmittags bot sich ihm die Gelegenheit dazu. Ein Kaufmann, der mit getrockneten Früchten handelte und Geschäftsbeziehungen mit dem Türken unterhielt, kam mit seiner Tochter aus Karatschi. Der Türke bot dem Kaufmann mit einem Blick auf seine Tochter ein Geschäft an, dem dieser nicht widerstehen konnte. Aber die in letzter Minute von dem Kaufmann gestellte Bedingung lautete, dass die Hochzeit in Karatschi stattfinden müsse. Manche behaupteten, dass dies der Wunsch der Mutter des Mädchens wäre; andere glaubten, dass die Gerissenheit des Vaters dahinter steckte, der einen für ihn günstigeren Handel abschließen wollte. Nur wenige kamen auf den Gedanken, dass die Idee ursprünglich vom Eunuchen stammte. Wie auch immer, die Bedingungen für die Eheschließung wurden dem Trockenobsthändler zugeschrieben, die Zustimmung des Türken seinem grenzenlosen Appetit. Letztlich erwies sich die Vereinbarung jedoch als für beide Parteien verhängnisvoll und von großem Vorteil für den Inder. Der Kaufmann aus Karatschi packte seine Tochter ein, verteilte getrocknete Früchte als Abschiedsgeschenke an die diversen Frauen des Türken und reiste ab. Aber kaum hatten sie Konstantinopel verlassen, kam das Geschäft erneut zur Verhandlung, und die Hochzeit wurde auf unbestimmte Zeit verschoben.

Die Laune des Türken verdüsterte sich zusehends, je weiter sich die Aussichten auf Vollzug in die ungewisse Zukunft verschoben, und er wurde zunehmend empfänglich für den Vorschlag, den Inder als Mittelsmann einzusetzen, um die Eheschließung voranzutreiben. Er habe, versicherte der aalglatte junge Mann, nützliche Verbindungen zu den Kaufleuten von Karatschi und könne die Interessen des Türken vor Ort selbstverständlich viel besser vertreten. Woraufhin er herausgeputzt, mit großzügigen finanziellen Mitteln ausgestattet als Gesandter zum Trockenobsthändler und seiner Tochter geschickt wurde. Es gelang ihm, dem Türken eine uneingeschränkte Verhandlungsvollmacht zu entlocken und den alten Mann mit dem Versprechen zu entzücken, dass er bei seiner Ankunft in Karatschi nicht nur eine Braut gewinnen werde, sondern zudem mehrere nützliche Geschäfte mit den Händlern der Stadt werde abschließen können.

Aber als der Inder in Karatschi eintraf, protzte er mit dem Reichtum, als wäre es sein eigener, und er betrat die Stadt nicht als Gesandter, sondern als erfolgreicher unabhängiger Händler. Und dann, als speziellen Gunstbeweis für den Trockenobsthändler und gegen ein bescheidenes Honorar und Übernahme aller anfallenden Kosten, bot er sich Letzterem als Mittelsmann an, der versuchen wollte, für die Aussteuer seiner Tochter eine bessere Gegenleistung des Türken auszuhandeln. Als er einige Monate später nach Konstantinopel zurückkehrte, ließ er sich lang und breit über seine geschäftlichen Transaktionen aus. Aber zur Enttäuschung des Türken waren die Früchte trockener als je zuvor, und die Aussteuerverhandlungen erforderten noch mehr Zeit und finanzielle Mittel. Und so verging Monat auf Monat, folgte Verzögerung auf Verzögerung, während der Inder die Pilgerroute kennen lernte und sein fünftes Leben begann, das Leben als Aasgeier.

Jetzt, da er sich unter dem Vorwand, nützliche Dienste zu erweisen, von der Gier und den Bedürfnissen anderer ernährte, beschloss er, sein Ansehen zu mehren, indem er sich einen neuen Namen zulegte. Muhsin Aqa passte besser zu seinem neuen Status als Heiratsvermittler und Mittelsmann und versteckte seine Selbstzweifel unter einem Schutzschild der Respektabilität. Das Karatschi-Geschäft fand erst ein Ende, als der Trockenobsthändler den gut gepolsterten jungen Mann selbst als besseren Bewerber für seine Tochter ins Auge fasste. Danach schwor der Inder, von nun an dem Türken gegenüber, der sich auf seinen Landsitz nach Damaskus zurückgezogen hatte, loyal zu sein, drehte den Spieß um und versuchte, das Mädchen anderen Kandidaten anzudienen, während er die Aufmerksamkeit des Türken von Karatschi nach Kirman lenkte.

Denn unlängst hatte er herausgefunden, dass er dort aus der Nervosität eines gewissen Kaufmanns der zoroastrischen Gemeinde Kapital schlagen konnte, der dringend einen Mann für seine Tochter brauchte. Der Kaufmann war unter dem Deckmantel moslemischer Frömmigkeit ein Zoroastrier, aber da der Marktwert seiner Tochter auf Grund ihrer Berüchtigtkeit gesunken war, musste ein Käufer auswärts gefunden werden. Der Türke war entzückt von dem angebotenen Handel und hingerissen von den Beschreibungen des Inders. Besonders beeindruckt war er von dem winzigen Miniaturporträt des Mädchens und der prophetischen Vision, die es, das schwor der Eunuch, hinsichtlich seiner Hochzeit gehabt hatte.

Obwohl der Inder allmählich die Gunst der Kaufleute von Karatschi verspielte und das Vertrauen der zoroastrischen Gemeinde von Kirman verlor, gelang es ihm, seine Beziehungen zu dem Türken über Jahre in gutem Zustand zu erhalten. Durch Lügen und Manipulation derjenigen, denen er angeblich mit treuem Eifer zu Diensten war, ergaunerte er sich schrittweise genug Vermögen, um ein eigenes Geschäft zu gründen, das aus Betrug, Geldwechseln und dem Verkauf von illegalem Alkohol auf der Pilgerstraße nach Mekka bestand.

Das war seine sechste Inkarnation, der Wüstenskorpion, der

zwielichtige Geschäfte mit verzweifelten, hilflosen Pilgern machte und sie weit weg von zu Hause um ihre Wertgegenstände und ihr Gold brachte. In dieser Phase seiner Existenz wechselte er seine Namen mit der gleichen Geschmeidigkeit, mit der Geld durch seine Hände floss. Unter Sunniten war er Muhsin Aqa, unter Schiiten war er Hadschi Abdullah, unter Hindus, die in dieser Gegend nur selten anzutreffen waren, kehrte er als Ashwin Munje zu seinen Ursprüngen zurück und behauptete, Kontakte zu den Brahmanen von Bombay und Kalkutta zu haben. Zudem entwickelte er ein ungewöhnliches Talent für Sprachen, zum Ausgleich für seine zweifelhaften Geschäfte. Ja, Verluste in einem Bereich des Lebens wurden mehr als wettgemacht durch Gewinne in einem anderen. Seine Zunge wurde zu seinem größten Aktivposten. Er sprach Urdu, Hindi, Arabisch, Persisch, Gudscharati und Türkisch sowie ein paar Brocken Englisch aus seinen *Sahib*-Tagen. Ganz gleich, in welchen Umständen er sich befand, seine Zunge war ihnen stets gewachsen, soweit es um Beschwatzen, Belügen, Betrügen und andere Arten von Arglist ging. Sie leistete ihm treue Dienste und rettete wiederholt seinen Stolz. Sein Leben hatte sie bislang jedoch noch nicht gerettet.

Einmal allerdings brachte seine Zunge sein Leben ernsthaft in Gefahr. Es war während der Periode als Aasgeier, als der Handel zwischen dem Türken und dem Kaufmann aus Karatschi sich zu zerschlagen begann. Sein schlechter Ruf in Karatschi zwang den Inder, sich anderswo umzusehen. Und da der Türke zu jener Zeit damit beschäftigt war, bei Damaskus Ländereien aufzukaufen, konnte er nicht wie geplant nach Konstantinopel zurückkehren. Er saß auf der Straße zwischen Dschidda und Mekka fest und konnte weder vor noch zurück. Als er eines Abends in einer Schenke am Wegesrand Halt machte – seine Laune war auf Grund von Selbstverachtung besonders schauderhaft –, fand er sich in einer verwirrenden Unterhaltung mit einem jungen Beduinen wieder, der in der Neumondnacht aus dem Nirgendwo aufgetaucht war.

Der Junge hatte tief liegende Augen und war von schlanker Statur, aber obwohl sie eine *Qualun* zusammen geraucht hatten, erwies er sich als unbestechlich. Das war jammerschade. Er war nichts weiter als ein armer Hirte, ein Vagabund oder Schlimmeres, aber der Inder vertraute ihm plötzlich. In der Nacht, als die Pilger in der Schenke schnarchten, ging er mit dem Beduinen in die Wüste und redete, wie er nie zuvor geredet hatte. Ob die Wüste, die unter dem Neumond merkwürdig rein wirkte, oder der Arrak, dem er vielleicht etwas zu sehr zugesprochen hatte, ihm die Zunge löste, wusste er nicht, aber er erzählte dem Jungen seine Geschichte: all seine Heucheleien, seine Lügen, seine Listen, seine Treulosigkeiten – dass er eigentlich ein Hindu aus Kalkutta war, der vorgab, ein Sunnit aus Karatschi zu sein; dass er von einem Türken kastriert worden war und jetzt die Pilger ausnahm.

Der Junge hörte schweigend zu. »Du glaubst also nicht an den Propheten?«, sagte er schließlich.

»An welchen Propheten?«, schnaubte der Inder. »Es gibt tausend Propheten.«

»Aber du tust so, als würdest du an ihn glauben, bei den Pilgern tust du so, als wärst du auch ein Pilger.«

»Ja, ich tue so«, erwiderte der Inder dumpf, »ich tue so, ich tue so, und ich hab's satt, ständig so zu tun, als ob. Ich flehe zu Gott, dass ich damit aufhören kann.«

»Aber du glaubst doch nicht an Gott«, unterbrach der Junge ihn scharf.

»Es gibt tausend Götter«, sagte der Hindu traurig. »Und vermutlich glaube ich an alle. Vishnu, Shiva, Indra, Kali. Ich glaube an alle.«

Und dann weinte er. Vielleicht waren es Tränen des Selbstmitleids; vielleicht waren es Tränen der Erleichterung, denn es war das einzige Mal in seinem Leben, dass er die Wahrheit gesagt hatte, ohne etwas gewinnen zu wollen. Es war das erste Mal, dass er seine Zweifel ausgesprochen und damit sein Leben möglicherweise in Gefahr gebracht hatte. Sekunden später bereute er seine Redseligkeit und hätte sich wegen dieser Dummheit am liebsten die Zunge abgebissen. Was, wenn sich der Beduine als Verräter herausstellte? Aber der Junge betrachtete ihn mit einer Mischung aus Mitleid und Ekel, und es war klar, dass er nichts mehr mit ihm zu tun haben wollte. Kurz darauf verschwand er zwischen den

Schatten, aus denen er gekommen war, und ließ den Inder zurück, damit er den Arrak und seine schlechte Laune ausschlief und fürderhin heimgesucht würde von der gespenstischen Vorstellung, dass irgendjemand irgendwo auf der Welt von seiner Doppelzüngigkeit wusste.

Der Inder sah den Beduinen erst wieder, als dieser tot auf dem Rücken lag, in der Nähe des ausgetrockneten Brunnens in der Schlucht. Neben ihm fand er eine Satteltasche. Aber da hatte er bereits keine Zunge mehr.

Es waren kuriose Umstände, die den Geldwechsler veranlassten, diese letzte verhängnisvolle Reise von Dschidda nach Mekka zu machen, bei der er seine Zunge verlor. Ohne die Gönnerschaft des alten Türken war er ein paar Jahre ruhelos zwischen Damaskus und Duzdab Zahindani gependelt, und auf einer dieser Reisen landete er in der kleinen Hafenstadt Langih zwischen Buschir und Bandar Abbas. Die Geschäfte gingen schlecht, und er beschloss, sein Glück bei dem örtlichen *Kad-khuda* zu versuchen, der sein Amt erst vor kurzem angetreten hatte und ihn noch nicht kannte. Sein Plan bestand darin, ihm einen illegalen Vorrat Arrak anzubieten im Tausch für das Monopol, mit den Pilgern Geldgeschäfte machen zu dürfen. Und dort, im Hof vor dessen Haus, hatte er eine sehr merkwürdige Begegnung.

Er traf einen »heiligen Mann« aus Indien, gekleidet in das einfachste Gewand, ein grünes Tuch um den Kopf gewunden und einen Stab in der Hand. Wie es schien, war er zu Fuß auf dem Rückweg nach Hause. Er war alt und mager, und seine Rippen stachen spitz hervor. Er hatte mit dem *Kad-khuda* gesprochen und trat mit einem beunruhigend wilden Funkeln in den Augen aus dem Haus. Der Geldwechsler war noch beunruhigter, als sich der »heilige Mann« nach seinen Familienbanden in Kalkutta erkundigte und unter buschigen Brauen neugierig sein Gesicht musterte, als er stammelnd von Karatschi erzählte. Der Geldwechsler war es nicht gewohnt, Landsleute zu treffen.

Der »heilige Mann« erzählte ihm dann unvermittelt, dass er sich auf dem Rückweg nach Indien befinde und in Shiraz gewesen sei, und fragte ihn, ob er wissen wolle, warum. Das war eine sonderbare Frage, ausgesprochen mit einer Klarheit, die alle Antworten sinnlos machte. Da er eindeutig kein Händler und Shiraz keine Pilgerstätte war, war der Geldwechsler etwas verwirrt angesichts dieser Bemerkung, als sein Gesprächspartner ohne Warnung oder Entschuldigung plötzlich verkündete, dass er in Shiraz gewesen sei, weil der letzte *Avatar* erschienen und das Zeitalter *Kirta Yuga* angebrochen sei.

Die mangelnde Logik dieser Erklärung veranlasste den Geldwechsler, den Mann mit den funkelnden Augen eine Weile ausdruckslos anzustarren. Welcher *Avatar?* War er ein verrückter Milleniumsprediger? Davon gab es unter seinen moslemischen Bekannten genug, aber jemandem, der die Veden predigte, war er bislang noch nicht begegnet. Der »heilige Mann« lächelte. »Bist du selbst nicht Beweis genug, dass das Ende von *Kali Yuga* gekommen ist?«, fragte er. »Denn steht nicht in den Veden, dass in diesen Zeiten ›kleinmütige Menschen Geschäfte machen und Kaufleute unehrlich sein werden‹? Schau dich doch an, du bist der lebende Beweis dafür!«

Der Geldwechsler war wie vor den Kopf gestoßen. War es Geistesgestörtheit oder eine etwas weniger unschuldige Fähigkeit, die es diesem »heiligen Mann« gestattete, aus Beschimpfungen logische Schlussfolgerungen zu ziehen? Er zweifelte an der Lauterkeit des Mannes, aber trotz seines Zynismus veranlasste ihn eine tief sitzende, von seiner toten Mutter übernommene Achtung für diejenigen, die sich dem *Sanatana Dharma,* dem universellen Gesetz, zuwenden, sich auf die Zunge zu beißen. Verrückt oder normal, er war schließlich ein »heiliger Mann«. Die Schriften seiner alten Religion waren dem Geldwechsler fremd geworden. Nur vage erinnerte er, dass *Kali Yuga* das gegenwärtige eiserne Zeitalter der Dunkelheit war und *Kirta Yuga* das kommende Zeitalter des Friedens und der Erleuchtung. Auch wenn er von frühester Jugend mehr an Profit als an Prophezeiungen interessiert war, so verehrte er doch noch immer diejenigen, die den Weg der Erleuchtung suchten, wer auch immer sie sein mochten. Einen »heiligen Mann« behandelte man mit Respekt, auch wenn er ein wenig verrückt war, auch wenn er einen zu durchdringend anblickte, sich zu nah an einen drängte und nach Knoblauch roch.

»Du bist der lebende Beweis«, wiederholte der alte Mann leise. »Denn heißt es nicht: ›Wenn die vedische Religion und das *Dharma* des Gesetzes ein Ende gefunden haben, wird das *Kali Yuga* nahezu vorüber sein.‹ Wenn die Menschen die Religion vergessen, wenn Männer wie du ›verdorben von den Ungläubigen, nicht mehr zu Vishnu beten werden‹, dann, so heißt es, ›wird der gesegnete Gott Vaseduva hier in unserem Universum wiedergeboren werden‹, und ein neues Zeitalter wird anbrechen!« Ohne ein einziges Mal mit den Lidern zu zucken, betrachtete er die erschrockenen Züge moralischer Degradierung vor seinen Augen.

Der Geldwechsler war mittlerweile so bestürzt, dass er mit wachsendem Unbehagen vor dem unerbittlichen Mann zurückwich, aber der ging ihm einfach nach, kam sogar noch näher, beugte sich vor, und zischelte in sein Gesicht: »Ich sage dir, er ist gekommen!«

Keine Frage, der Mann war verrückt. Vielleicht war das nur gut. Wäre er bei Verstand gewesen, hätte der Geldwechsler befürchten müssen, dass er seinen Familienbanden nachspürte und in Kalkutta für einen Skandal sorgte. Er wandte sich rasch ab und verließ den Hof. Nach dem verrückten Gefasel und dem Knoblauchgeruch hatte er keine Lust mehr, mit dem *Kad-khuda* einen Handel abzuschließen. Verwirrt lenkte er den Schritt in Richtung des stinkenden Piers, um sich von den Neuankömmlingen in der Stadt ein wenig ablenken zu lassen und herauszufinden, wer darauf wartete, an Bord der Pilgerboote nach Arabien zu gehen.

Und dort erwartete ihn eine zweite Überraschung. Er sah den Zoroaster, den parsischen Kaufmann, den er vor einigen Jahren in Kirman betrogen hatte. Der Mann begleitete seine Tochter und den bräutlichen Zug. Und auf einen Blick erkannte der Inder, dass es ein ganz beträchtlicher Zug war. War es möglich, dass der alte Bock endlich eingelenkt und sich mit der Aussteuer einverstanden erklärt hatte? Und das ohne seine Vermittlerdienste? War es vorstellbar, dass sie eine Vereinbarung getroffen hatten, die dem Unterhändler den gerechten Anteil am Geschäft vorenthielt?

Oder sollte das kleine verrückte Mädchen mit einem anderen verheiratet werden? Was taten sie hier, die Zoroastrier, als Moslems verkleidet, unter den Pilgern, die alle nach Arabien unterwegs waren? Hier konnten Sahne, Fett, Öl abgeschöpft werden. Das würde er sich nicht durch die Finger rinnen lassen.

Aber der Inder zögerte für einen Moment und versteckte sich hinter den stinkenden Fischerbooten nahe der alten Hafenausfahrt. Wie sollte er jetzt vorstellig werden, ohne dass ihn jemand behutsam einführte? Sein letztes Zusammentreffen mit dem Zoroaster war nicht gerade erfreulich verlaufen, um es milde auszudrücken, und der Inder hatte nicht vergessen, dass die Tochter eine Neigung zu Träumen und Omen hatte, die seine ausgefeiltesten Pläne durchkreuzt hatte. Er vermied es, von ihnen gesehen zu werden, und überlegte, wie er am besten vorgehen sollte. Zum ersten Mal seit langem war er auf die Dienste eines Mittelsmannes angewiesen, einer neutralen dritten Partei, die als Anwalt auftrat. Und er verfiel auf den Gedanken, zum örtlichen *Kad-khuda* zurückzukehren und ihn um eine Einführung zu bitten. Der Mann kannte ihn noch nicht, und wenn er sich für eine kleine Gegenleistung, ein kleines Alkoholgeschäft, diese Gunst von ihm erschmeicheln könnte, würde er sich in Windeseile neu erfinden. Und die Mittel finden, seinen eigenen Geldbeutel aufzufüllen, während es den Anschein hatte, als würde er anderen einen Gefallen erweisen. Mit erneuertem Eifer kehrte er um und machte sich auf den Weg zum Haus des *Kad-khuda.*

Aber er kam nicht weit. Zu seinem Entsetzen musste er feststellen, dass der »heilige Mann« ihm gefolgt war, in Begleitung des *Kad-khuda* höchstpersönlich. Schlimmer noch, sie näherten sich dem Pier. Sie steuerten direkt auf die Parsen zu! Verwirrt beobachtete der Geldwechsler, wie der zoroastrische Kaufmann den »heiligen Mann« mit größtem Respekt und einer unter alten Freunden üblichen Vertrautheit begrüßte. Und dann musste er bestürzt mit ansehen, wie der »heilige Mann« den Zoroaster dem *Kad-khuda* vorstellte. Alle seine Hoffnungen lösten sich in nichts auf. Warum arbeitete sein *Karma* gegen ihn? Er hatte seine Chance verpasst.

Aber das Schlimmste sollte erst noch kommen. Minuten später sah er, wie der »heilige Mann« tatsächlich auf ihn deutete – und es gab kein Entrinnen! Der Jahrtausend-Wahnsinnige hatte ihn demaskiert. Er musste sich auf demütigende Schmach und öffentliche Bloßstellung vorbereiten. Dafür würde der Zoroastrier bestimmt sorgen, und sein Urteil würde alle weiteren Chancen, geschäftliche Beziehungen mit dem *Kad-khuda* aufzunehmen, zunichte machen. Der Inder neigte halb dazu, sich zu ducken und vom Pier zu fliehen. Aber genau in jenem Augenblick, als der Zoroastrier zu ihm schaute und ihn langsam wiederzuerkennen schien und sich die drei Männer in seine Richtung in Bewegung setzten, nahm der »heilige Mann« die Sache plötzlich in die Hände.

»Gestatten Sie mir, Ihnen einen Landsmann vorzustellen«, sagte er. Dann wandte er sich höflich an den parsischen Kaufmann und fügte hinzu: »Ein Herr, dem Sie, glaube ich, bereits begegnet sind. Aber jetzt ist er mein Freund, und ich bürge für ihn.« Nach einem kurzen Blick auf den *Kad-khuda* fuhr er fort: »Sie können ihm vertrauen. Denn heißt es nicht, wenn das neue Zeitalter *Kirta Yuga* anbricht, ›wird der Geist der Menschen erwachen und so rein werden wie Kristall!‹ Dieser Mann wird der lebende Beweis dafür sein.« Mit dieser letzten rätselhaften Bemerkung legte er die Handflächen aneinander, sah die drei Männer einen nach dem anderen durchdringend an und verneigte sich dann vor jedem respektvoll.

Und so kam der Geldwechsler zu dem Mittelsmann, mit dem er am wenigsten gerechnet hatte. Nur wegen des verrückten »heiligen Mannes« war der Parse widerstrebend bereit, erneut seine Dienste als Spion in Anspruch zu nehmen. Auf Grund dieser denkwürdigen Begegnung brach der Inder auf zu einer Reise, mit der sein siebtes Leben und seine Karriere als Fliege begann. Als er an Bord des Bootes nach Dschidda ging, stand der magere alte »heilige Mann« am Pier und ließ ihn für eine lange Zeit nicht aus den Augen.

Anfänglich hätte die Lage nicht vielversprechender sein können. An Bord des Bootes hatte der Geldwechsler reichlich Gelegenheit, darüber nachzusinnen, welche Strategie er verfolgen sollte, und als sie in Dschidda ankamen, sah es so aus, als würde ihm die Aussteuer einfach in die Hände fallen. Die von dem Türken angekündigte Eskorte, die die Braut nach Damaskus begleiten sollte, war noch nicht eingetroffen. Es war auch nicht auszuschließen, dass er und seine Eskorte unterwegs massakriert worden waren, denn Gerüchten zufolge hatte der wilde Scheich des Stammes *Harb* in dem Bemühen um Unabhängigkeit osmanische Würdenträger angegriffen. Genauso wahrscheinlich war allerdings, dass die türkische Eskorte sich schlicht verspätet hatte. Wenn sie Dschidda schnell wieder verließen, würden sie sie verpassen.

Der Geldwechsler wusste, dass er rasch handeln musste. Er trat in Verhandlungen mit dem Führer der Karawane mit dem Ansinnen, gemeinsam mit den Pilgern nach Mekka weiterzuziehen. Unterwegs, so plante er, würde er frühzeitig ein paar Andeutungen über die zoroastrischen Neigungen des bräutlichen Zugs fallen lassen und anschließend, sobald alle es wussten, die Folgen ausnutzen. Nichts wäre einfacher, als im heiligen Hijaz Nichtmoslems loszuwerden und sich dabei nicht selbst die Hände schmutzig machen zu müssen. Ein kleines Scharmützel im Namen religiösen Fanatismus konnte immer mit ein paar aufgeschlitzten Kehlen und beträchtlichem Reichtum enden. Der Inder wusste nur zu gut, wie man den Trauernden spielte. Er musste nur schnell handeln und das im geeigneten Augenblick.

Aber der geeignete Augenblick kam und ging mehrmals, ohne dass er in der Lage gewesen wäre, ihn zu nutzen, und er hatte Mühe, mit dem Führer der Karawane nicht die Geduld zu verlieren, denn der war gieriger als erwartet. Und gerade als der Handel perfekt war und sie sich auf die Abreise vorbereiteten, traf zu seiner unermesslichen Enttäuschung die türkische Eskorte ein und durchkreuzte seine Pläne. Schlimmer noch, sie überreichten einen vom Türken unterzeichneten Brief mit der Anweisung, dass die Braut in jedem Fall die heilige Stadt meiden und auf der Handelsroute nach Usfan einen weiten Umweg um Mekka machen sollte.

Als der Inder wegen der Unwägbarkeiten dieser einsamen Strecke protestierte und die wesentlich vernünftigere Lösung vorschlug, mit den Pilgern bis nach Hedda und auf einem kleineren Umweg um die heilige Stadt durch die Wüste nach Al Dschumum zu ziehen, erhöhte der Karawanenführer den Preis und es musste erneut verhandelt werden. Zwar kam ihm die Feigheit der türkischen Eskorte entgegen (sie hatten eine Heidenangst davor, allein durch die Wüste zu marschieren), aber ihre unbeholfene Verhandlungstaktik erwies sich als fatal, und wieder versäumte der Inder den geeigneten Moment, als er eines Morgens aufwachte und feststellen musste, dass die Pilgerkarawane vor Tagesanbruch ohne sie aufgebrochen war.

Er war überaus verärgert. Die ideale Gelegenheit, den religiösen Fanatismus der Pilger gegen die Braut zu lenken, war verpasst. Im Nachhinein fragte er sich, ob nicht der fanatischste von ihnen, ein übernervöser schiitischer Mullah, für den hastigen Aufbruch der Karawane verantwortlich war. Denn der junge Mann war entsetzt gewesen, als er hörte, dass sein *Hadsch* durch die Anwesenheit parsischer Frauen besudelt werden könnte. Es blieb ihnen jetzt keine andere Wahl, als zu versuchen, sich dieser oder einer anderen Pilgerkarawane jenseits der heiligen Stadt, entweder in Al Dschumum oder in Usfan, anzuschließen und die Wüstendurchquerung allein zu wagen.

Die Möglichkeit, wie er dabei die Braut loswerden könnte, war wenig ansprechend. Unterwegs zu sein mit einer Eskorte uniformierter türkischer Soldaten, noch dazu in einer Region, in der der Hass gegen die Türken brodelte, entsprach nicht seiner Vorstellung von einer guten Gelegenheit, sich der Zoroastrier zu entledigen. Leider würden die rebellierenden Stammesmitglieder, die in den Dünen vor ihnen lauerten, weder einen Unterschied zwischen ihm und den Zoroastriern machen, noch wären sie geneigt, die Beute zu teilen. Unter solchen Umständen hätte er Mühe genug, sein Leben zu retten, und die Aussteuer der Braut würde anderen in die Hände fallen.

Sowohl um sich selbst zu beruhigen, als auch um ein bisschen Geld zu machen, erbot er sich, Leibwächter für die Türken aufzutreiben, die auf angemessenem Schutz vor der Bedrohung durch den Stamm Harb bestanden. Sein Preis betrug das Zigfache dessen, was die Leibwächter verlangten, eine erbärmliche Truppe von Bettlern, aufgelesen in den Straßen von Dschidda und für den Anlass mit geliehenen Stöcken und Dolchen ausgestattet. Doch trotz all seiner Anstrengungen, die Türken übers Ohr zu hauen, erstaunten sie ihn letztlich damit, dass ihre Sparsamkeit noch größer war als ihr Kleinmut. Nach einer zweiwöchigen Verzögerung beschlossen sie, mit einer kleinen Handelskarawane aus Dschidda aufzubrechen und ohne Leibwächter über Bariman nach Usfan durch die Wüste zu ziehen.

Der Inder war sich sicher, dass die abessinische Sklavin sie zu dieser Entscheidung gedrängt hatte. Denn er misstraute ihrer dunklen Hautfarbe und ihrem jüdischen Glauben. Bestimmt hatte sie die Ängste der Soldaten geschürt und ihnen eingeredet, dass die rasende Wut des Türken, der ungeduldig auf seine Braut wartete, einen größeren Grund zur Furcht darstellte als ein Angriff der Harb, dass seine Ungeduld weitaus größer und realer war als das Risiko eines Angriffs. Sie hatte etwas an sich, das einen mit Vorahnung erfüllte. Sie hatte auf die Angst der türkischen Soldaten gesetzt. Und so wartete der Inder entlang der langweiligen, wenig begangenen Strecke von Dschidda nach Usfan auf den in seinen Augen geeigneten Augenblick, und während dreier Tage fand sich nicht einmal ein Hinweis auf die Ausrede, nach der er suchte. Oder auf die Bedrohung, die er fürchtete.

Schließlich, am vierten Tag nach ihrem Abmarsch aus Dschidda, ein paar Stunden nach Sonnenaufgang war es endlich soweit. Am Vorabend waren sowohl der Inder als auch die türkische Eskorte aus unterschiedlichen Gründen hoch erfreut gewesen, in der Karawanserei von Usfan erneut auf die Pilgerkarawane zu stoßen. Diesmal hatten die Türken keinerlei Schwierigkeiten, mit dem Karawanenführer handelseinig zu werden, so dass der bräutliche Zug unter ihrem zusätzlichen Schutz weiterziehen konnte, und der Inder stellte zufrieden fest, dass der fanatische junge Mullah dank eines glücklichen Zufalls noch unter den Pilgern weilte. Sofort begann er, Hinweise zu geben und mit eindeutigen

Bemerkungen die Skrupel des jungen Mannes anzustacheln und seine Zweifel zu schüren. Besonders abstoßend empfand der Fanatiker die Anwesenheit der *Falascha*-Sklavin, und der Inder nutzte das zu seinem Vorteil.

Er selbst jedoch war beunruhigt, weil ein Derwisch zu der Karawane gestoßen war. Offensichtlich hatte er sich den Pilgern in Mekka angeschlossen, und sein *Hadsch* schien das Durcheinander von Sufi-Mystik in seinem Kopf nur noch größer gemacht zu haben. Er war die wandelnde Verkörperung abergläubischer Sitten. Der Inder war besonders gereizt, weil der Derwisch ständig Lieder über Ghule und Geister skandierte, was die Pilger häufig zum Lachen reizte und von den Bemühungen des Inders, ihre fanatischeren Gefühle wachzurütteln, ablenkte. Aber als die Karawane gezwungen war, auf der Straße zwischen Mekka und Medina kurz vor der Karawanserei von Khulays anzuhalten, wurde ihm klar, dass nichts, was er angedeutet hatte oder was der Derwisch verkündet hatte, auch nur halb so provozierend hätte sein können wie die Schreie, die aus der Sänfte der Braut drangen.

Der hysterische Anfall der Braut spielte ihm in die Hände. Es konnte gar nicht besser laufen. Wegen dieser Frau musste die gesamte Karawane anhalten. Jetzt war der richtige Zeitpunkt, die Ungläubigen zu enttarnen. Das war die Gelegenheit, den jungen Mullah zu Taten anzuspornen. Die Hitze war tödlich. Der Karawanenführer war über den außerplanmäßigen Aufenthalt verärgert. Der Leichnam stank unerträglich, und ausnahmslos alle Pilger beschwerten sich. Es würde nicht viel dazugehören, die Schuld dort zu lokalisieren, wo sie seinen Zwecken dienen würde, und dann könnte er zweifellos dank rascher Maßnahmen und sinnvoll verteilter Bestechungsgelder den größeren Teil der Beute einstecken, und der Türke müsste nicht einmal erfahren, dass er etwas damit zu tun hatte. Denn den Zoroastrier hatte er selbstverständlich angelogen und behauptet, noch immer das Vertrauen des Türken zu besitzen.

Die Karawane war in Aufruhr. Alle schrien und beklagten sich. Die Wächter des Leichnams wirkten, als würden sie bei der geringsten Provokation explodieren, und verlangten eine Erklärung.

Die Pilger waren aufgebracht, abgesehen von einem Mann mit runzeligem Gesicht, der sich in Usfan an die Fersen des Geldwechslers geheftet hatte. Dieser alte Pilger sprach ein gebrochenes Persisch, das niemand verstand, und hatte den Inder offensichtlich als Dolmetscher auserkoren. Er ließ sich überhaupt nicht provozieren oder reizen, nicht einmal von den Fliegen. Seine eigenartigen Gewohnheiten und seine ungewisse Herkunft hatten den Derwisch, der behauptete, der alte Mann sei ein verkleideter Dschinn, zu einer Flut von Anschuldigungen veranlasst, die unter den Pilgern für Argwohn sorgten, denn niemand wusste, welcher Religion der Alte angehörte. Es hatte den Anschein, als sei er seit mehreren Jahren auf der Seidenstraße unterwegs und dabei bis auf Haut und Knochen abgemagert. Aber dem Inder war es gelungen, die Fragen der Pilger zu beantworten, die absurden Anschuldigungen des Derwisch zu entkräften und den harmlosen alten Mann zu beschützen, denn er wollte aus ureigenen Gründen die Feindseligkeiten auf den bräutlichen Zug lenken. Und jetzt war endlich der geeignete Augenblick gekommen.

Er holte seine Flasche Arrak heraus und beglückwünschte sich zu seiner Geduld, denn es war weit befriedigender, wenn die Braut und ihr Gefolge ohne großes Zutun seinerseits zu Brei geschlagen und umgebracht würden. In diesem Augenblick bemerkte er, dass die *Falascha*-Frau ihm etwas zurief. Sie hatte die Sänfte der Braut verlassen und kam auf ihn zu. Eine nie da gewesene Ehre, die ihm ein dümmliches Grinsen abverlangte. Er wusste, dass sie ihn zutiefst verachtete. Misstrauen und Rivalität zwischen ihnen beruhten auf Gegenseitigkeit. Sie bewachte das Mädchen wie ein Adler, und ihre Anwesenheit verärgerte ihn unendlich. In Dschidda hatte sie ihn gereizt, indem sie sich in seine Verhandlungen mit dem Karawanenführer einmischte. Sie maßte sich sogar an, ihm ein Ultimatum zu stellen; sie drohte der türkischen Eskorte mit einem Skandal, wenn sie nicht schnellstens aufbrachen. Er war sich sicher, dass sie nun wieder versuchen würde, seine Pläne zu durchkreuzen. Sie war nichts weiter als eine freigelassene Sklavin, aber diese Frau verfügte über beträchtliche Macht. Du Hexe!, dachte er. Was für ein Spiel spielst du jetzt?

Er drehte sich um und blickte über die Schulter. Der nervöse junge Mullah war nah genug, um sie zu hören. Er wollte den Zorn des Klerikers entfachen, dessen Atem so säuerlich roch wie der Leichnam. In der Vergangenheit hatte er immer Angst davor gehabt, dass seine Doppelzüngigkeit eines schönen Tages von einem jungen Mann wie diesem mit blassen, zuckenden Händen und spärlichem Bart entdeckt würde. Jetzt lag ihm ebenso viel daran, die Aufmerksamkeit des Fanatikers zu erregen, wie ihm früher am Gegenteil gelegen war. Er war froh, dass der Derwisch mit seinem abergläubischen Unsinn über Ghule und Dschinns nicht in der Nähe war, um den Mann abzulenken.

Als die *Falascha*-Frau zu sprechen begann und ihm irgendetwas davon erzählte, dass er irgendwohin reiten und irgendetwas von irgendjemandem holen sollte, gab der Geldwechsler vor, sie nicht zu verstehen, und bat sie, das Gesagte zu wiederholen, in Hörweite des Mullahs. Sie tat es. Und etwas war höchst verdächtig an der ganzen Sache, etwas stank zum Himmel, stärker als der Leichnam oder der Atem des Mullahs.

Er kniff die Augen zusammen, wohl wissend, wohin sie mit ihrem knochendürren schwarzen Finger deutete. Nur eine *Farsang* vor ihnen stand ein alter Brunnen neben einem zerstörten Schrein. Der Ort wurde Abwa genannt. Die Karawane, die nur langsam vorwärts kam, würde eine Stunde bis dorthin brauchen. Ein Mann auf einem Pferd oder Maulesel wäre in einer halben Stunde dort. Abwa schimmerte in der Ferne wie eine Fata Morgana. Er war auf früheren Reisen daran vorbeigekommen. Es war ein altes Grab, nach Meinung des Derwischs ein von Geistern und Dschinns heimgesuchter Ort; in der Vergangenheit hatte er sich nie lange dort aufgehalten, und jetzt lag ihm noch weniger daran. Warum schickte sie ihn dorthin, die afrikanische Hexe? Hatte sie jemanden beauftragt, ihn zu ermorden?

Das sollte offenbar ein Metzgergang werden. Er spähte zwischen den bestickten Bahnen ihres Schleiers hindurch und entdeckte etwas in ihren Augen, das ihn beunruhigte. Daraus schloss er, dass sie die Kontrolle über die Braut verloren hatte. Gut, dachte er. Jetzt wirst auch du nicht mehr mit dem verwöhnten kleinen

Mädchen fertig, stimmt's? Na gut, wenn ich dir einen Gefallen tue, wirst du mir auch einen tun müssen, *Khanum.* Was er jedoch laut sagte, klang überaus entgegenkommend. Mit einem Blick über seine runde Schulter seufzte er respektvoll und zuckte die Achseln, ließ sie in dem Glauben, dass er ein Diener ihrer Herrin sei und alles tun würde, was man von ihm verlangte. In Hörweite des Mullahs versicherte er ihr, dass er bis zum Äußersten gehen würde, um den Wünschen ihrer Herrin Genüge zu tun. Er würde sich bemühen, ihre Anliegen zu erfüllen, sagte er in wehleidigem Tonfall.

Nachdem die Frau wieder gegangen war, hatte er keine Mühe, den Mullah aufzustacheln. Der war bereits wütend. Was für einen Grund hatten diese Ungläubigen, am heiligen Brunnen von Abwa anzuhalten? Der Inder stimmte ihm aus ganzem Herzen zu, dass die Forderung einer Gotteslästerung gleichkäme. Wie konnten sie es wagen, das Grab der Mutter des Propheten zu entweihen?, fragte der Mullah. Der Inder betonte, wie lästig ihm seine Verpflichtungen gegenüber diesen Ungläubigen auf jedem Schritt entlang der Straße zwischen den heiligen Stätten waren und wie sehr er wünschte, dass eine reine und rechtschaffenere Hand als seine eigene die Rache über sie brächte, die Gott sicherlich für sie bereit hielt. Denn – (und an dieser Stelle flüsterte er dem Mullah gewisse Obszönitäten über dic Beziehung zwischen der Sklavin und dcr Braut ins Ohr, ganz zu schweigen von den Perversionen, denen sich die anderen zoroastrischen Frauen im Zug der Braut hingaben, so dass der junge Mann bis in die Haarwurzeln errötete, sich abrupt zur Seite wandte und in den heißen Sand spuckte) –, denn fraglos, so winselte er, verdienten sie diese Rache!

Anschließend machte er sich auf seinem störrischen Maultier auf den Weg zum Brunnen. Er beabsichtigte, mit seiner Flasche Arrak im kühlen Schatten unterhalb der Felswand zu rasten, bis die Karawane eintraf. Dann würde er irgendwelche Ausreden vorbringen oder seine Belohnung einstecken, aber keinesfalls würde er weiteres Ungemach auf sich nehmen. Im günstigsten Fall hätte sich zum Zeitpunkt ihres erneuten Zusammentreffens die Wut des Mullahs bereits Luft verschafft und für Aufruhr unter den Pilgern gesorgt, und er selbst hätte nichts weiter zu tun, als die süße Sahne abzuschöpfen. Der Geldwechsler war nicht umsonst eine Schmeißfliege. Er wusste zu reizen und aufzustacheln und dabei aus der Schusslinie zu bleiben. Er wusste, wie man sich schadlos hielt an den Lebenden und an den Toten. Während die Karawane sich der Braut und ihrer Gefolgschaft entledigte, würde er keinesfalls neben einem alten Brunnen unter Ghulen und Dschinns verweilen.

Obwohl die Streitigkeiten mit dem Karawanenführer noch in vollem Gang waren, obwohl der Mullah seinen Unmut über die Zoroastrier bereits lauthals hinausposaunte, bemerkte der verrunzelte alte Pilger, der sich bislang aus allem herausgehalten hatte, den Aufbruch des Geldwechslers. Er rannte dem Maultier des Eunuchen hinterher, fuchtelte mit den Armen herum und schrie etwas mit einer komischen hohen Stimme. Das war merkwürdig. Der Geldwechsler wandte sich um und winkte, nickte lächelnd und versicherte ihm, dass er nicht für immer und ewig fortgehe, aber der alte Kauz gab keine Ruhe. Sein Verhalten war umso merkwürdiger, weil er sich bislang keineswegs aufgeregt hatte. Lange Zeit verfolgte er ihn in der brütenden Hitze, gestikulierte und rief etwas in einem hohen Falsett, wie ein Vogel. Es war, als wollte er dem Eunuchen etwas sagen. Oder ihn warnen. Das Echo seiner flehentlichen Schreie hallte zwischen den Dünen wider, und der Inder schauderte unter der Sonne. Er begann, sich Ghule und Dschinns vorzustellen.

Als die Banditen ihn ergriffen und den heulenden Geldwechsler zu ihrem Anführer schleppten, wurden seine schlimmsten Ängste bestätigt. Die Ghule waren nur zu wirklich, und ihre Hände und Füße waren gewalttätig. Es waren Dschinns, die einen Zweck verfolgten! Und er wusste, dass er sehr viel konkreter war als alles, was der Derwisch sich vorgestellt hatte. Die Schmerzen, als sie ihm brutal die Arme auf den Rücken drehten und ihm die Luft aus der Brust traten, waren stechend, trotzdem überlegte er für einen Moment, ob sich die verdammte *Falascha*-Frau mit dem Derwisch zusammengetan hatte, um diese Teufel auf ihn zu hetzen. In seiner Todesangst war er davon überzeugt, dass die afrikanische Hexe dies alles geplant hatte; dass sie gewusst hatte, dass diese brutalen Banditen auf ihn warteten, um ihn für seine Missetaten zu bestrafen; dass sie ihn in seinen Untergang geschickt hatte. Woher wusste sie davon? Wer hatte ihr davon erzählt? Er stellte sich sogar vor, dass sie sich einen Beduinen als Liebhaber genommen hatte, und zwar den jungen Kerl, dem er seine Verbrechen gestanden hatte. Die Phantasie ging mit ihm durch; seine Gedanken verwirrten sich.

Aber als die Männer ihn auszufragen begannen, als er aus Angst um sein Leben seine Gedanken in den Griff bekommen musste, um ihnen antworten zu können, merkte er, dass sie lediglich Räuber der Wüste waren. Es waren billige, bösartige Banditen. Es waren nicht einmal die Männer vom Stamm *Harb* mit einem gerechten Zorn im Herzen, sondern habsüchtige, von blinder Gier geleitete Räuber.

Er war früher schon ausgeraubt worden, hatte es bislang jedoch immer geschafft, sich mit Bestechungsgeldern oder Beute, mit Versprechungen auf mehr wieder herauszuschwatzen. Sogar als er am meisten beunruhigt war wegen eines möglichen Überfalls des Stammes *Harb*, auf der einsamen Wüstenstrecke hinter Dschidda, hatte er sich so etwas nicht vorgestellt. Denn jetzt, da seine schlimmsten Befürchtungen eingetroffen waren, war er vollkommen auf sich allein gestellt; er hatte nichts, was er als Verhandlungsmasse einsetzen konnte, außer seiner geschickten Zunge, seinen leeren Worten. Es war niemand da, den er hätte verraten, hinter dem er sich hätte verstecken können, keine Zweifel, die er hätte nutzen können. Die drohende Gewissheit nahm ihm den Atem.

Er versuchte es mit all seinen alten Listen, probierte es mit all seinen alten Tricks und Zauberformeln und bot seine Dienste an, um sich zu retten. Aber nach den Fragen, nach den Antworten, nachdem die Banditen alles Wissenswerte über die Karawane in Erfahrung gebracht hatten, nachdem sie die Zahl der Soldaten und den ungefähren Wert der Aussteuer kannten, wurde ihm mit wachsendem Entsetzen klar, dass das alte Spiel nicht länger funktionierte. Mit unermesslichem Schrecken wurde ihm klar, dass ein weiteres Leben zu Ende ging. Die Banditen hatten ihn ausgequetscht und ihm alles genommen, was Wert besaß. Arrak interessierte sie nicht. Sie brauchten ihn nicht mehr.

Blutrünstig waren ihre Blicke, grausam war ihr Lächeln. Das waren Wilde, keine Menschen. Es waren Tiere. Sie würden vor nichts zurückschrecken. Wenn dieses Leben zu Ende wäre, gäbe es ein neues für ihn? Der »heilige Mann« hatte Recht gehabt, als er sagte, dass sie im Zeitalter von Kali lebten, wenn ganze Landstriche von Räubern und Vagabunden verwüstet wurden. Das war wirklich das *Kali Yuga*. Er war am Rand des Ruins und des sicheren Todes. Es war vorbei. Er war sich sicher, dass sie ihn umbringen würden, dass sie ihn vor seinen eigenen Augen niedermetzeln würden. Als ihn der Hauptmann vor die Wahl stellte, seine Zunge oder sein Leben zu opfern, erschien ihm das als ungeheure Gnade.

Seine Zunge rettete ihm das Leben, und er wurde in seiner achten Inkarnation wiedergeboren.

Als er von den Banditen fort- und auf die hohe Felswand zutaumelte, stolperte er als Erstes über die Satteltasche. Sein letzter zusammenhängender Gedanke, als er in der Mittagshitze dahingeritten war, hatte dem kühlen Schatten unter den Felsen gegolten; jetzt dachte er keine zusammenhängenden Gedanken mehr. Deswegen ließ er sich von diesem letzten Gedanken wie von einem geduldigen Maultier weitertragen. Sein ganzes Wesen konzentrierte sich in einem vor Schmerz brüllenden Mund. Die Sonne warf geschmolzenes Licht auf die Felsen, und der Sand hob und senkte sich wie brennende Wogen. Hatte der »heilige Mann«, als er am Pier von Langih stand und ihm nachblickte, seine Reise nach Dschidda über ein Meer von Feuer vorausgesehen?

Dann fiel sein Blick auf die Satteltasche. Sie war aufgeplatzt, und ein Teil ihres Inhalts lag verstreut auf den Steinen. Er starrte sie verständnislos an. Blut rann von seiner Brust, und ihm war schwindlig. Unfähig, sich vorzubeugen, ließ er sich von seinem Maultier gleiten und fiel schwer wie ein löchriger Sack auf den nächsten Felsen. Benommen langte er vorsichtig nach vorn und berührte ein Päckchen in seiner Nähe. Der Faden darum herum war zerrissen, und eine Rolle Papier fiel in seine blutigen Hände. Schweiß lief ihm in die Augen, sein Mund war ein grässliches O. Er legte sich die Papierrolle in den Schoß und begann zu lesen. Die wunderschöne Handschrift war in Arabisch verfasst.

»Der Tag der Wiederauferstehung ...«, las er. Und hielt inne. Die Worte hatten einen durchdringenden Ton, der einen Schwarm Aasgeier in den Felsen vor ihm auffliegen ließ. Sie umkreisten ihn wie dunkle Pfeile, kreischend und krächzend. Dann las er weiter. »... ist ein Tag, an dem die Sonne auf- und untergeht wie an jedem anderen Tag.« Die stillen Worte waren wie ein Donnerschlag aus heiterem Himmel. In seinem Kopf summten Fliegen. »Wie oft schon hat der Tag der Wiederauferstehung gedämmert, und die Leute in dem Land, in dem dies geschah, wussten nichts davon.« Fliegen und die Schatten der Vögel schwirrten um seinen Kopf. »Hätten sie es gewusst«, las er weiter, »so hätten sie es nicht geglaubt, und so ward es ihnen verschwiegen.«

Die Logik war von einer Vollkommenheit, die jeglicher Widerlegung trotzte. Wer tat ihm so etwas an? Wer teilte ihm so Grauen erregende Dinge an diesem Tag mit, der begonnen hatte wie jeder andere? Er begann zu wimmern wie ein Kind, das sich verirrt hatte, stöhnte vor Schmerz, wandte sich nach rechts und links, schaute sich in alle Richtungen um. Die Vögel ließen sich langsam wieder nieder. Er war allein unter dem makellosen Himmel. Wohin sollte er gehen? Schnell! Er wusste nicht, wohin er wollte, aber er musste rasch irgendwohin rennen und sich verstecken.

Und dann bemerkte er eine schwarze Wolke, die sich über einer formlosen Masse in den Felsen versammelt hatte. Es waren Fliegen. Und nicht wenige umsummten ihn bereits, vom Blut angezogen.

Der Inder erkannte den Beduinen sofort wieder. Mindestens zehn Jahre waren vergangen, seitdem er dieses Gesicht gesehen hatte, das ihn jetzt oberhalb eines nach hinten gebogenen, gebrochenen Genicks aus blutenden, weit aufgerissenen Augen anstarrte, aber er hätte ihn überall wiedererkannt. Der Wüstenjunge in der Neumondnacht. Das einzige menschliche Wesen, dem er stockend die Geschichte seiner Unaufrichtigkeit und Heimtücke erzählt hatte. Die einzige menschliche Seele, die sein Geheimnis kannte. Und, dessen war sich der Inder plötzlich ganz sicher, sein einziger wahrer Freund. Er kniete nieder, stark blutend, das Schriftstück, das er gelesen hatte, an seine blutüberströmte Brust gepresst. Dann sackte er zwischen den Felsen zusammen, den eigenen Schmerz vergessend, neben der Leiche, um die die Fliegen aufgebracht summten. Er senkte den Kopf, allein unter der hohen Felswand und dem gesichtslosen Himmel, an dem die Aasgeier kreisten, und begann zu weinen, tiefe Schluchzer, als ob sein Herz brechen würde. Sein Freund war tot. Und er würde nie wieder mit einer lebenden Seele sprechen können.

Für den Inder stand die Zeit still. Er hatte keine Ahnung, wie lange er kniete. Die gewaltige Flutwelle der Vergeblichkeit seines Lebens traf ihn mit voller Wucht, das Unglück, im Kreis der Wiedergeburten gefangen zu sein, im Gefängnis von Elend und Leiden in der Welt. Ach! Könnte er dem nur entfliehen! Erlösung, *Moksha,* finden und die Zweifel der materiellen Existenz hinter sich lassen. Befreit werden von diesen immer schäbigeren und sinnloseren Wiedergeburten. Er ertrug diese endlosen Wiederauferstehungen nicht länger. Vishnu, Herr des Opfers, betete er in seinem Herzen, erlöse mich. Rama, Krishna, Buddha. Helft mir. Warum kamen ihm die uralten Inkarnationen der Götter nicht zu Hilfe? Warum sprachen sie nicht die Worte der Erlösung?

Andererseits, warum sollten sie? Und konnten sie überhaupt? Hatte er je zuvor auf sie gehört? Nicht einmal, als der »heilige Mann« zu ihm gesagt hatte, dass das neue Zeitalter *Kirta Yuga* und der letzte *Avatar Kalki* bevorstanden, hatte er auf ihn gehört. Und dann fielen ihm wieder die Worte ein, die er gerade gelesen hatte: *Hätten sie es gewusst, so hätten sie es nicht geglaubt, und so ward es ihnen verschwiegen.*

Während er sich an die Worte erinnerte, hörte er die fernen Rufe und Schreie der Kameltreiber. Die Karawane war am Brunnen eingetroffen. Diesem Ereignis haftete etwas Unvermeidliches an, in dem die fürchterliche, aber unbestreitbare Logik widerhallte, die er überall um sich herum zu erkennen begann. Da er nicht auf die Worte der Götter gehört hatte, sollte er nun vielleicht versuchen, ihre Taten zu verstehen. Die Felsen standen alle, wo sie stehen sollten. Der Beduine war an diese Stelle gefallen, damit er seine Leiche fand. Er war ausgeschickt worden, um eine Botschaft zu suchen, und hier war sie. Die Karawane war angekommen, deswegen musste er die Satteltasche überbringen. Diese Klarheit pochte wie eine offene Wunde in seinem Kopf. Dies, so erkannte er, war der Augenblick, auf den er gewartet hatte, die vielen Tage, sein ganzes Leben lang.

Der Inder wusste, er musste diese Aufgabe übernehmen, oder er würde nie frei sein. Wenn er die Worte der Erlösung verdienen wollte, musste er sie in die Tat umsetzen, damit er sie hörte. Er rappelte sich hoch, sammelte die auf den Steinen verstreuten Päckchen ein und stopfte sie in die Satteltasche. Die Fliegen summten aufgeregt, fraßen sich an den Augen des toten Jungen satt, und er verscheuchte sie wütend. Er musste der Sklavin die Satteltasche bringen und sofort zurückkehren, um die Fliegen fern zu halten. Auch die Aasgeier waren gelandet, krächzten, reckten ihre hässlichen Hälse, als er sie mit wachsendem Zorn vertrieb. Er musste schnellstens die Satteltasche übergeben und dann Wache halten über den Knochen des toten Beduinen. Er musste die Botschaft der Engel und Götter überbringen, zurückkommen und den Leichnam auf einem anständigen Scheiterhaufen verbrennen, damit wenigstens dieser Mensch erlöst würde, damit er zumindest diesen Menschen aus dem Kreislauf der ewigen Wiedergeburt befreien konnte. Zum ersten Mal in seinen zahlreichen Leben hatte er keine Zweifel, aber da Glaube wertlos ist, wenn er nicht in Taten umgesetzt wird, bestieg er sein Maultier und ritt so schnell er konnte durch das Tal.

Als der Inder mit einem Sack Kohlen auf dem Rücken zurück zur Leiche des Beduinen stolperte, hörte er die Schreie der Kameltreiber und die Peitschenschläge der Maultiertreiber. Als er von seiner Mission zurückkehrte, war die Karawane bereits wieder aufgebrochen. Er hatte für das Bad der Braut bestimmte Kohlen gestohlen, unter den Blicken des erstaunten Pilgers, dessen alte Augen sich weit über die Runzeln darum herum weiteten. Er füllte seine Flasche mit Wasser aus dem neu gegrabenen Brunnen, aus dem es zu seiner Überraschung im Überfluss sprudelte. Dann stahl er aus dem Gepäck der Sklavin eine Zunderbüchse. Der alte Mann sah ihm dabei zu und näherte sich ihm, wobei er Silben der Unsicherheit vor sich hin murmelte. Aber er schob den Alten schroff und stumm beiseite. Als der Pilger wieder diese hohen Laute von sich gab, drückte er ihm schnell die Zügel seines Maultiers in die runzlige Hand und tätschelte sie, um ihn zu beruhigen. Er wollte nicht, dass jemand auf ihn aufmerksam wurde. Und er wusste, dass er das Tier nicht mehr brauchen würde.

Außer dem alten Pilger sah er nur die *Falascha*-Sklavin, die ihn verachtete, als er die Satteltasche übergab. Es war nur eine kurze Begegnung. Dem Mullah konnte er erfolgreich aus dem Weg gehen.

Offensichtlich waren dessen Versuche, den öffentlichen Unmut auf die Zoroastrier zu lenken, an dringenderen Anliegen gescheitert. Ideologischer Zorn war olfaktorischer Empörung gewichen. Da der Leichnam so entsetzlich stank, sorgten die duftenden Vorbereitungen des bräutlichen Bades für momentane Erleichterung, und deswegen war es nicht länger angemessen, den Zoroastriern zu zürnen. Zwischen den Leichenwächtern und dem Karawanenführer war ein Streit darüber ausgebrochen, an welcher Stelle der Karawane die anrüchige Last getragen werden sollte, und dieses Thema hatte alle anderen in den Hintergrund gedrängt. Einhellig herrschte die Meinung, dass die Wachen am Ende des Zugs marschieren sollten. Sie wandten dagegen ein, dass das zu gefährlich wäre und sie dort leicht zur Beute von Banditen würden. Der Inder dachte an die Banditen vor ihnen und eilte an den schreienden Fußsoldaten und gestikulierenden Leichenwächtern vorbei, den Kopf unter dem Sack Kohlen gesenkt. Eine schwere Last war ihm von den Schultern genommen.

Er hatte beschlossen, sich von der Karawane zu trennen. Keine Heuchelei mehr. Er hatte nur einen Gedanken: einen Scheiterhaufen zu errichten und die Leiche des Beduinen zu verbrennen.

Wenn er diese eine gute Tat, diesen einen Akt liebevoller Hingabe vollbringen könnte, dann hätte Vishnu vielleicht Erbarmen mit ihm, vielleicht würde auch er durch den Tod erlöst. Während die Karawane langsam durch die Schlucht zog und zwischen den Dünen verschwand, arbeitete er fieberhaft, häufte die Kohlen um die Leiche und war dabei so vertieft in seine Aufgabe, dass er den Sandsturm erst bemerkte, als er über ihn hereinbrach.

Der Sandsturm kam wie ein wohltuender Balsam über die geschundene Seele des Inders. Er kam wie eine reinigende Welle, die ihn in sich aufnahm und ihn durch und durch läuterte. Es war, als würde ihm der brennende Vishnu damit bestätigen, dass er erlöst war, dass seine früheren Leben gereinigt waren. Der Wind fegte alle Fliegen und Aasgeier fort. Er wehte den Sand wie ein Leichentuch um die zerschundenen Knochen und das dunkle, geronnene Blut. Der Sandsturm tilgte alle seine Zweifel mit seiner unterschiedslosen Verachtung aller Beweise. Er vergab.

Der Inder suchte Zuflucht unter der Felswand, in der Nähe der Leiche, bis es vorbei war. Er schloss die tränenden Augen und den blutenden Mund vor dem Sand, barg den Kopf zwischen den Armen, die er auf Felsen aufstützte, und fühlte sich gesegnet. Er bewegte die geschwärzten Lippen nicht mehr, aber er horchte, er horchte auf die Worte der Erlösung.

Als der Sturm vorüber war, hatte sein Mund aufgehört zu bluten. Obwohl es schmerzte, trank er etwas von dem Wasser, das er aus dem Brunnen geschöpft hatte, und spülte seinen Mund aus. Dann, als die Sonne unterging, entfachte er das Feuer.

Die Leiche des Beduinen brannte und schwelte die ganze Nacht, und der Inder hielt daneben Wache. Er saß in der Hocke da und schaukelte sachte vor und zurück. Sein Kopf war voller Laute und Silben. Die Ohren dröhnten ihm: das harte Krächzen des Aasgeiers und das Rascheln des todbringenden Skorpions, das Summen der Fliegen und das Kläffen der Schoßhunde – er musste ihnen allen zuhören. Bisweilen machten sie einen solchen Krach, dass er aufheulte. Er brüllte ohne Worte, und die gesichtslosen schwarzen Felsen warfen das Echo auf ihn zurück, wie die

Stimmen von Dschinns und Ghulen. Und dann, als alle Silben und Laute verstummt waren, in der letzten Stunde vor Tagesanbruch, vernahm er tief in sich ein Murmeln.

»Wenn der gesegnete Vasudeva hier in diesem Universum wiedergeboren werden wird in Gestalt von *Kalki*, dann wird der Geist der Menschen erwachen und so rein werden wie Kristall.«

Er erkannte sofort den Tonfall des »heiligen Mannes«, aber die Laute kamen aus seinem Inneren. War er auch verrückt geworden? Er dachte gefasst, mit stiller Resignation, über diese Möglichkeit nach. Ein zungenloser Eunuch inmitten der Wüste. Die Wahrscheinlichkeit war groß. Wenn er noch nicht verrückt war, dann war er vielleicht drauf und dran, es zu werden. Vielleicht war es das, was er jetzt wurde. Verrückt. Denn was sollte er sonst werden? Oder tun? Und warum?

Und auf dieses Warum hin fiel ihm ein, dass der »heilige Mann« gesagt hatte, »du bist der lebende Beweis«. Seine letzten Zweifel verflogen. Er musste der lebende Beweis dafür sein, dass ein Mann – durch *Bhakti,* den Weg der Liebe und andächtiger Hingabe – in diesem Leben den Weg ins Nirvana finden konnte. Er musste so leben, dass er Beweis kristalliner Reinheit wäre. Er hatte keine andere Wahl, es gab keinen anderen Weg aus diesem Warum. Und wenn die Vernünftigen das mit Verrücktheit bezeichneten, so war es ihm gleichgültig; denn anders zu leben wäre wahre Verrücktheit. Sein Leben würde der Beweis reiner Vernunft sein.

An diesem Tag ging die Sonne auf wie an jedem anderen Tag, aber der Inder, der als Hindu geboren war, wusste, dass es der Tag seiner Wiederauferstehung war. Und da wandte er seine Schritte zum ersten Mal nach all den Jahren zurück nach Kalkutta. Er verwarf seine Angst vor Feind und Familie, vor Scham und Schwindel, er bemühte sich, die Bedeutung von »Rückkehr« zu ergründen, und machte sich auf den langen Weg nach Hause. Er ging zu Fuß und trug einen Stab. Wenn man ihn unterwegs einen »heiligen Mann« nannte, lachte er lautlos, schüttelte den Kopf und deutete auf die verwelkte Rose auf seinem geschrumpften Bauch. Da er seine Worte verloren hatte, suchte er Erlösung durch Taten.

Es war nicht leicht. Ob er manchmal dem Drang zu stehlen nachgab, wie es seine Gewohnheit war, ob er sein jämmerliches Elend um der effektvollen Wirkung wegen dramatisierte, wie es seinem Instinkt entsprach; ob er gelegentlich seinen abstoßenden Mund weit aufriss, um zu schockieren oder Mildtätigkeit zu erzwingen, wozu er tagtäglich versucht gewesen sein muss, ist nicht bekannt. Es ist wahrscheinlich, dass er all das tat, es ist möglich, dass er es nicht tat. Wer kann es mit Sicherheit wissen? Doch alte Gewohnheiten sind schwer abzulegen, und schließlich war er auch nur ein Mensch. Aber wenn er nur lange genug, um zu handeln, an mehr geglaubt hat als an seine Zweifel, dann ist eines sicher: Dies war sein letztes Leben in dieser nichtigen Welt. Er starb als Mensch.

Die Sklavin

Die Sklavin war eine Jüdin aus Abessinien, eine *Falascha*, die als Kind an die Araber verkauft worden war. In ihrem Leben hatte sie nur zweimal gelacht. Zum ersten Mal, als sie ihre Jungfräulichkeit verlor, zum letzten Mal, als sie ihr Kind verlor. Sie wuchs im Harem eines grausamen Scheichs auf, wurde als junges Mädchen vergewaltigt und anschließend im Tausch gegen Frachtrechte über den Persischen Golf verschifft. Der Scheich wurde kurz darauf ermordet. Später wurde sie von einem konvertierten Zoroastrier, der in den östlichen Provinzen Persiens lebte, gekauft. Bald darauf starb dessen Frau. Vielleicht war das Lachen der *Falascha*-Sklavin mit einem Fluch beladen.

Sie war eine gertenschlanke junge Frau von zwanzig Jahren, als sie sich gezwungen sah, wider ihre religiösen Gepflogenheiten die Aufmerksamkeiten des Zoroastrier über sich ergehen zu lassen. Sie hatte sonderbare Gewohnheiten, nahm ihre Mahlzeiten nie gemeinsam mit den anderen Mitgliedern des Haushalts ein und bestand darauf, sich ihr eigenes Essen zuzubereiten. An gewissen Tagen des Monats zog sie sich in eine kleine Kammer über den Ställen zurück, die nur über eine Leiter zu erreichen war, und weigerte sich standhaft, auch unter Androhung von Strafe, ihren Pflichten nachzukommen. Sie hatte eine weiche dunkle Haut, große Mandelaugen und knochige Glieder, und ihr herzförmiges Gesicht war schön, bevor es von den Pocken entstellt wurde. Man nannte sie Sheba, obschon das nicht ihr richtiger Name war.

Im Nahen Osten herrschten Vorurteile gegen fremde Rassen und Religionen und machten die Juden zu einem Volk, dessen Lachen oft gefährlich war. Seit Jahrhunderten versorgte Abessinien Araber und Perser mit Sklaven, aber nicht viele dieser Töchter und Söhne Hams waren vom Stamm der *Falascha*. Die meisten waren koptische Christen, viele waren Moslems, sowohl Sunniten als auch Schiiten, aber Juden waren selten unter den dunkelhäutigen Dienstboten. Sie waren zu hochmütig, als dass sie zufrieden stellend Sklavendienste verrichtet hätten. Es war, als ob die verwandtschaftliche Beziehung zu Salomon noch zu nahe, eine eventuelle Konversion unter den ägyptischen Unterdrückern eine zu schmerzvolle Erinnerung wäre. Und obwohl es bei den Arabern und Persern Brauch war, Sklaven wie Familienmitglieder zu behandeln und sie nach einiger Zeit freizulassen, wurde einem *Falascha*-Sklaven dieses Privileg nur selten zuteil, dafür wurde er nachhaltig gedemütigt, oft genug von sich selbst.

Die Frau namens Sheba war keine Ausnahme. Sie war mit den Fußeisen sowohl der mosaischen Gesetze als auch der Sklaverei geboren worden; sie trug das schwere Joch des Aberglaubens als auch des Vorurteils um den langen schwarzen Hals. Aber zusätzlich zu allem, was sie von ihren Vorfahren geerbt hatte, verfügte sie über eine dunkle, brütende Intelligenz, die sich mit Verdammnis und dem unstillbaren Wunsch nach Ergebenheit beschäftigte; die negative Anatomie ihres gnostischen Glaubens entsprang der Fähigkeit zu selbstzerstörerischem Gehorsam. Dieser Glaube war es, der ihr Lachen bitter gemacht hatte.

Als ihr Kind an den Pocken starb, denen auch ihre Herrin zum Opfer fiel, lachte Sheba, die Sklavin, drei volle Tage und Nächte. Ihr schreckliches Lachen drang aus der kleinen Kammer über den Ställen, in die sie sich zurückgezogen hatte. Sie wusste, dass sie von Gott bestraft worden war. Sie wusste, dass sie eine schwere Sünde begangen hatte, indem sie sich den bangen, nassen Küssen ihres Herren hingab, der zwischen Schuldgefühlen und Verlangen hin- und hergerissen war. Die Tatsache, dass sie in dieser Angelegenheit keine Wahl gehabt hatte, veranlasste sie, noch mehr zu lachen. Ebenso die Ironie des Schicksals, denn sie hatte ein göttliches Gebot gebrochen, weil sie ein Kind wollte. Das Kind zu verlieren war die perfekte Strafe.

Aber wenn die Schuld an ihrer Schändung zu einem Teil ihr selbst zuzuschreiben war, so rechnete sie doch damit, dass die Untreue ihres Herrn sie in gewissem Maße von ihrer Schuld entlastete. Denn sie hatte nichts für den Zoroastrier empfunden. Da ihre Motive nicht ehebrecherischer Natur gewesen waren, so dachte sie, war ihr Leben während der Seuche verschont, ihre Schönheit dagegen zerstört worden. Gemäß derselben Logik glaubte sie, dass sie für den Verlust ihres Kindes entschädigt wurde, als man ihr die Tochter des Zoroastrier anvertraute, die sie aufziehen wollte, als wäre sie ihre eigene. Die Falascha-Frau hatte ihre ganz eigenen religiösen Grundsätze. Sie liebte das Kind abgöttisch und beschützte es besessen wie eine Panterin. Und mit dem gleichen alles zerstörenden Mangel an Humor.

Deswegen war es ihr vollkommen gleichgültig, ob sie versklavt oder frei war. Als ihr Herr sie freiließ, nachdem er sie als Sklavin ausgenutzt hatte, zuckte die Falascha die wohlgeformten Schultern und zog ihren Schleier zurecht, damit er nicht den Ausdruck auf ihrem hässlichen Gesicht sah. Es war ein rätselhafter Ausdruck, der ihn beunruhigt hätte, nicht auf Grund der Pockennarben, sondern weil er besagte, dass ihr Herr ihr nichts geben konnte, was sie nicht für sein Kind bereitwillig wieder aufgegeben hätte. Ebenso wenig konnte er ihr etwas nehmen, was ihr irgendetwas bedeutete, solange sie noch sein Kind hatte. Hätte er über genug Phantasie und Verstand verfügt, um die Bedeutung des Schulterzuckens zu ermessen, hätte er womöglich dessen Bedeutung für seine Tochter gefürchtet. Aber so wie die Dinge nun einmal lagen, verfügte er barmherzigerweise weder über Phantasie noch über Verstand, und die Jüdin blieb unbehelligt Sklavin ihrer Anbetung.

Und so versuchte der Zoroastrier nicht, sie davon abzubringen, auch nach der Heirat Dienerin des Mädchens zu bleiben. Insgeheim war er erleichtert, denn die Anwesenheit der Sklavin in seinem Haushalt war ein Problem und seit vielen Jahren ein Schatten auf seinem Herzen. Sie war noch immer von erlesener Schönheit, gertenschlank, mit einem geschmeidigen Körper und einem hohen Rist, aber ihr einst schönes Gesicht war mit Narben übersät, und ihr Kind war an den Pocken gestorben. Sie erinnerte ihn beständig an schmerzvollen Verlust und verbotenen Gewinn. Zwar musste er seinen Liebling fortschicken, aber er hoffte, sich auch von seinem schlechten Gewissen befreien zu können. Außerdem hatte er sich wieder eine Frau aus wohlhabendem Hause genommen, und obwohl deren Schwangerschaften bislang nichts weiter hervorgebracht hatten als ständige Übelkeit am Morgen, war er doch ein Mann, der zum Optimismus neigte oder zumindest zu einer Variante davon, die, einmal vorhanden, jeglicher Neubewertung widerstand und die beizubehalten weder geistige Anstrengung noch spirituelle Kosten erforderte. Er glaubte nicht an sinnlose Ausgaben. Außer es ging um das Wohlergehen seiner Tochter.

Die endlosen Eheverhandlungen vergrößerten die Hingabe der Sklavin an das Mädchen und steigerten ihren Besitzanspruch und ihre Eifersucht, soweit das überhaupt noch möglich war. Während der Monate vor ihrer Abreise ließ sie nicht zu, dass die Hebammen und zotigen alten Frauen, die dem Brauch gemäß eine Braut auf ihre Hochzeitsnacht vorbereiteten, die Gedanken des Mädchens verdarben. Die Sklavin forderte dieses Recht für sich und ging mit einer Mischung aus jüdischer Strenge und abergläubischer Askese daran, die ihrer Aufgabe einen tiefen Ernst verlieh. Sie versuchte, dem Mädchen die heilige Bedeutung der Sache zu erklären. Und es hatte etwas Weihevolles, als sie ihr beibrachte, mit Stoff das monatliche Blut aufzusaugen und anhand des Mondes ihren Zyklus zu bestimmen. Sie sprach in ehrfürchtig leisem Tonfall, als wären es unergründliche Mysterien, und erklärte ihr die Erwartungen ihres Mannes in der Hochzeitsnacht. Aber all das führte nur dazu, dass die kleine Braut immer unbeschwerter wurde. Sie war unverbesserlich.

Ihr quirliges Temperament schien immun gegen jegliche Versuche der Einflussnahme. Ihre Erwartungen waren ungeheuerlich und unwiderstehlich, ihre Schwärmerei war bisweilen peinlich. Was ihre Anfälle und Zustände anbelangte, so konnte keine Form der Fallsucht so klarsichtig und keine Form des Wahnsinns so liebenswert sein. Bei den *Falascha* wurden die Mädchen zu Beginn der Pubertät beschnitten, um ebendiese Störungen zu vermeiden, und obwohl die Sklavin diese und andere Grausamkeiten über sich hatte ergehen lassen müssen und seit vielen Jahren nagende Schmerzen in ihrem Schoß ertrug, wäre sie lieber gestorben, als ihren Liebling zu verstümmeln, nur um ihn gefügiger für einen Ehemann zu machen. Sie wäre auch lieber gestorben, als die Kraft der Träume und Visionen des Mädchens zu schwächen. Die dunkle Seite der Engel fand ihr Gegenstück im Aberglauben der Sklavin.

Und an abergläubischen Vorstellungen mangelte es ihr nicht. Sie war gefangen in von ihr selbst konstruierten Antithesen, abergläubischen Widersprüchen, die sich gegenseitig aufhoben wie von Schüttelfrost begleitetes Fieber. Während der langwierigen Vorbereitungen für die Hochzeit grübelte die Sklavin über die Wahrscheinlichkeit nach, dass sie sich auch auf den Tod vorbereiteten. Obwohl sie die Erlaubnis hatte, die kleine Braut zu begleiten und an ihrem neuen Leben in den Hügeln Syriens teilzuhaben, befürchtete sie, dass sie eine verhängnisvolle Trennung von dem Mädchen würde erleiden müssen. Dieser Aufbruch, ahnte sie, würde ohne Rückkehr sein. Diese Rückkehr wäre nicht gleichbedeutend mit Wiederauferstehung. Die Unsicherheit wurde immer größer, bis die Sklavin meinte, sie würde vor ängstlicher Anspannung krank werden. Als sie in Langih an Bord des überfüllten Pilgerboots ging und das Gesicht der arabischen Küste zuwandte, wo ihr eigenes Unglück seinen Anfang genommen hatte, stieg in ihr der Verdacht auf, dass das Fieber und der Schüttelfrost nicht nur eingebildet waren. In ihr wuchs eine Krankheit wie eine monströse Schwangerschaft. Sie hatte sich in dem Teil ihres Körpers eingenistet, den sie so lange verleugnet hatte, und nagte mit Rattenzähnen an ihr. Ihre Schicksalsgläubigkeit flüsterte ihr zu, dass ein abscheuliches Ungeheuer drohte, in ihr geboren zu werden.

Zuerst führte sie ihre Unruhe darauf zurück, dass das Mädchen während der letzten Wochen keine Visionen gehabt hatte. Seitdem die kleine Braut auf dieser Reise zum alleinigen Gegenstand der Aufmerksamkeiten ihres Vaters geworden war, war die Unfruchtbarkeit der Phantasie des Mädchens kaum zu ertragen. Es hatte keine Träume, und ohne die Träume des Mädchens war die *Falascha*-Frau auf Gedeih und Verderb ihren eigenen Albträumen ausgeliefert. Aber im Lauf der Wochen musste sie sich eingestehen, dass es andere Gründe für ihre Krankheit geben konnte. Seereisen riefen in ihr schmerzhafte Assoziationen wach; sie weckten Erinnerungen. Sie erinnerten die Sklavin an die Vergangenheit, an die Hand der Mutter, die ihrem Griff entrissen wurde, an die frühen Schrecken des Harems. Sie erinnerten sie an das reine Wasser abessinischer Bergflüsse. Als sie das erste Mal das Meer überquerte, hatte sie versucht, sich in das ruhige Wasser zu stürzen, und hatte in der See so lange geweint, bis ihre Augen trocken waren. Das beißende Salz riss alte Wunden auf, und die heiseren Stimmen der Matrosen, die schroffen Befehle des Kapitäns, der Anblick eines abessinischen Mannes, groß und dunkel, der im Hafen von Al Mokha forschend durch den Schlitz in ihrem Schleier blickte, erfüllten sie mit furchtbaren Erinnerungen und wachsender Angst. Mits'iwa, Dschibuti und Aseb lagen auf der anderen Seite der gefährlichen Meerenge von Bab Al Mandab, dazwischen jenes Wasser, das zum Zeugen der elenden Anfänge ihres Lebens in der Sklaverei geworden war.

Aber Gewohnheiten sitzen tiefer, als dieses Wasser reicht. Sie stählte sich, um die Ratten im Zaum zu halten. Sie konzentrierte sich darauf, die schwere, salzige Luft mit Palmwedeln zu fächeln, um ihrem verdrossenen Liebling Erleichterung zu verschaffen. Sie verwandte ihre ganze Aufmerksamkeit darauf, Limonen für die seekranke Braut zu schälen und auf den Nasenflügeln des Mädchens das ätherische Öl aus deren dünner Schale zu verreiben, um die Übelkeit abzuwehren. Sie war erleichtert, dass das Wetter jetzt rau war; dass ihre Pflichten kein Ende nahmen; dass sie keine Zeit hatte, sich daran zu erinnern, wann sie zum letzten Mal auf so einem Boot gewesen war, woher sie gekommen und wohin sie unterwegs gewesen war.

Aber auch nach Ende der Überfahrt hörten die Ratten nicht auf, an ihr zu nagen. Jetzt, an Land, verspürte sie Wellen der Übelkeit. Vielleicht lag es an der schwülen Atmosphäre in Dschidda. Im Hafen stand die Feuchtigkeit; hier brodelte es vor Pilgern, Dreck,

Fliegen und Dieben; es stank nach Hundekadavern, unreinem Essen und Verfall. Wenn sie auf der Suche nach Delikatessen und anderen Dingen für ihren kleinen Liebling durch den Basar oder die engen Gassen und gewundenen Wege der Stadt ging, stieß sie mit groß gewachsenen Afrikanern zusammen. Es gab zu viele von ihnen; Abessinien war zu nah. Es machte sie krank, sie zu sehen, und gleichzeitig sehnte sie sich danach; ihre Gesichtszüge waren ihr vertraut, ihre gehetzten Augen waren schön. Einmal begegnete sie dem Mann mit der Perle im linken Ohr, der sie in Al Mokha so forschend angeblickt hatte, und was sie in seinen Augen gespiegelt sah, verwirrte sie mehr als alles andere. Hätte sie es zu benennen gewusst, hätte sie es das Wissen um die Freiheit genannt, aber sie flüchtete vor diesem Blick, denn er erinnerte sie an etwas, was sie sich nicht eingestehen wollte.

Vielleicht war die Übelkeit Folge der ängstlichen Anspannung, denn der Türke hatte sein Wort gebrochen. Er war nicht in Dschidda, um sie in Empfang zu nehmen. Der Inder bestand darauf, den Weitermarsch des bräutlichen Zugs nach Mekka zu organisieren, was verwirrende Änderungen des ursprünglichen Plans und kostspielige Verhandlungen zur Folge hatte. Ja, vielleicht war ihre Übelkeit sogar auf die beklemmende Anwesenheit des Geldwechslers zurückzuführen, denn seitdem er sich in Langih erneut das Vertrauen ihres dummen Herrn erschlichen hatte, erfand er jeden Tag neue Lügen. Es schien, als wäre er entschlossen, ihrer aller Leben aufs Spiel zu setzen. Sie misstraute ihm aus ganzem Herzen, aber sie war nur eine Frau und eine Sklavin, und nach ihrer Meinung wurde nicht gefragt. Als die türkischen Soldaten in der elften Stunde endlich doch noch eintrafen, um sie an der heiligen Stadt vorbei nach Medina zu bringen, war sie hoch erfreut, dass die Pläne des Inders gescheitert waren. Denn keiner von ihnen war Moslem, und gemäß der Legende würden sie sich in Stein verwandeln, wenn sie den *Haram* der heiligen Stadt betraten. Sie war überzeugt, dass der Geldwechsler ihren Tod geplant hatte.

Die türkischen Soldaten, die neurotischer waren als die Frauen in Begleitung der Braut, waren als Beschützer denkbar ungeeignet. Die Abessinierin wusste, dass die Türken, sollten sie von den arabischen Stämmen überfallen werden, und Gerüchten zufolge fanden ständig Überfälle statt, als Erstes sich selbst retten und alle anderen den Banditen überlassen würden. Vielleicht machte sie die nagende Unruhe, die sie schließlich veranlasste, um eine Unterredung mit dem Anführer der türkischen Eskorte zu bitten, krank. Sie wählte einen Zeitpunkt, als der Geldwechsler anderweitig beschäftigt und der Legionär von Wasserpfeife und Kaffee milde gestimmt war. Dicht verschleiert, mit gesenktem Kopf, näherte sie sich ihm. Er saß breitbeinig zwischen seinen Männern, sie blieb mit geneigtem Haupt in seiner Nähe stehen, verlagerte das Gewicht von einem Fuß auf den anderen, um die Wogen der Übelkeit, die über sie hinwegrollten, in Schach zu halten, und wartete darauf, dass er auf sie aufmerksam wurde. Als ihn die zotigen Bemerkungen seiner Männer auf sie hinwiesen und er sich endlich nach ihrem Anliegen erkundigte, bat sie, ihn daran erinnern zu dürfen, dass sein Arbeitgeber, der Türke, bereits zu lange in Mekka auf seine Braut gewartet habe, als dass man ihn auch noch in Medina warten lassen könne. Unter schallendem Gelächter schickte er sie weg, aber ihr Plan ging auf und verschaffte ihr die Erleichterung, auf die sie gehofft hatte.

Doch als sie nach zahllosen Verzögerungen endlich die Wüste durchquert hatten und heil und unversehrt in der Karawanserei von Usfan ankamen, verschlimmerte der Gestank der Leiche, deren Tross zu ihnen gestoßen war, die Übelkeit der Sklavin. Denn dort, in der dritten Karawanserei hinter Mekka, trafen sie erneut auf die Karawane der Pilger und erfuhren, dass die verwesende Leiche eines schiitischen Kaufmanns, der auf seinem *Hadsch* verstorben war, den Rest der Strecke mit ihnen unterwegs sein würde. Sie hatten Glück, dass unter den gegebenen Umständen nicht noch mehr Leichen die Karawane begleiteten, denn viele sieche Pilger ersehnten ein Begräbnis in der heiligen Stadt Medina. Diesem hier nützte es auch nichts mehr, dass er einst ein wohlhabender Mann gewesen war, denn die Fäulnis hatte keinen Respekt vor Reichtum. Der widerwärtig süßliche Gestank war unerträglich und würde immer schlimmer werden. Und wer wusste schon, ob der Türke dort überhaupt auf sie wartete, sollten sie es jemals bis nach Medina schaffen. Auf Grund dieser Ängste und der Krankheit, die immer mehr Macht über die Sklavin gewann, konnte sie nachts nicht mehr schlafen, und sie hielt Wache zu Füßen ihres Lieblings, gespannt wie eine lauernde Panterin.

Aber trotzdem konnte sie das Mädchen nicht vor dem Engel und sich selbst nicht vor den Ratten bewahren. Am vierten Tag nach ihrem Aufbruch in Dschidda, als die kleine Braut einen durchdringenden Schrei ausstieß und behauptete, vor ihnen sei ein Engel vom Himmel gestürzt, um anschließend ohnmächtig zu werden, verspürte Sheba, die abessinische Sklavin, einen unaussprechlichen Stich in ihrem Unterleib, von dem sie wusste, dass er tödlich sein würde. Sie konnte nur eines tun, und das tat sie. Sie legte eine in Opiumsirup getränkte Quittenscheibe sowohl unter die Zunge des Mädchens als auch unter ihre eigene. Und dann – zum ersten Mal seit vielen Jahren – lächelte sie.

Die Kameltreiber fluchten, die Esel schrien nach Wasser, die Leiche stank schlimmer als je zuvor, und die Sklavin, die verschleiert aus der *Thakhteravan* stieg, musste sich ein zweites Tuch vor den Mund halten, damit sie sich nicht übergab. Sie blutete heftig, als wäre ein Damm in ihr gebrochen, aber sie nahm alle Kraft zusammen, um nach der Botschaft des Engels zu suchen.

Wo suchte man mitten in der Wüste nach der Botschaft eines Engels? Sie schauderte beim Anblick des jungen Mullahs, der sich der Sänfte näherte; er schien sie ständig zu beobachten, und er war gewiss kein Engel. Er war ein schiitischer Religionsgelehrter, so hieß es, und extrem fanatisch. Er war bereits in Dschidda gewesen, als sie von Bord des Bootes gingen, und er war unter den Pilgern, als sie sich erneut der Karawane anschlossen. Seitdem er sie zum ersten Mal gesehen hatte, war er den Frauen im Gefolge der kleinen Braut mit Verachtung begegnet, und der *Hadsch* schien seinen Fanatismus nicht gemildert, sondern vielmehr noch gesteigert zu haben. Eines der zoroastrischen Dienstmädchen, ein dralles, rotbäckiges Mädchen, das gern ein Auge riskierte, beschwerte sich, dass er gedroht habe, sie zu steinigen, weil sie nahe an ihm vorbeigegangen war, als er sein mittägliches Gebet verrichtete. Hätte er wirklich gebetet, so widersprach das Mädchen hitzig, dann hätte er sie überhaupt nicht bemerkt. Dieser Wortwechsel führte zu einer Art Krieg zwischen dem Mullah und den Frauen des bräutlichen Zuges. Die Sklavin riet Letzteren, um jeden Preis den Mund zu halten und den Schleier zu tragen, denn sie fürchtete, dass man ihnen allen die Kehle durchschneiden würde, sollte er sich zu sehr ereifern. Aber die Reise war lang, die Hitze war brütend, und die Aufmerksamkeit gefiel den albernen Mädchen; die Vorstellung, dass sich dieser nervöse, schwindsüchtige junge Mann aus welchen Gründen auch immer ihren Kehlen näherte, brachte sie zum Kichern. Sie hielten sich erst recht in seiner Nähe auf und schwatzten lauter als je zuvor.

Ganz gleich, wie sehr sie sich darum bemühte, diskret Distanz zu halten und seine Einwürfe zu überhören, sie schien den Mullah, der von einer besonderen Abneigung gegen die *Falascha*-Sklavin erfüllt war, über die Maßen zu provozieren. Jetzt, als er sie hinter dem Vorhang hervortreten sah, schlich er sich an sie heran. Sie zog den Schleier tiefer ins Gesicht und blieb mit gesenktem Kopf in der Hitze stehen.

»Und warum müssen wir uns euren Launen fügen?«, fuhr er sie schroff an. »Warum habt ihr Frauen die Karawane angehalten und uns gezwungen, eure Forderungen zu erfüllen?«

Sie entgegnete nichts, sondern wandte sich so rasch wie möglich von ihm ab und bahnte sich vorsichtig einen Weg zwischen den Dunghaufen. Die Unfähigkeit, ihm zu antworten, vermittelte ihr ein Gefühl von Freiheit, das erfrischend war. Sie wusste, dass, was immer sie sagen würde, falsch wäre, und deswegen sagte sie nichts. Im Wüstenwind klebte der Schleier an ihrem spindeldürren Körper. Sie hoffte, dass man nicht sah, wie sie blutete, denn dem Wüten der Ratten war kein Einhalt zu gebieten. Aber auch in dieser Hinsicht fühlte sie sich nahezu erleichtert; auch dagegen konnte sie nichts tun, und was immer sie unternehmen würde, wäre falsch. Nicht zum ersten Mal in ihrem Leben genoss sie das berauschende und widersprüchliche Gefühl der Freiheit, das jeglichen Verlust an Wahlmöglichkeit begleitet. Sie erkannte es wieder. Es war gefährlich. In der Vergangenheit hatte es die Anfälle manischen Gelächters angekündigt. Mit einer beunruhigenden Unbeschwertheit im Herzen winkte sie dem indischen Geldwechsler zu, der auf seinem Maultier vorbeiritt, und bat ihn um Hilfe. Wahrscheinlich hatte er sowieso gelauscht. Umso besser. Da es sich das Kind in den Kopf gesetzt hatte, sollte der Eunuch vorausreiten und in der wahnsinnigen Mittagshitze nach der Engelsbotschaft suchen.

»Bitte, Muhsin Aqua«, sagte sie, »ich bitte dich, reite voraus zu dem Brunnen. Jemand wird dort auf dich warten.«

Der Inder blinzelte sie unterwürfig an und rieb sich die Nase. Seine Gesten waren gewöhnlich. »Gerne, *Khanum*«, murmelte er aalglatt. »Aber warum schickt die verehrte *Khanum* ihren Diener zu einem ausgetrockneten Brunnen? Es gibt andere« – er leckte sich auf widerliche Weise die Lippen –, »die mehr Freude spenden. Der Schrein ist seit vielen Jahren zerstört.«

»Du wirst dort eine Botschaft finden«, antwortete sie kurz angebunden. »Warte, bis wir kommen, und übergib die Botschaft dann meiner Herrin.« Es war eine absurde Forderung, und sie wusste es; sie biss sich auf die Zunge, um das gefährliche Sprudeln der Unbeschwertheit zu unterdrücken, das ihr zu entfleuchen drohte. Insgeheim hoffte sie, dass in den Schatten neben dem Brunnen tatsächlich ein Racheengel auf den Eunuchen warten würde. Sie betete darum, dass seine zerstörerischen Flammen den schmierigen Mann in ein Häufchen Asche verwandelt hätten, wenn die Karawane dort einträfe. Sollte er verrotten und nie wieder zurückkehren. Sollte der Engel ihn erschlagen. Das wäre am besten. Das Schlimmste wäre, wenn sich der Inder einfach weigern würde vorauszureiten oder nur vorgäbe, es zu tun, oder aus Rache dort auf sie wartete, selbstgefällig und mit leeren Händen. Dann fiel ihr ein, was mit Erwartungen einherging, und sie kramte in ihrem Gürtel. Sie ignorierte den brennenden Blick des Mullahs, taxierte durch den Schlitz in ihrem Schleier die Habgier des Inders und holte rasch eine Silbermünze aus ihrem Gürtel.

»Wenn du weißt, was gut für dich ist, nimmst du das und tust, worum meine Herrin dich bittet«, zischte sie ihm zu, als sie ihm die Münze in die schweißige Hand drückte. Für den Mullah allerdings war sie nicht schnell genug. Er hob eine Hand voll heißen Sand auf und bewarf sie damit.

»Hure!«, schrie er heiser. »Metze des Teufels! Zahlst du einen Eunuchen für dein Vergnügen?« Der Wind wehte ihm den Sand in Gesicht und Mund, und er musste sich hustend vorbeugen.

Als die Sklavin zur *Takhteravan* der Braut zurücklief, lächelte sie wieder. Die Droge stumpfte ihre Sinne barmherzigerweise ab, Blut lief ihr an den Beinen hinunter, und sie fragte sich müßig, wie es kam, dass sie die gleichen Worte wie der unflätige Mullah gebrauchen würden, um den kastrierten Kerl zu beschreiben, den sie soeben mit einem Auftrag zu einem Engel geschickt hatte.

Als sie den Inder zwei Stunden später wiedersah, war sie vom Blutverlust so geschwächt und vom Opium so benommen, dass sie kaum verstand, was er sagte. Sie versuchte, die Benommenheit abzuschütteln, und schob den Vorhang der Sänfte beiseite. Das Schaukeln der Sänfte und laute Geräusche hatten sie aufgeschreckt. Die Kameltreiber stritten mit ihren störrischen Tieren, der Karawanenführer schrie Befehle, die niemand befolgte, sie wusste nicht, wo sie war oder warum sie anhielten. Es schien, als hätte die Karawane den Brunnen erreicht. Vielleicht sagte ihr der Geldwechsler, dass es tatsächlich Wasser gebe bei dem verfallenen Schrein. Vielleicht sagte er auch gar nichts. Später konnte sie sich nicht erinnern. Erst als der Geldwechsler ihr die Satteltasche hinhielt, begriff sie, dass er wundersamerweise tatsächlich einem Engel begegnet war und von dieser heiligen Erscheinung ein schreckliches Zeugnis zurückbrachte.

Wo hatte er mitten in der Wildnis die Satteltasche gefunden? Und was war ihm widerfahren, dass er so schwitzte und so bleich war? Warum waren seine Kleider in Unordnung? War das Blut um seinen Mund? Was war das für ein dunkler Fleck auf seiner Brust und seinem Bauch? Der Mann sagte kein Wort, starrte sie jedoch mit einem so völligen Mangel an Heimtücke an, dass die verbliebenen Schleier der Benommenheit sich augenblicklich von ihren Sinnen lüfteten und auflösten. Sie bedeckte sich mit einem

Tuch, beschämt über die Flecken auf ihrem Schoß. Stumm übergab er ihr die Satteltasche. Bevor sie etwas sagen konnte, hatte er sich umgedreht und ging. Das war das Letzte, was sie von ihm sah.

Sie blickte wie vor den Kopf gestoßen die staubige Satteltasche an, die aufgerissenen Schnallen und Lederriemen. Das Mädchen entriss ihr die Tasche und hielt sie nun in ihren dünnen Armen. War das wirklich eine Botschaft von einem Engel? Es schien unfassbar, aber der Engel hatte tatsächlich eine Botschaft gesandt. Mehrere. Die ganze Satteltasche war voll davon. Und ihre Wirkung war fürchterlich, denn die Stille, die die kleine Braut überkam, als sie zu lesen begann, beunruhigte die Sklavin weit mehr als ihre hysterischen Anfälle in der Vergangenheit. Ebenso ihre Geheimniskrämerei.

Als Tochter eines wohlhabenden Mannes hatte das Mädchen die Grundzüge des Lesens und Schreibens erlernt, damit sie, wie es im Volksmund hieß, keinen Mittelsmann bräuchte, wenn sie mit ihren Liebhabern in Verbindung treten wollte. Aber sie war eine exaltierte kleine Person. Wann immer sie Gedichte und Lieder las, ließ sie ihre Sklavin daran Anteil haben; wann immer sie etwas schrieb, las sie ihre Worte laut vor. Insgeheim misstraute die Afrikanerin den magischen Zeichen, hatte Angst vor dem Papier, das menschliche Stimmen enthielt. Aber solange ihr Liebling die Worte aussprach, fühlte sie sich sicher; solange sie Musik aus den Zeichen auf dem Papier machte, war die Sklavin zufrieden. Jetzt wurde sie zum ersten Mal ausgeschlossen. Die Botschaft des Engels hatte eine Mauer aus Schrift zwischen ihnen errichtet.

Als das Mädchen darauf bestand, allein gelassen zu werden, damit sie in der drückenden Hitze der *Takhteravan* lesen könne, zog die Sklavin, die Angst hatte, das Mädchen würde alle Päckchen öffnen, die Satteltasche an den Riemen hinter sich her und nahm sie und ihren tödlichen Inhalt mit hinaus in die Sonne. Sie sah wie eine ganz normale Satteltasche aus, aber die Sklavin traute ihr nicht. Die Bündel darin waren zahlreich, von unterschiedlicher Form und Größe, alle in Seide gewickelt und mit Zwirn verknotet und in der Lage, sich zwischen sie und das Kind zu stellen. Sie verspürte nicht den Wunsch, die Bündel zu öffnen. Im Gegenteil, sie empfand Abscheu davor und war versucht, sie wegzuwerfen. Nur ihr strenger Sinn für Gehorsam hielt sie zurück, denn sollte die Braut den Rest sehen wollen, musste sie ihr alle Bündel geben. Aber dem Mädchen schien nicht aufzufallen, dass die Satteltasche verschwunden war. Während der nächsten Stunde war sie in ihre Einsamkeit vertieft.

Die *Falascha*-Frau wusste nicht, was sie mit der Satteltasche tun sollte. Vom Blutverlust war ihr schwindlig, und ihr Körper schien auseinander zu brechen. Vage war sie sich schreiender Stimmen bewusst. Die meisten Reisenden und Pilger hatten sich beim Karawanenführer an der Spitze des Zuges versammelt und diskutierten lautstark; außer Tieren befand sich kaum jemand in ihrer Nähe. Erleichtert stellte sie fest, dass der Mullah nirgendwo zu sehen war. Neben dem Brunnen stand ein Maultier, das, wie sie benommen dachte, wohl dem Geldwechsler gehörte. Ein armer alter Mann schien darauf aufzupassen, denn er hielt die Zügel in der Hand, während das Tier Wasser aus dem Brunnen trank. Sie beneidete das Maultier. Sie überlegte, ob sie ihm die Satteltasche umschnallen und sie dem Inder überlassen sollte. Sollte er doch die Verantwortung übernehmen, denn schließlich hatte er das verdammte Ding gefunden. Sie wurde nicht damit fertig. Aber als sie mit ihrer Last vorwärts taumelte, wurde sie nahezu ohnmächtig. Und sie fiel.

Der alte Mann kniete neben ihr und machte merkwürdige klackende Geräusche und summende Laute. Seine Augen blickten freundlich, und er legte ihr eine verrunzelte alte Hand auf den Bauch. Sie zuckte zusammen. Dann schnalzte und summte er wieder und legte ihr die Hand auf den Kopf. Es war eine zärtliche, väterliche Berührung. Sie verspürte den absurden Wunsch zu weinen. Aber irgendetwas spülte ihr den Geschmack der Tränen aus dem Mund, und sie merkte, dass sie Wasser aus einem Becher trank, den er ihr an die Lippen hielt. Es war süß und kühl. Dann wurde ihr klar, dass er ihr in einer fremden Sprache etwas zu sagen versuchte und unter seinem Gewand eine eigenartige, kleine schwarze Kugel hervorgeholt hatte, die er ihr auf der flachen Hand hinhielt. Er machte ihr vor, wie sie sie entzweibrechen und die Paste in den Mund stecken sollte. Sie gehorchte ihm verwundert und schämte sich nicht, als sie den Schleier vor ihm lüftete. Das Maultier verdeckte sie, und niemand war in ihrer Nähe. Die Paste war vollkommen geschmacklos. Sie schob sie unter die Zunge und ließ ihn den Rest in ihren Mund stecken. Er gab leise aufmunternde Laute von sich, leise flötende Vogellaute, als sie die sonderbare Substanz schluckte. Sie war zu schwach, um sich zu fragen, was sie da tat, und verschwommen dachte sie, dass dieser verhutzelte alte Pilger vielleicht eine Art Heiler war, ein Schamane, ein Zauberer. Niemand wusste, woher er kam, wiewohl einige munkelten, dass er kein Moslem sei.

Sie blieb ruhig liegen, neben der Satteltasche und dem alten Pilger. Als sich das letzte bisschen Paste auf ihrer Zunge auflöste, saß sie ruhig im Schatten des Maultiers, gegen den kühlen Stein des Brunnens gelehnt. Die Zeit war stehen geblieben. Die schwarze Kugel schien den Bruch in ihr zu kitten. Zumindest für eine Weile. Ihre Kraft schien zurückzukehren. Hatte der alte Mann sie geheilt? War es möglich? Sie bedankte sich murmelnd bei ihm, auf amharisch. Er verstand sie nicht, aber er nickte und lächelte freundlich. Er hielt ihr eine zweite Kugel hin, aber sie lehnte ab. Sie hatte sich wieder so weit unter Kontrolle, sich an den heimtückischen Würgegriffen von Schulden zu erinnern. Sie war ihm etwas schuldig.

Ungestüm, denn sie wusste, dass nichts umsonst war, griff sie nach der schweren Satteltasche und wollte sie ihm geben. Als er den Kopf schüttelte und zurückwich, wurde sie noch hartnäckiger. Du musst sie nehmen, sagte sie, bitte! Sie kämpfte sich auf die Beine. Du musst sie behalten, drängte sie ihn auf amharisch. Und um ihre Entschlossenheit unter Beweis zu stellen, legte sie sie dem Maultier des Geldwechslers auf den Rücken, dessen Zügel der alte Mann in der Hand hielt.

Von diesem Moment an hatte sie alle Hände voll zu tun und keine Zeit mehr, um nachzudenken. Sie musste arbeiten und vergessen. Das war ein Segen. Für den Augenblick war der Bruch in ihr eingedämmt, und sie war kräftig genug, um sich wieder ihren Aufgaben zu widmen. Die Braut rief nach ihr.

Das Mädchen hatte es sich verrückterweise in den Kopf gesetzt, mitten in der Wüste ihre Hochzeitskleider anzuziehen. Sobald sie die Botschaft des Engels gelesen hatte, bestand sie darauf, dass ihre Sklavin Wasser erwärmte und ein Bad vorbereitete. Sie verweigerte jegliches Essen, bat nur um jede Menge Wasser aus dem Brunnen und bestand darauf, dass für jeden Becher, den sie trank, neun Becher in das Wasser für ihr Bad geschüttet würden. Nichts, was die Abessinierin sagte, konnte sie umstimmen. Keine leise Ermahnung, kein weiser Rat, kein Schmeicheln, kein Flehen: Sie war unerbittlich. Allerdings hatte sie seit Beginn dieser Reise eine Schwäche für Bäder; diese Neigung hatte sich, vielleicht infolge der ekelhaften Gerüche und der drückenden Hitze, in eine Obsession verwandelt. Ihre heiklen Wünsche waren lästig. Sie war zur Vegetarierin geworden und weigerte sich, gertrockneten Fisch oder Dinge zu essen, die nach Öl und Knoblauch schmeckten. Auch war es kein gewöhnliches Bad, das sie jetzt, sofort, mitten in der Wüste verlangte. Es war vielmehr ein Bad, um sich von Grund auf und durch und durch zu reinigen, mit allen dazugehörigen Ritualen und Zeremonien. Es schien ihr nicht in den Sinn zu kommen, dass so eine Prozedur unter den gegebenen Umständen nahezu unmöglich war. Ganz zu schweigen von den sich zunehmend verschlechternden Bedingungen.

Angesichts ihres geschärften Sinns für alles Unreine, war es umso erstaunlicher, dass sie die starke Blutung der Sklavin nicht bemerkte. Sie schien blind für alles, außer für die Vorbereitungen auf den Engel. Sie nahm nichts wahr, sah nicht, was um sie herum vorging, hörte nicht, was zu ihr gesagt wurde, bekam nichts mit von dem Aufruhr, der sie für den Rest dieses schrecklichen Tages umgab. Wenn sie sprach, dann nur, um zu wiederholen, dass sie sich beeilen sollten, beeilen, damit sie gebadet, gekleidet und vorbereitet wäre für den Engel. Und da verlor die Sklavin das einzige Mal in all den Jahren die Geduld mit dem Kind.

»Da ist kein Engel«, rief die Sklavin am Ende ihrer Langmut.

Aber die Braut ignorierte sie und fuhr fort, sich die Fingernägel mit einem kleinen Messer zu säubern, das sie immer bei sich hatte und in dessen Griff ein Halbedelstein eingelassen war. »Seine Augen waren aus Amethyst!«, sagte sie.

Die arme Frau starrte das Messer entsetzt an und befürchtete das Schlimmste. Sie glaubte, dass ihr geliebtes Mädchen endgültig wahnsinnig geworden war, und sie meinte, an der geistigen Verwirrung des Mädchens schuld zu sein. Hätte sie den Inder nicht in die Wildnis geschickt, wäre er nicht mit der verfluchten Satteltasche zurückgekehrt. Wäre sie stärker gewesen, hätte sie sie besser vor der Fallsucht, dem Opium und dem Engel schützen können. Was für eine grauenhafte Katastrophe sich auch als Nächstes ereignen mochte, sie wäre sicherlich schuld daran. Und um die schreckliche Tat zu sühnen, arbeitete sie noch härter.

Ein rituelles Reinigungsbad mitten in der Wüste zu bewerkstelligen, ist nicht einfach. Der einzige Vorteil, den dieser Ort und dieser Zeitpunkt mit sich brachten, bestand darin, dass der Wasservorrat des Brunnens unerschöpflich schien. Sie leerten die Schläuche, die unter der Sänfte hingen, und füllten sie sofort neu, denn das Mädchen weigerte sich, in altem Wasser zu baden; es musste frisch sein. Die abessinische Sklavin erledigte den Großteil der schweren Arbeit, suchte in der Ruine nach altem Stroh und blies in die Kohlen unter den Kupferkesseln. Und dann entdeckten sie, dass ein Sack Kohlen fehlte; er war gestohlen worden. Die bewaffnete türkische Eskorte trug die Angelegenheit dem Karawanenführer vor und verlangte Entschädigung. Die Leichenwächter wurden verdächtigt und beschuldigt, denn sie hatten sich bei den Pilgern bereits den zweifelhaften Ruf erworben, Diebe zu sein. Infolgedessen und da ein Wort das andere gab, kam es zu einer erbitterten Auseinandersetzung, welchen Platz der Leichnam in der Karawane einnehmen sollte. Gerade so, als ob die Pilger nichts Besseres zu tun hätten.

Es handelte sich um den Leichnam eines sehr reichen Pilgers, eines persischen Kaufmanns aus Buschir, der gestorben war, so hieß es, als er die Kaaba umrundete. Das war natürlich ein Ende, wie man es sich nur inbrünstig wünschen konnte, wenn man die

»letzte Wallfahrt« am Abend seines Lebens unternahm. Manche wurden sogar zum *Mojaver,* zum Bewohner der heiligen Städte, um das Recht zu erwerben, auf dem berühmten Friedhof Al Bakr in Medina begraben zu werden. Aber der Kaufmann aus Buschir hatte eindeutig nicht vorgehabt zu sterben, denn er war in Geschäften unterwegs nach Damaskus gewesen, seine Maultiere mit Baumwolle und Indigo bepackt. War er trotzdem berechtigt, in Al Bakr bestattet zu werden?

Die theologischen, politischen und ökonomischen Aspekte der Angelegenheit waren den Pilgern Anlass zu großen Meinungsverschiedenheiten und einander widersprechenden Theorien. Nur in einem Punkt waren sie sich einig, nämlich dass die Leiche einen Platz so weit hinten wie möglich, am Ende der Karawane einnehmen sollte, denn ihr Gestank war unerträglich. Die Soldaten, die die Reichtümer des toten Mannes bewachten und zweifellos ihren eigenen finanziellen Gewinn im Auge hatten, weigerten sich, hinter allen anderen zu marschieren, aus Sicherheitsgründen, sagten sie. Das sorgte für einen Aufruhr, bei dem alle Seiten die Stimmen erhoben. Die Sklavin, die sich verzweifelt abmühte, das Wasser mit unzulänglichen Mitteln zu erhitzen, musste mehrmals nach den drei zoroastrischen Frauen rufen, die ihr helfen sollten, stattdessen aber das Spektakel beobachteten und sich das Wortgefecht anhörten. Die hirnlosen zoroastrischen Mädchen machten sich offensichtlich nicht die geringste Vorstellung von der unziemlichen Natur ihres Verhaltens und von den Gefahren, die sie durch ihre Anwesenheit unter den Gaffern heraufbeschworen.

Wäre sie weniger geschwächt gewesen, hätte die Sklavin vielleicht darüber nachgedacht, was wohl aus dem Inder geworden war, denn normalerweise hätte er sich in der Nähe herumgetrieben wie eine Fliege über einem Teller Baklava. Er hätte aus dem Durcheinander etwas für sich herausgeschlagen und eine Ausrede gefunden, um den Zorn auf das bräutliche Gefolge zu lenken. Vielleicht befand er sich im Mittelpunkt der Auseinandersetzung um die Leiche; der Wohlstand des toten Mannes war schließlich beträchtlich. Viele meinten, dass allein die Qualität seines Indigo ihm Einlass ins Paradies verschaffen würde. Seine Quantität war mehr wert als Gebete.

Wo auch immer der Inder sein mochte, die Sklavin erregte mit ihren Rufen nach den anderen Frauen wieder einmal die Aufmerksamkeit des ungebärdigen jungen Mullahs. Als würde der Geruch nach Blut ihn anziehen, näherte er sich ihr, als sie in der Hocke neben dem ausgetrockneten Brunnen saß und in die Kohlen unter den Kupferkesseln blies, sein Gesicht unter dem mickrigen Bart blass, sein Blick starr auf ihre nackten Knöchel gerichtet. Als er neben ihr stand, gab sie Orangenblütenessenz in das warme Wasser. Der Duft war betörend und frisch, verscheuchte den widerwärtigen Leichengeruch, der in der brütenden Hitze hing. Er klärte ihren Kopf. Sie sah, dass der Mullah sich wütend die schrundigen Hände kratzte.

»Eitelkeit der Frauen!«, zischte er. »Die ihre wolllüstigen Körper mit Wasser und Öl, Parfüm und Balsam darauf vorbereiten, die arglosen Seelen der Männer in die Falle zu locken!«

Sie lachte auf, kurz, barsch. Und er wich erschrocken zurück.

Das Wasser war kaum warm, als die Karawane wieder aufbrach. Die Sklavin musste die Kessel mit dem heißen und kalten Wasser in der rumpelnden *Takhteravan* aufstellen, wo es zusammen mit den Ölen und duftenden Essenzen überall hinspritzte. Sie mobilisierte alle Kräfte, um den Körper des Mädchens mit einem rauen Tuch abzureiben und ihre Füße mit Bimsstein zu bearbeiten, während sie hin und her schwankten. Um sie herum drehte sich alles. Die geheimnisvolle schwarze Paste, die ihre gebrochenen, von den Zähnen zahlloser Ratten angenagten Deiche stützte, war stark, aber nicht unüberwindbar. Wie lange würde ihre Wirkung anhalten?

Sie wusste nicht, wie viel Zeit vergangen war, aber die Braut war noch immer mit ihrem Bad beschäftigt, als es zu einem weiteren Vorfall kam. Wieder schrien die Kameltreiber, ereiferten sich die Leichenwächter. Die Leiche sei nicht mehr da, behaupteten sie. Sie hätten sie am Brunnen vergessen. Der Abessinierin war nicht einmal aufgefallen, dass der widerwärtige Geruch verschwunden war, denn die Sänfte der Braut war erfüllt von berauschenden Düften, und sie arbeitete verbissen. Als sie hörte, dass der Leichnam fehlte, verspürte sie erneut den Drang, hemmungslos, respektlos zu lachen.

In der Karawane gab es so etwas wie eine Meuterei. Die Leichenwächter machten auf ihren Eseln kehrt und ritten zurück, um die vergessene Leiche zu holen. Sie weigerten sich – aus Sicherheitsgründen –, einen Mann allein zu schicken, und bestanden darauf, alle zusammen loszuziehen mitsamt der dazugehörigen Fracht, die sie nicht dem Führer der Karawane anvertrauen wollten. Der verfluchte sie rundheraus und weigerte sich, die Verantwortung für die Folgen zu übernehmen: Ein Sandsturm braute sich zusammen, und ihre Sicherheit war ihr Problem. Alle gaben daraufhin lauthals unterschiedliche Kommandos und Meinungen zum Besten, und inmitten dieses Chaos beschloss der Mullah, dass der richtige Zeitpunkt gekommen war, um zum Gebet zu rufen. Er hatte eine dünne, nasale Stimme, die sich mit zunehmender Verzweiflung über diesen Aufruhr erhob und wieder darin versank. Die Sklavin fragte sich, ob die Teufel des Gelächters zuzuschlagen drohten. Würde sie ihnen widerstehen können?

Aber sie griffen nicht sofort an. Sie schickten ihre Botschafter aus Sand voraus. Kurz nach der Meuterei der Leichenwächter nahm der Sandsturm sie gefangen. Der Sand drang in jede Ritze und jeden noch so feinen Spalt, er fand den Weg in jede individuelle Schwäche, in jede persönliche Unzulänglichkeit. Die Pilger mussten jetzt zumindest so tun, als wären sie sich einig, sie hatten keine andere Wahl. Die Umstände zwangen sie, wie ein Mann zu handeln. Alle mussten dem Karawanenführer gehorchen, und alle Tiere und ihre Lasten, alle Männer und ihr Hab und Gut formierten sich zu einem Kreis. Die bewaffnete Eskorte errichtete eine schützende Barrikade um die bräutliche Sänfte. Was die Sklavin anbelangte, so gab es keinen Schutz gegen den Wirbelsturm und die Auflösung, die in ihr wüteten, und gegen das schreckliche Lachen, das in ihr aufstieg. Der kurze Widerstand, den die Paste des alten Pilgers aufgebaut hatte, brach schnell zusammen.

Der Sturm war auf seinem Höhepunkt, als die Braut die nassen seidenen Tücher und Decken, die sie mit ihrem Bad besudelt und ruiniert hatte, zusammenraffte und die Sklavin anwies, sie hinauszuwerfen. »Wirf sie hinaus«, sagte sie und drückte sie ihr in die Arme. Wertvoller Satin, der monatelang mit Früchten und Blüten bestickt worden war; kostbare Kissen, mit Perlen und Zöpfen aus Gold verziert von zahllosen Näherinnen, die sich die Finger zerstochen hatten, alles durchweicht von Seife und Wasser, befleckt von Parfüm und Öl, reif dafür, in den heulenden Sturm geworfen zu werden. Die *Falascha*-Frau klammerte sich einen kurzen aufbegehrenden Augenblick an die erlesenen Stoffe. Sie stammte aus einem Volk der Weber, Spinner und Tuchmacher; diese Früchte großer menschlicher Anstrengung hinaus in Sand und Wind zu werfen, kam in ihren Augen einer Gotteslästerung gleich. Aber das Mädchen duldete keinen Widerspruch. Ihre unvermittelte Wut brach die letzten verbliebenen Barrieren des Widerstands in der Sklavin, und obwohl sie sich vor Schmerzen krümmte, gehorchte sie. Im heulenden Sturm an der Sänfte lehnend, sah sie verwundert zu, wie sich die Seide augenblicklich zu Ghulen aufblähte, die wie wirbelnde Geschosse aus der Hölle in die Welt katapultiert wurden. Engel sandten ihrem Kind Botschaften, aber was für Teufel aus der Hölle, die sie in sich trug, schickte die Abessinierin als Antwort zurück! Sie keuchte jetzt vor Schmerzen, konnte kaum mehr atmen.

Zwei Stunden lang peitschte der Wind den Sand um sie, in immer wilderen Wirbeln. Zwei lange Stunden waren sie umgeben von den Schreien unglücklicher Geister, dem Geheul obdachloser Seelen. Die Sklavin wusste, dass sie sie aus der Hölle in sich selbst ausgespuckt hatte, und sie wurde so kalt wie Eis. Ihr geliebtes Mädchen saß wie eine Prinzessin im ruhigen Herzen des geifernden Sturms und unterwarf sich klaglos dem komplizierten Ritual des Kämmens. Aber die Sklavin spürte ihre Finger kaum mehr; sie waren so kalt. Denn nachdem die feinen Zeichnungen aus Henna auf ihren Handflächen und Fußsohlen nachgezogen waren, verlangte die kleine Braut nicht nach dem gewöhnlichen Ölen und Flechten ihres Haars, sondern nach der prächtigen Hochzeitsfrisur. Jetzt. Sofort. Unverzüglich.

Was für merkwürdige Hochzeitsvorbereitungen das waren! Wie schön die kleine Braut aussah! Als der Sturm in seiner Wut nachzulassen begann, war sie fertig. Fasziniert betrachtete ihre Sklavin sie wie aus großer Ferne, und sie wusste, dass die Braut vollkommen war. Die Teufel des Gelächters mochten angreifen, dieser Schönheit konnten sie nichts anhaben.

Als die Teufel zuschlugen, taten sie es von innen heraus. Die Schleusentore wurden geöffnet, der Damm brach unwiderruflich. Die Abessinierin hörte das Donnern der teuflischen Hufe und den schrecklichen Aufprall der Kamele, die in die Knie gingen; die Schlachtrufe der wilden Teufelsstimmen und die Todesschreie der Maultiere. Sie sah die gierigen Flammen der Fackeln und hörte, wie die Esel unter dem Schmerz der satanischen Speere ausschlugen und brüllten. Und während das Blut floss, lachte und lachte sie, bis sie bewusstlos geschlagen wurde.

Sheba, die Sklavin, starb nicht während des Überfalls der Banditen. Die Wunde, die sie ihr zufügten, war nichts im Vergleich zu der, die sie bereits Jahre in sich trug. Als sie aus der Bewusstlosigkeit erwachte und feststellte, dass es ihr eigenes Blut war, das den Sand unter ihr tränkte, wusste sie, dass sie nicht vergewaltigt worden war. Sie wusste auch, dass die Ratten geboren worden waren und dass sie starb. Und sie sah einen Mann in ihrer Nähe, der demnächst sterben würde, wenn er nichts trank.

Es war der Mullah. Er lag etwas von ihr entfernt, wahnsinnig vor Durst, in ein blutiges Leichentuch gewickelt, als würde er sich gegen seine Beerdigung wehren. Sein Turban war heruntergerutscht und hatte sein dunkles Haar entblößt, das vor Sand aschfarben war, und er blutete am Kopf. Er war noch so jung. Auch der Mond war noch jung und schimmerte matt zwischen den Büscheln von Wüstengras auf den Dünen. Ein Maultier unbestimmbaren Alters stand nicht weit entfernt in der scheckigen Dunkelheit. In der Luft hing ein beißender Geruch nach Feuer, und Sheba, die Sklavin, fühlte sich unermesslich alt.

Der Mullah bettelte um Wasser. Unter unendlichen Schmerzen, mit der letzten Unze ihrer Kraft und ein letztes Mal dem Impuls zu gehorchen folgend, band sie einen dampfenden Wasserschlauch unter der noch immer schwelenden Sänfte los und hielt ihn an die ausgetrockneten Lippen des Mannes. Unter großen Mühen hob sie seinen Kopf und flößte ihm etwas Wasser ein.

»Trink«, befahl sie. Ihr Mitgefühl war streng. Sie achtete darauf, dass er immer nur ein paar Schlucke trank. Als er sich erbrach, zog sie den Wasserschlauch weg und wartete. In solchen Fällen sollte man immer nur ein bisschen trinken oder der Körper revoltiert gegen das, was er am meisten braucht. Das hatte sie vor langer Zeit gelernt, als sie jung war, als sie die Folgen großen Durstes sah, als sie von Liebe trunken und besessen vom Trinken war. Jetzt war sie alt, und es war an der Zeit, dass sie ihre Weisheit nutzbringend anwandte. Er trank immer nur ein bisschen von dem widerlichen warmen Wasser, das sie ihm an die Lippen hielt, und einmal küsste er ihr in seinem Delirium sogar die Hand. Sie hatte nicht mehr die Kraft, sich darüber zu wundern.

Dann schlief er ein und schnarchte sogar. Sie lag neben ihm und fragte sich, warum sie noch nicht tot war. Es musste ein Racheteufel sein, dachte sie, der darüber entschied. Es musste der Unheil bringende Teufel der Verdammten gewesen sein, der die Tore der Hölle geöffnet und den Geistern der Verzweiflung und des Gelächters befohlen hatte, die Erde zu bevölkern, und der sie lange genug am Leben ließ, um das Leben eines Mannes zu retten, der sie hasste, obwohl sie das Mädchen, das sie liebte, nicht hatte retten können. Es musste ein dunkler, schrecklicher Teufel sein, dessen Geißel sie getroffen hatte und sie für eine namenlose böse Tat bestrafte, von der sie nicht wusste, dass sie sie begangen hatte. Was hatte sie getan? Welche Untat verdiente so eine Strafe? Sie suchte in dem komplexen Labyrinth ihrer persönlichen Glaubenssätze nach ihrem Namen. Aber ihr fiel nur eine menschliche Vollkommenheit ein, deren grüne Augen von Antimon umrahmt waren und deren hennafarbenes Haupt schlaff herabhing wie eine Lilie an einem gebrochenen Stil. Menschliche Vollkommenheit, die nicht benannt werden konnte, und das Geheimnis ihrer brutalen Zerstörung. Jenseits dieser Begebenheit gab es keinen Gedanken mehr. Und da wurde sie ruhig und kam zu dem Schluss, dass sie nicht länger an Gott glaubte. Das, dachte sie mit gewisser Befriedigung, war ihre Sünde.

Sheba, die sterbende Sklavin, hörte auf zu denken, bis sie den Mullah sah, der sie anstarrte. Er kniete neben ihr. Er war erwacht und merkte, dass er neben einer halb nackten Frau im Sand lag. Zuerst blickte er sie an, ohne sie zu erkennen. Ihr Schleier war heruntergefallen, und ihr verwüstetes Gesicht war dem Mondlicht ausgesetzt. Sie lag in ihrem eigenen Blut. Dann brach er zusammen und weinte. Da gab sie ihm aus Mitleid den Ring mit dem Karneol, den ihr eine bestimmte menschliche Vollkommenheit gegeben hatte. Denn auch er schien den Glauben an Gott verloren zu haben.

Er brachte sie aus Mitleid zurück zum Brunnen, denn es gab keinen anderen Ort, an den sie hätten zurückkehren können. Sie starb an einer auszehrenden Krankheit und konnte keinen Schritt mehr tun. Vorwärts oder zurück, es war ihr einerlei. Am Brunnen hatte die Hölle begonnen, deswegen war sie es zufrieden, dass sie dort auch enden sollte. Mit unendlicher Vorsicht hob er sie auf das Maultier, und er ging neben ihr, so dass sie sich an ihn lehnen konnte, denn sie war zu schwach, um aufrecht zu sitzen. Schweigend ging er neben ihr, vorbei an den brennenden Kadavern der Kamele und den unglücklichen Pilgern mit aufgeschlitzten Bäuchen, die in den Dünen verstreut lagen. Still führte er das Maultier durch die verbliebenen Stunden der Nacht. Eine Stunde vor Tagesanbruch erreichten sie endlich den zerstörten Schrein und den Brunnen. Aber erst als sie ankamen, bemerkte sie, was dem Esel umgeschnallt war.

Es war die Satteltasche des Engels.

Die Sklavin hatte auf einmal Angst. Wie war die Satteltasche ungeschoren davongekommen, da alles andere vernichtet worden war? Wie war es möglich, dass ihr die Satteltasche geblieben war, da sie alles andere verloren hatte? Sie lag in der Ruine, lehnte am Brunnen, die Satteltasche neben sich. Verwirrt und schwach vor Schmerzen und Angst bat sie den Mullah, ihr eines der seidenen Bündel daraus zu geben. Es dauerte lange, bis sie es geöffnet hatte. Es enthielt nur ein einziges zusammengerolltes Blatt Papier mit einer einzigen Anrufung darauf. Von Kopf bis Fuß zitternd, bat sie ihn, sie ihr vorzulesen. Und er tat es mit seiner nasalen Stimme, die durch die Dämmerung klang.

Es war die Anrufung eines verborgenen Geheimnisses, einer gesegneten Schönheit, einer Erinnerung an Mitgefühl und Freude, durch die die gesamte Schöpfung berührt und erneuert würde. Was für eine Erinnerung?, fragte sie sich. Was für eine Schönheit? Was für ein Mitgefühl und welche Freude? Davon war doch nichts mehr übrig.

Die Frage beschäftigte sie für den kurzen Rest ihres Lebens. Sie erinnerte sich an das Mitgefühl ihrer Mutter, an die Freude über ihr neugeborenes Baby und an die Schönheit der kleinen Braut. Und das Geheimnis ihrer brutalen Zerstörung, die die Vollkommenheit in der Welt ausgemerzt hatte. Jenseits davon gab es keine Gedanken mehr. Und gerade als dieser Gedanke alle anderen Gedanken auszulöschen drohte, erinnerte sie sich an ihr Mitleid mit dem Mullah. Reines Mitleid mit einem allzu menschlichen Mullah. Und in Erinnerung an das Mitleid begann ihre Seele zu sprechen wie zwischen trockenen Felsen hindurchsickerndes Wasser. Ihre Seele sang ein kleines Lied von frischem Wasser, das aus dem Brunnen in Wellen über sie hinwegfloss. Es erinnerte sie an die Stimme ihrer Mutter, die ihr Lieder vorsang, als sie noch ein freies Kind war, und an ihre eigene Stimme, als sie die gleichen Lieder ihrem toten Kind vorsang. Es war ein Lied voller Schlichtheit. Plötzlich, zwischen den Wellen, dachte sie unvermittelt, dass sie vielleicht keine Ehebrecherin gewesen war, aber dafür die bei weitem schlimmere Sünde der Götzenverehrung begangen hatte.

War es das? War der Glaube an eine bestimmte menschliche Vollkommenheit eine größere Sünde als Ungläubigkeit? Und wenn ja, wer hätte die unermessliche Größe, ihr diese große Sünde zu vergeben? Welches Mitleid war umfassend genug, um diese menschliche Schwäche zu verstehen und Mitgefühl zu haben? Wo konnte in der Abwesenheit eines Gottes, unter einem grausamen Mond, zwischen dem Blutbad des Überfalls und dem Tod der

Vollkommenheit, da die Schönheit tot und so lange vergessen war, bis die hundert Mondjahre der alten Propheten vorüber waren – wo und worin oder bei wem konnte dieses grenzenlose Vergeben zu finden sein?

In ihr selbst?

Das Geheimnis in ihr war unermesslich, ebenso ihre Überraschung, als sie es aufdeckte. Es war nicht das Nachdenken, das sie zu dieser Entdeckung führte. Es war etwas anderes als Nachdenken, was sie plötzlich friedlich werden ließ angesichts der Wahrheit des Geheimnisses in ihr – leicht vor Vergebung, uralt vor Weisheit, unverwundbar und immer während.

Als ein vorbeikommender Derwisch nach dem Preis der Satteltasche fragte, sagte sie, er könne sie umsonst haben. Danach taten der Derwisch und der Mullah, worum sie sie gebeten hatte: Sie warfen ihren ausgezehrten Körper in den ausgetrockneten Brunnen neben der zerstörten Ruine und bedeckten ihn mit Steinen.

Der Pilger

Der Pilger war ein alter Mann, der viele Ängste überwunden hatte. Aber es gab noch eine Angst, die ihn jedes Mal überwältigte, wenn er in einen Sandsturm geriet. Es war die Angst davor, lebendig begraben, vom Sand erstickt und von Erde und Steinen bedeckt zu werden. Diese rätselhafte Furcht begleitete ihn den ganzen Weg von der Wüste Gobi bis in die Wüste von Najd, doch er hatte das Rätsel noch nicht lösen können.

Der Pilger hatte gesucht und tausend Schlüssel zu diesem Rätsel gefunden. Sandstürme waren wie Handflächen, keiner war wie der andere. Jede Hand voll Angst hatte einen anderen Namen. Die Suche nach dem Schlüssel und die Benennung der Furcht standen jedoch unter ein paar allgemein gültigen Prinzipien. Wenn der Sandsturm Bewegung bedeutete, musste man reglos bleiben; wenn er Reglosigkeit bedeutete wie jener, der die Pilgerkarawane zwischen Mekka und Medina heimsuchte, musste man sich bewegen. Aber Reglosigkeit und Bewegung mussten von der richtigen Art sein. Wenn der Sandsturm Dunkelheit und Kälte bedeutete, musste der Pilger nach der richtigen Position in Licht und Hitze suchen; wenn es sich um einen männlichen Sandsturm handelte, war darauf mit den entsprechenden weiblichen Kräften zu reagieren. Das Rätsel eines jeden Sandsturms löste man durch Ausgeglichenheit. Und in der Ausgeglichenheit lag das Geheimnis Buddhas.

»Es gibt, o Mönche«, hatte Buddha gesagt, »einen Zustand ohne Erde, ohne Wasser, ohne Hitze, ohne Luft; ohne den unendlichen Raum und ohne unendliches Bewusstsein, ohne nichts, ohne Wahrnehmung oder Nichtwahrnehmung; ohne diese Welt und ohne jene Welt, ohne Sonne und ohne Mond. Das ist das Auslöschen.« Der Pilger suchte nach dem Ewigen, um die Sandstürme im Rätsel seines Lebens entziffern zu können.

In diesem Fall, als der Sandsturm ein paar *Farsang* vom fünften abendlichen Halt entfernt auf der Straße nach Medina zuschlug, wusste der alte Pilger augenblicklich, dass er sich in Richtung des Brunnens bewegen musste, an dem die Karawane mittags gehalten hatte, um den Sandsturm auszulöschen. Er musste die von dort bis hierher zurückgelegte Strecke auslöschen und darauf vertrauen, dass der Sandsturm, den er so sehr fürchtete, ihm den Weg wies. Er spürte das in der Kraft des Windes und entzifferte es aus den Stichen der Sandkörner auf seiner Haut. Er erkannte ihn als männlichen Sandsturm, dem er mit weiblichen Instinkten begegnen musste. Das Rätsel im Heulen des heißen Winds entsprach der Leere, die er in seinem Herzen verspürte. Und er gehorchte nicht dem Führer der Karawane, der befahl, einen Kreis zu bilden, sondern dem Sandsturm. Ein paar Minuten nachdem er eingesetzt hatte, ließ der Pilger das Maultier des Inders stehen, zog sein flatterndes Gewand fest um sich und wandte sich zurück in die Richtung, aus der sie gekommen waren. Zurück zum Brunnen.

Nur wenige kannten den alten Mann oder hatten sich darum bemüht, seine Bekanntschaft zu machen. Er gehörte zu den ärmeren Pilgern und marschierte am Ende der Karawane mit den Lasttieren. Er besaß kein Kamel, und dieses Maultier, das er seit kurzem sein Eigen nannte, gehörte nicht wirklich ihm. Den ganzen Nachmittag trottete er neben ihm her, eine Hand auf die Satteltasche gelegt, die das Tier trug, aber er ritt nicht auf ihm; er wollte das arme Tier nicht belasten. Außerdem war er das Gefühl von Sand unter seinen schwieligen Füßen gewohnt; er musste die Erde unter sich spüren, damit sein Geist wachsam blieb für den Zweck seiner Pilgerreise. Jetzt tätschelte er das Maultier und gab ihm einen liebevollen Schlag auf den Rumpf, woraufhin das Tier iahte, als wollte es ihm bedauernd Lebewohl sagen. Der traurige Laut wurde rasch vom Heulen des Sturms übertönt.

Niemand bemerkte sein Gehen. Alle kauerten sich an ihre Tiere, hielten den Kopf gesenkt und das Gesicht mit schützenden Tüchern bedeckt. Den Inder, seinen einzigen Freund, hatte früher am Tag ein anderes Schicksal ereilt, und er war nicht länger unter ihnen. Dann war da noch ein Derwisch, der ab und zu Brot und Öl mit ihm teilte, aber auch der war seit Mittag abgängig, und niemand achtete auf den alten Mann. Nur der junge Mullah, der ihn, als sie in Mekka aufbrachen, wegen seiner Art zu beten gerüffelt hatte, sah, wie sich eine schmächtige, o-beinige Gestalt von dem schützenden Kreis abwandte und im Sturm davonstolperte. Aber er war anderweitig beschäftigt und hatte ihn bald vergessen, denn der Pilger war verschwunden.

Der Pilger war ein Uigure aus dem Nordwesten Chinas und sprach eine kuriose Mischung aus Türkisch und Persisch, die nur wenige verstanden. Er war bereits seit mehreren Jahren unterwegs, als er in die Wüsten Arabiens gelangte, und hätte ihn jemand danach gefragt, hätte er anhand der Zahl der Zähne, die er verloren hatte, beweisen können, dass er schon über sieben Jahrzehnte lebte. Ja, er hatte alle Zähne bis auf einen verloren. Niemand interessierte sich jedoch für ihn oder seine Zähne, seit er sich in Mekka der Karawane angeschlossen hatte, nicht einmal der Inder, der ihm sein Maultier vermacht hatte. Denn kaum hatte sich der Inder davon überzeugt, dass der Pilger kein Geld bei sich trug, war er zwar freundlich zu ihm gewesen, aber nicht neugierig. Da der Geldwechsler der Einzige in der Karawane war, der sein Sprachgemisch verstand, hatte der Pilger versucht, ihm von seiner Lebensphilosophie zu erzählen und davon, dass man mit fünfzehn sein Herz an das Lernen verlieren sollte, so dass man mit siebzig den Geboten des Herzens folgen könnte. Sei es, weil er nichts über Konfuzius wusste oder weil der Verlust seiner Zähne das Verstehen der Worte des alten Mannes erschwerte, jedenfalls hatte der Inder aufgehört, der Lebensgeschichte des Uiguren zuzuhören, als dieser in seiner chronologischen Philosophie das Alter von vierzig erreichte. Der Uigure war bereits verrunzelt wie eine alte Walnuss und so kahl wie ein glänzendes braunes Ei, als er sich auf diese Pilgerreise begab, aber er hatte noch einen Zahn im Mund, mit dem er entschlossen ins Leben biss. Und wenn man sie in den tiefen Falten seines Gesichts ausfindig machen konnte, stachen und funkelten seine Augen wie Nadeln.

Da er selten sprach und stattdessen seine Augen benutzte, sah er vieles, was anderen entging. So bemerkte er, dass der Derwisch, der bisweilen neben ihm am Ende der Karawane dahintrottete, seinen Bart und sein Haar mit Antimon schwarz gefärbt hatte. An den Wurzeln schimmerten sie hell und verrieten ein fremdländisches Blond. Der Kerl war ein Scharlatan. Den Derwisch stellte er glaubwürdig dar, er hatte alle Gesten und Gesänge gelernt und sprach sowohl Arabisch als auch Persisch, aber der alte Mann, der viele Dinge gesehen hatte, misstraute ihm. Auf den hohen Pässen von Kashgar und in den Bergen des westlichen Persiens, unter den Bachtiaren, war er anderen mit diesen eisigen Augen begegnet. Er hielt den Kerl für einen politischen Scharlatan, der die Maske der Frömmigkeit trug. Von allen Pilgern einschließlich des Mullahs, der ihm den Tod wünschte, hegte er dem Derwisch gegenüber den größten Argwohn.

Der Pilger war im nordwestlichen China geboren, in der Provinz Xinjiang, im Tarim-Becken, oberhalb des alten Salzsees Lop Nur, einem unfruchtbaren trockenen Landstrich, der seine Vergangenheit ebenso sorgfältig versteckte wie seine zukünftigen Geheimnisse. Seine Familie stammte aus der Oase Turfan am Beginn der alten Seidenstraße, und seine manichäischen Vorfahren waren vor hunderten von Jahren von den Turkomanen konvertiert worden. Er war ursprünglich ein Sunnit, aber sein moslemischer Glaube wurde gemäßigt durch buddhistische Philosophie, denn als junger Mann hatte er als Mönch im nördlichen Tibet gelebt. Und so hatte er durch Meditation und Geduld, durch Disziplin und Beharrlichkeit alle Ängste überwunden bis auf eine. Er hatte sich vielen Rätseln der Veränderung angepasst, nur noch nicht dem von der Vernichtung gestellten.

Als er jung war, träumte dieser Uigure einmal, dass das Land seiner Vorväter eines Tages eine giftige Wildnis werden würde, öde wie der Mond. In dem Traum war es sein Schicksal, sein Volk von diesem tödlichen Ort zu führen, bevor es zu spät war. Es war dieser Traum, der ihn dazu veranlasste, Mönch zu werden. Als ihm ein alter chinesischer Lehrer in seinem Kloster auf den Spruch von Konfuzius hinwies: »Am Morgen höre auf den Weg; sterbe zufrieden am Abend«, glaubte er zuerst, dass er die Antwort auf seinen Traum gefunden habe. Er meinte, dass sein Volk sowohl zufrieden leben als auch sterben sollte, denn es gab nichts Öderes und nichts Giftigeres als den Mond der Unzufriedenheit. Das schien ziemlich einfach, aber die Lösung für das Schicksal seines Volkes erwies sich als komplizierter; sie war so rätselhaft wie das Problem. Sein Traum hatte ihm zu verstehen gegeben, dass der »Weg« aus der Wildnis durch eine Wüste führte; er schlängelte sich wie ein Flüsschen aus Quecksilber in einem Kreis aus Sand. Es war eine Lösung, die direkt mit dem Problem zusammenhing. Da er keinen Unterschied zwischen einer Wüste und einer Wildnis sah, zwischen der Lösung in der einen und der Vernichtung in der anderen, war der Uigure verblüfft über seinen Traum und wusste zuerst nicht, wie er vorgehen sollte.

In seiner Jugend nahm er die Dinge eher wörtlich. Mehrere Jahre durchkämmte er ziellos die Wüste Gobi auf der Suche nach Flüsschen, aber der einzige »Weg«, den er fand, lag in den quecksilbrigen Armen eines mongolischen Milchmädchens, das er eines Tages inmitten der Ziegenherde seines Vaters erblickte und augenblicklich begehrte. Da verließ er das Kloster und gab seine Suche bedenkenlos auf; er beschloss, den giftigen Aspekt der Zukunft zu ignorieren zu Gunsten einer furchtbaren Gegenwart. Er hatte keine Angst vor dem Leben und verbrachte viele Jahre damit, in der mongolischen Steppe Söhne zu zeugen, Pferde zu züchten und Schafe zu halten. Er vergaß sogar seinen Traum, bis seine Frau starb. Aber zu diesem Zeitpunkt begann er bereits, seine Zähne zu verlieren und seine Furcht zu benennen.

Seine Frau hatte ihm neun kräftige Kinder geboren, die alle überlebten, aber nach ihrem Tod hatte der Uigure den salzigen Geschmack einer leblosen Wüste auf den Lippen. Seine Tage waren so öde wie der Mond. Und dann fiel ihm zum ersten Mal seit vielen Jahren sein Traum wieder ein. Er erinnerte sich an die giftige Vernichtung, die sein Volk erwartete, und empfand ein Gefühl der Dringlichkeit, wie er es nie zuvor verspürt hatte. Er rief seine Söhne zu sich, segnete sie, verteilte Ziegen, Schafe und Pferde unter ihnen und nahm die Suche wieder auf, die er in seiner Jugend abgebrochen hatte. Wenn der »Weg« in einer Wüste zu finden war, dann würde er jetzt in allen den Menschen bekannten Wüsten danach suchen, trotz seiner Angst. Er wandte sich erneut den Dünen der Wüste Gobi zu, aber jetzt nahm der die Dinge weniger wörtlich und musste feststellen, das sie zur Wüste seiner Trauer geworden war.

Nach zwei Jahren vergeblichen Trauerns in der Wüste Gobi kehrte der Uigure zurück nach Turfan und begann, den Fußspuren seiner Vorväter zu folgen. Er wanderte Nächte und Tage ohne Wasser durch die Wüste von Taklamakan und hörte von geisterhaften Stimmen gesungene und von Saiteninstrumenten gespielte Weisen, die wehmütig über den Sand klangen. Er wurde verfolgt von zugreifenden Fingern und brutalen Händen begrabener Krieger und hörte ihre Trommelschläge in den grollenden Dünen. Entlang der alten Seidenstraße ging er durch Yarkand bis nach Taschkent. Er suchte auf den Altai-Bergen in Kasachstan und lebte mit den Nomaden des Tieflands von Turan. Er begegnete vielen Sandstürmen und sammelte unzählige Schlüssel zu ebenso vielen Rätseln. Aber alle diese Wege führten ihn nur tiefer in Einsamkeit und Zweifel. Stets war er auf der Flucht vor seiner Angst. Als er die Salz- und Sandbecken von Dascht e Kawir und Dascht e Lut im Nordosten Persiens erreichte, war er an die Grenze der Wüste Zynismus gelangt und nicht länger sicher, dass er jemals den »Weg« finden würde, um sein Volk aus der öden Wildnis zu führen.

Verzagt wandte er seine Schritte der Arabischen Halbinsel zu. Er beschloss, noch einmal die Mönchsrobe anzuziehen und als Pilger nach Mekka zu gehen, denn obwohl er nahezu alle Zähne verloren hatte, hatte er immer noch seinen Glauben. Und obwohl die Angst ihn im Sandsturm an der Gurgel packte, suchten seine scharfen Augen weiterhin nach Quecksilber. Noch lag die Seidenstraße vor ihm, bis zur Sahara. Aber er wusste, wenn ihm die Wüsten Arabiens nicht den »Weg« zeigten, dann hätte er nur noch die Wüste der Verzweiflung zu erforschen. Sein Herz war schwer vor Sorge um die Zukunft seines Volkes.

Seitdem er Mekka verlassen hatte, hielt sich der Pilger an sich selbst. Seine Anwesenheit in der Karawane war so unauffällig wie eine Abwesenheit. Wenn er seine Gebete murmelte, munkelten einige, er sei ein Ungläubiger, denn er vollzog seine Andachten auf völlig unauffällige Weise. Eine Ironie des Schicksals wollte es, dass er im Gegensatz zum Derwisch das Misstrauen der wahrhaft Frommen auf sich zog. Der junge Mullah wäre bereit gewesen, ihn zu steinigen, aber der Geldwechsler hatte sich eingemischt und den Pilgern versichert, dass der harmlose alte Mann ein ebenso gläubiger Moslem war wie er selbst. Diejenigen, die mit ihm in Mekka gewesen waren, schworen, dass er seinen *Hadsch* in jeder Beziehung gewissenhaft und korrekt vollzogen habe, abgesehen vom letzten Tag der Tieropfer, an dem er nicht zu sehen gewesen war. Es fiel auf, dass er kein Fleisch aß. Überhaupt aß er kaum, nur ein bisschen in Öl getunktes Brot, ein paar Datteln und etwas Ziegenkäse. Er sprach selten und auch nur, um Tauschhandel für seine wenigen täglichen Bedürfnisse zu treiben. Die meisten Leute boten ihm etwas zu essen an für die Arzneien, die er herstellte, denn der Pilger konnte viele Krankheiten heilen. Zu den Fähigkeiten, die er im Lauf seines Lebens erworben hatte, gehörte die Kunst des Heilens, und er gebrauchte dieses Wissen, um seinen Mitmenschen Erleichterung zu verschaffen. Er heilte ebenso unauffällig, wie er alles andere tat. Und so wurde er in den Kreis der Gläubigen aufgenommen und entging dem Zorn des übereifrigen Mullahs.

Auf seinen Reisen hatte er immer einen Vorrat an Heilmitteln dabei, und in den Wüsten, die er durchwanderte, hatte er gelernt, Ersatz zu finden und seine Fähigkeiten den Krankheiten der jeweiligen Region anzupassen. Dieses Talent war womöglich verantwortlich für das Überleben seiner Söhne, denn seine Diagnosen waren genau. Die von ihm bereiteten Arzneien aus den Kräutern und Gräsern der mongolischen Steppe schützten sie vor Tod und Seuchen. Sie wurden selten krank. Auch seine Frau starb nicht an einer Krankheit. Eines Morgens sah sie ihn im Bett an, ihre Wangen so rot wie an jenem Tag, als er sie zum ersten Mal küsste, und sagte: »Ich bin müde.« Daraufhin wandte sie ihm den Rücken zu, als würde sie schlafen, und starb. Die sanfte Frühlingsbrise, die durch ihr Haar wehte, war wie menschlicher Atem, aber sie kam vom Himmel. Er verzieh sich nie, dass er die unmittelbare Nähe ihrer Unsterblichkeit nicht erkannt hatte, und ihm wurde klar, dass es nicht genug war, die Kunst zu beherrschen, den Tod diagnostizieren zu können.

Als er das Reich der Mitte verließ und seine Schritte zu den neun Distrikten des Göttlichen Kontinents der Roten Region, welche die Welt ist, lenkte, wusste der Pilger, dass er in allen Wüsten suchen musste, um sich selbst vom Tod seiner Frau zu heilen. Er wusste außerdem, dass er nicht hoffen konnte, die Krankheiten anderer Menschen zu heilen, solange er nicht das Rezept für seine eigene Unsterblichkeit gefunden hatte. Und während er die Rätsel von tausend Sandstürmen erforschte, wurde ihm klar, dass er sein Volk erst vor dem Gift aus seinem Traum würde retten können, wenn er seine Furcht überwunden hätte. Das Gegengift der Angst befand sich irgendwo in der Region des Vertrauens. Aber wo war das?

Seine scharfen Augen hielten Ausschau nach Zeichen von Vertrauen, die er früher übersehen hatte, und er machte sie zu seinen wichtigsten Geboten. Denn der *Höhere Mensch*, das wusste der Pilger, musste neun Gebote befolgen. Beim Sehen achtete er darauf, klar zu sehen. Beim Hören achtete er darauf, deutlich zu hören. Bei seinen Blicken achtete er darauf, dass sie freundlich waren. In seinem Verhalten war er respektvoll, in seinen Worten loyal, in seiner Arbeit gewissenhaft. Wenn er im Zweifel war, suchte er nach Information, und wenn er zornig war, achtete er auf die Folgen. Und schließlich achtete er immer darauf, dass das Streben nach Gewinn stets mit dem Recht übereinstimmte. Wenn er auf diesem »Weg« heilen konnte, so dachte er, könnte er sein Volk vielleicht vor dem Gift bewahren und ein Mittel gegen seine Angst finden.

Aber von Beginn dieser Reise an hatte der Pilger das Gefühl, versagt zu haben. Er hatte nicht nur darin versagt, ein *Höherer*

Mensch zu sein, sondern er war sogar ein *Xiao ren* geworden, ein selbstsüchtiges und niederes Wesen, denn noch nie hatte er eine schlimmere Wüste durchquert als diese. Der Abgrund, der sich vor ihm in Mekka auftat, hätte ihn beinahe zu Fall gebracht. Zwar war er verpflichtet, alle Riten und Rituale zu vollführen, aber zugleich war er geneigt, seine ganzen Mühen rückgängig zu machen, sich umzudrehen und aus der heiligen Stadt zu fliehen. Die darauf folgende Lähmung auf Grund seines Versagens erfüllte ihn mit Furcht und einem Gefühl bodenloser Leere. Auf seinem *Hadsch* musste er seinen geistigen Tod diagnostizieren.

Aber am schlimmsten war, dass er auf dem Weg nach Medina drei Versuche, andere zu heilen, unternahm und dabei versagte. Er versagte dabei, den Zustand der drei richtig zu diagnostizieren. Und diese drei Versuche fanden alle am selben Tag statt: an dem Tag, als der Sandsturm zuschlug. Er war sich sicher, dass das Rätsel dieses Sandsturms zum Teil in seinem dreifachen Versagen lag. Und der Schlüssel dazu lag offensichtlich in dem alten Brunnen.

Es war diese plötzliche Erkenntnis, als der Sandsturm zuschlug, die ihn umkehren und zu dem Brunnen zurückkehren ließ. Und jetzt, als er sich seiner Angst stellte, als ihm der Sand in die Augen stach, erinnerte er sich daran, wie der Tag begonnen hatte, und er beschloss, sein dreimaliges Versagen Schritt für Schritt auszulöschen. »Auslöschen«, sagte der Buddha, »ist weder Kommen noch Gehen, noch Verweilen …«

Es hatte gut angefangen. Bei Tagesanbruch war er aufgewacht, weil ihn die Stimme seiner Frau beim Namen rief. Und in den Falten seiner Haut hatte sich Tau angesammelt. Das betrachtete er als Segen. Dann setzte der gewohnte Gang der Dinge ein. Der Mullah rief wie gewöhnlich seine Bataillone von Morgengebeten, um die aufgehende Sonne anzugreifen, und trotz der murrenden Kamele und griesgrämigen Esel, die sich nur widerwillig beladen ließen, war die Karawane bald unterwegs. Drei Tage zuvor hatten sie Mekka verlassen, dieser Tag war der vierte. Ein bräutlicher Zug mit seinem Gefolge türkischer Soldaten hatte sich ihnen angeschlossen, und der Derwisch war noch schwerer fassbar als gewöhnlich. In neun Tagen würden sie in Medina eintreffen, und der Leichnam, so dachte der Pilger, wäre zweifellos darüber erleichtert, denn er musste unbedingt auf dem Friedhof dieser Stadt begraben werden.

Der Pilger bedauerte den Leichnam; er war zur Zielscheibe aller Beschwerden geworden. Statt für die Seele des Verstorbenen zu beten, verfluchten die Pilger den Gestank, den er verbreitete. Der Uigure hatte seine eigenen Methoden, um sich vor diesen aufdringlichen Ausdünstungen zu schützen. Er hatte einen beißenden Balsam aus Eukalyptus und Ingwersalbe, der jeden anderen Geruch übertönte, wenn man ein bisschen davon in jedes Nasenloch rieb. Eingehüllt in seine eigene Geruchswelt, konnte er es sich leisten, ein paar Worte des Friedens für den elenden Leichnam zu flüstern, dessen schlecht gezimmerter Sarg auf dem rumpelnden Rücken des Maultiers auseinanderzubrechen drohte. Er betete für seine rasche Verwesung und Erlösung von der drückenden Hitze.

Nicht bei dem Leichnam war er gescheitert, denn der war bereits jenseits der Reichweite seiner Heilkunst, sondern er hatte bei drei lebenden Seelen versagt. Der große Tao sagte: »Aus Tugend gut zu sein zu denen, die nicht gut sind, ist gut; aus Tugend aufrichtig zu sein zu denen, die unaufrichtig sind, ist aufrichtig.« Und er fühlte sein Versagen schmerzlich. Der Inder, der zum Gefolge der Braut gehörte, war der Erste, der sich mit dem Uiguren anfreundete, seit sie die heilige Stadt verlassen hatten. Ironischerweise war er auch der Erste, bei dem er versagte. Und obwohl der Inder weder gut noch aufrichtig war, hatte er doch dem alten Mann zur Seite gestanden, als sie ihn zu steinigen drohten. Der Uigure hatte als Gegenleistung für seine Parteinahme nichts anzubieten außer Salben gegen Kopfweh und Pulver gegen Magenschmerzen. Aber da er dem Geldwechsler dankbar war, wartete er auf eine Gelegenheit, seine Dankbarkeit zu beweisen. Im Verlauf dieses vierten Morgens, eine knappe Stunde, nachdem die Karawane die Karawanserei verlassen hatte, kam es zu einer Krise, in deren Folge der gesamte Zug an Kamelen, Maultieren, Packeseln und Pilgern mitten in der Wüste anhielt, und kurz nach diesem unvorhergesehenen Halt stieß dem Geldwechsler etwas Schreckliches zu. Es war ein Vorfall, den der Pilger nicht hatte verhindern können, sondern, schlimmer noch, für den er sich auch voll und ganz verantwortlich fühlte.

Sie waren nirgendwo, an keinem Ort, an dem der Karawanenführer normalerweise hätte anhalten lassen, als die Krise eintrat. Vor ihnen, nördlich der Straße, erspähten die scharfen Augen des Pilgers eine hohe Felswand. Unterhalb und etwas rechts davon meinte er in der Ferne verschwommen weitere Felsen auszumachen oder vielleicht eine Ruine, aber all das war noch eine gute *Farsang* weit weg. Als er die Hand vor die Augen hielt, um sie gegen die höher steigende Sonne abzuschirmen, glaubte er, männliche Gestalten oben auf der Felswand vor dem Himmel stehen zu sehen. Eine beträchtliche Anzahl von Männern. Banditen wahrscheinlich. Der Pilger war auf seinen Wanderungen so oft von Banditen verprügelt worden, dass er sie nicht länger fürchtete. Der Grund, warum er kein Geld bei sich hatte und Salben und Pulver im Austausch gegen sein tägliches Brot anbot, war, dass die Banditen keinen Grund hätten, ihn zu töten. Aber für seine Mitreisenden, besonders die wohlhabenden, waren die Banditen Anlass zur Sorge. Er beschloss, den Inder zu suchen und ihm zu sagen, was sie erwartete. Der würde den Führer der Karawane warnen und die Kameltreiber zur Vorsicht mahnen.

Der Grund, warum die Karawane plötzlich anhielt, war nicht klar. Manche behaupteten, unter den Frauen des bräutlichen Zugs sei etwas passiert. Andere sagten, der Leichnam sei schuld. Er stank so infernalisch, dass er ans Ende der Karawane verbannt werden sollte. Als sich der Pilger an zeternden Leichenwächtern und zornigen Maultiertreibern vorbei zur Spitze der Karawane vorgekämpft hatte, sah er den Inder im Gespräch mit der großen schlanken Frau, die die Sklavin der jungen Braut war. Sie war Abessinierin, und der Pilger hatte sie bislang kaum gesehen. Sie war überaus zurückhaltend und mischte sich nicht unter die Pilger. Meistens hielt sie sich in der bräutlichen Sänfte auf, aber da stand sie plötzlich zwischen den murrenden Maultieren und Kamelen neben dem Inder und deutete mit dem Finger auf die Felswand im Norden.

Das war ein merkwürdiger Zufall. Der Pilger fragte sich, ob auch sie oben auf dem hohen Felsen die Silhouetten der Räuber gesehen hatte. Er strengte seine Augen an, sah jedoch nichts mehr. Wenn er vor ein paar Minuten nicht geträumt hatte und tatsächlich Banditen dort oben gewesen waren, dann waren sie jetzt verschwunden. Aber die Sklavin, darauf ließ ihr Deuten schließen, schickte den Inder in ebendiese Richtung. Warum tat sie das? Er betrachtete die beiden eingehend. Ihr Gespräch hatte etwas an sich, was alle seine Sinne wachrief. Was war das?

Und dann tat es sich vor ihm auf wie ein klaffender Abgrund vor seinen Füßen. Es tat sich ihm auf mit dem Geruch seiner eigenen Angst. Er roch die Gerüche des Todes. Er diagnostizierte den Tod des Inders.

Als der alte Pilger sah, dass der Geldwechsler sein Maultier bestieg und in Richtung der Felswand davonritt, begann er, ihm nachzulaufen und ihm in seiner eigenen Sprache zuzurufen: »Halt! Du reitest in deinen Tod! Ich habe dort oben Banditen gesehen, und wohin immer du unterwegs bist, sie werden dich sehen. Sie werden dich töten! Vertrau dieser Straße nicht! Komm zurück!«

Aber der Geldwechsler hörte nicht auf ihn. Er ritt weiter, taub für die verzweifelten Rufe des alten Mannes. Einmal wandte er sich um und winkte ihm zu, als sei er ein kleines Kind, dem er versichern musste zurückzukehren. Der Pilger empfand eine schreckliche Verzweiflung. Er folgte dem Maultier mehrere hundert Meter und rief immer wieder, bat den Inder umzukehren, warnte ihn vor dem Tod, dem Tod, der vor ihm lauerte. Aber vergebens. Das Maultier, das von der schweren Last eine Schlagseite hatte, trabte unbeirrt weiter, wurde in der flimmernden Hitze am Horizont immer kleiner. Der Pilger stand in der Wüste und rief, bis er heiser und die Gestalt des Geldwechslers verschwunden war. Dann ließ er den Kopf auf den Sand sinken.

Das war sein erstes Versagen. Aber das zweite war noch schlimmer, denn es beinhaltete einen größeren Verlust an Vertrauen. Als er sich jetzt inmitten des Sandsturms daran erinnerte, schauderte er trotz des heißen Windes. Angst nahm ihn von allen Seiten in die heißen Arme, schüttelte ihn, würgte ihn und raubte ihm die Luft. Seine Augen waren verklebt von sandiger Wut, und der Sturm legte die Finger fest um seinen Hals, aber er meinte noch immer, in die richtige Richtung zu gehen, um den Tag auszulöschen. Er zwang sich, an sein zweites Versagen zu denken, und ging weiter, wie es der Sturm ihm vorschrieb.

Als er wieder bei der Karawane anlangte, stellte er fest, dass die Debatte über die Leiche und die Frauen vertagt worden war. Der Führer der Karawane hatte Befehl gegeben aufzubrechen und versprochen, sich der beiden Themen in einer Weile erneut anzunehmen. Als besonderes Zugeständnis an alle Pilger, die sich über den unerträglichen Geruch des Todes empörten, versprach er, die Leichenfrage bei dem zerstörten Schrein eine *Farsang* vor ihnen abermals zu stellen. In dem Brunnen dort gab es offenbar kein Wasser, aber als weiteres Zugeständnis an das bräutliche Gefolge stimmte er zu, dass die Karawane dort anhalten würde und die Damen ihre Angelegenheiten regeln könnten. Der Mullah war wütend und versuchte, Widerstand gegen diese Entscheidung zu provozieren.

Der Pilger wusste nicht, wie er den Karawanenführer vor den Banditen warnen sollte, denn der Mann war erregt und weigerte sich, weitere Widerworte und Forderungen anzuhören. Um sich ihm zu nähern, wären Diplomatie und die richtige Sprache vonnöten. An wen sollte er sich wenden, jetzt, da er seinen Fürsprecher verloren hatte? Was immer seine Muttersprache war, der Derwisch verstand den Uiguren jedenfalls nicht; gegen ein Quäntchen Arznei mochte er ihm Brot und Öl geben, aber mit Worten war er geizig. Wie dem auch sei, der Pilger hatte beobachtet, wie der Derwisch sich regelmäßig in die Dünen schlug, und kurz nachdem die Karawane am Brunnen anhielt, entfernte er sich. Der Mann verschwand regelmäßig auf namenlosen Exkursionen und ungewissen Missionen, um irgendwann wieder aufzutauchen und sich am Schluss der Karawane einzureihen wie ein nachträglicher Gedanke. Wenn man ihn fragte, behauptete er, meditiert zu haben. Wer sonst könnte dem Pilger behilflich sein, den Karawanenführer zu warnen? Er gab auf.

Der Mullah seinerseits war nicht geneigt, seinen Kreuzzug gegen die Frauen im Gefolge der Braut aufzugeben. Den Rest des Vormittags, während sie sich dem zerstörten Schrein näherten, verbrachte er mit dem Versuch, die Pilger dazu aufzuhetzen, gegen den der gesamten Karawane von den gottlosen Ungläubigen aufgezwungenen Halt zu protestieren und darauf zu drängen, dass sie aus der Karawane hinausgeworfen wurden. Er hielt ihnen einen langen Vortrag über Reinheit und Gräber; er protestierte gegen die gotteslästerliche Anwesenheit unreiner Frauen auf dieser heiligen Strecke. Sie hätten schließlich ihre eigene Eskorte, rief er aufgebracht. Hinweg mit ihnen! Sie durften die Gesellschaft der Reinen nicht mit ihren schmutzigen Gelüsten besudeln! Die Last seiner Argumente schien irgendein heiliger Ort ein Stück Wegs vor ihnen zu tragen, der auf nicht wiedergutzumachende Weise von der Anwesenheit des bräutlichen Zugs entweiht werden würde.

Dem Pilger fiel auf, dass dieser junge unglückliche Mann an einer Hautkrankheit litt, die einen entzündeten Grind und juckende Schuppen auf Gesicht und Händen zur Folge hatte. Außerdem erkannte er an seinem schlechten Mundgeruch und der Farbe des Weißen in seinen Augen, dass er extrem dehydriert war. Er schien nahezu entflammbar, so wütend und ausgetrocknet war er. Der alte Heiler diagnostizierte auf Grund dieser Beschwerden weder Tod noch Unsterblichkeit, aber er beschloss, dem jungen Mann ein Mittel anzubieten, das ihm Erleichterung verschaffen würde, sobald sie wieder anhielten. Wenn er schon versagt hatte, den Inder vor seinem Tod zu warnen, so wollte er wenigstens das Leben dieses Menschen etwas weniger erbärmlich machen. Was konnte das schaden?

Aber als sie eine Stunde später am Brunnen ankamen, nahm das Leben aller eine Wendung zum Besseren, ohne sein Zutun. Nur nicht das Leben des Mullahs. Denn zur Begeisterung aller war in der Nähe des zerstörten Schreins vor kurzem ein neuer Brunnen gegraben worden. Jedermann nutzte den Vorwand, den die Frauen lieferten, um das Wasser zu bejubeln. Die Argumente des Mullahs büßten jegliche Schlagkraft ein. Wasserschläuche wurden neu aufgefüllt, Behälter flossen über, die Leute benetzten sich von Kopf bis Fuß, und nur die Maultiere und Kamele beschwerten sich, denn der Karawanenführer bestand darauf, dass sie aufbrachen, bevor alle Tiere getrunken hatten. Der Mullah hielt sich eigensinnig abseits und weigerte sich, Wasser aus dem Brunnen zu trinken. Jedoch nicht aus Solidarität mit den Tieren.

Der Pilger ging zögernd auf den armseligen jungen Mann zu. Der schritt auf und ab und murmelte etwas in seinen Bart. Er biss sich auf die Lippen, die sowieso schon aufgesprungen waren und bluteten. Die Fliegen plagten ihn, summten um die offenen Wunden in seinem Gesicht und an seinen Händen. Der Pilger dachte an seine Söhne mit ihren klaren Stirnen, und sein Herz zog sich vor Mitleid mit dem Jungen zusammen.

Er streckte dem jungen Mullah die Hände entgegen. Aus seinen Erfahrungen mit Sandstürmen wusste er, dass eine offene Handfläche die deutlichste Botschaft übermittelte; in Abwesenheit von Sprache war diese Geste sofort zu verstehen. Deshalb bot er dem jungen Priester auf beiden Handflächen seine Heilkunst dar. In der rechten Hand hielt er einen Becher mit frischem Wasser aus dem Brunnen hin, in der linken ein Schächtelchen mit einer weißen Salbe aus Zinkpulver sowie Ölen und Essenzen aus eigener Herstellung. Leise redete er in seiner eigenen Sprache auf den jungen Mann ein und sagte ihm, dass sein Körper Wasser und seine Seele Frieden brauchten, bevor er richtig beten könnte. Still riet er ihm, zu trinken und seine Salbe zu benutzen.

Aber er hatte nicht mit dem unglückseligen Temperament des Mullahs gerechnet. Oder mit seinem Mangel an Vertrauen. Mit einem schauerlichen Fluch, der seiner Stellung unwürdig war, schlug der junge Mann den Becher in den Sand und spuckte dem alten Pilger ins Gesicht. Dann stolzierte er davon wie ein empörter Kormoran, sein schwarzes Gewand steif vor Sand. Seine Not stank schlimmer als der Leichnam. Kurz darauf übertönte seine laute nasale Stimme alle anderen, als er sich erneut beim Karawanenführer über die Leichenwärter, den Leichnam, den alten Mann und vor allem die Frauen beschwerte, obwohl niemand etwas davon wissen wollte. Er konnte nicht anders, er musste geifern und toben, ganz gleich, worum es ging. Und ganz gewiss wollte er keine Hilfe.

Kaum hatte der alte Pilger die Scham über sein zweites Versagen überwunden, sah er sich abermals dem ersten gegenüber. Während er sich das Gesicht abwischte, tauchte aus dem Nirgendwo plötzlich der Inder wieder auf. Aber der Geldwechsler lebte. Oder? Blut lief ihm aus dem Mund und tränkte sein Hemd auf Brust und Bauch. Seine Augen waren glasig und blickten gehetzt. Er trug eine Satteltasche und sah geradewegs durch den Uiguren hindurch. Ehrfürchtig erkannte der alte Pilger, dass er dem Tod irgendwie entronnen war.

Fasziniert und besorgt beobachtete er, wie der Inder die Satteltasche der Abessinierin übergab. Zunehmend erstaunt sah er zu, wie sich der Geldwechsler mit starrer, ausdrucksloser Miene von der Sänfte der Braut abwandte und zwischen den Maultieren des bräutlichen Zugs herumtorkelte. Schockiert sah er, wie der Inder einen großen Sack mit Kohlen auf den Rücken lud – er, der sich nie herabgelassen hatte, auch nur die leichteste Last zu tragen, und stets für alles, was er brauchte, die Hilfe der bräutlichen Fußsoldaten in Anspruch genommen hatte –, und er war entsetzt, als der Inder erneut in Richtung der verhängnisvollen Felswand davonstolperte.

Und da bemerkte der Pilger die Vögel des Todes, die über dem Felsen kreisten, und begriff, dass er sich getäuscht hatte. Es war nicht der Tod des Inders, den er gespürt hatte, sondern der Tod eines anderen. Er hatte bei diesem Inder nicht den Tod diagnostiziert, sondern die Nähe der Unsterblichkeit. Denn es schien, als wäre er in den Tod gegangen und wieder zurückgekehrt. Er hatte neben der Felswand etwas weit Schrecklicheres und Schöneres vorgefunden als den Tod.

Als er dem Inder nachlief, stieß dieser ihn freundlich, aber bestimmt von sich. Er nahm die Zügel des Maultiers, das er normalerweise ritt, und warf sie dem alten Mann wortlos in die Hände. Und da sah der Uigure, dass dem Inder die Zunge herausgeschnitten worden war, und er begann zu wehklagen, wie er es zuvor schon getan hatte. Er verstand, dass der Inder ein Sohn des Himmels geworden war.

Als der Pilger sich in diesem Moment an sein Versagen erinnerte, beugte er sich unter dem Gewicht des Sandsturms, der seine Last an furchtbaren Rätseln auf seinen alten nackten Kopf entlud. Wie gründlich er doch dabei versagt hatte, seinen einzigen Fürsprecher vor der Wüste immer währenden Schweigens zu beschützen! Wie blind war er gewesen, den »Weg« des Inders nicht zu erkennen. Auf wie verhängnisvolle Weise hatte er wieder einmal Tod und Unsterblichkeit durcheinander gebracht. Und sein Vertrauen verraten. Aber das Schlimmste sollte erst noch kommen.

Denn während der Uigure noch neben dem Brunnen stand, mit den Zügeln des Maultiers in der einen Hand und seinem kleinen Becher in der anderen, während der Streit wegen der Leiche noch tobte und die armen Tiere nach Wasser schrien, trat eine Gestalt aus der Sänfte der Braut. Eine schlanke, schmale Figur mit feinen Knochen, in einen Schleier gehüllt, der den grässlichen Fleck, der sich auf ihren Beinen ausbreitete, nicht verbergen konnte. Es war die Sklavin, und der Pilger roch an ihr unzweifelhaft den Geruch des Todes.

Das also war sein drittes Versagen. Er hatte durchaus richtig Tod diagnostiziert, aber es war der Tod der Sklavin, nicht der des Geldwechslers. Und er hatte auch die unmittelbare Nähe der Unsterblichkeit gespürt, die auf seltsame Weise dem Inder anhaftete und nicht der Sklavin. Und er hatte den fatalen Fehler begangen, sich an den Mullah zu wenden, der weder bereit war für den Tod noch vorbereitet auf die Unsterblichkeit, und so hatte er die Chance auf Vertrauen bei drei menschlichen Seelen verspielt. Von all den Wüsten, die er kannte, war das Gefühl der Scham die schlimmste. Und nirgendwo glänzte Quecksilber, das ihn hätte herausführen können.

Das Einzige, was er unter den Umständen tun konnte, war, der Frau, die neben dem Brunnen zusammengebrochen war, zeitweilige Linderung zu verschaffen, denn er brauchte nicht lange, um zu erkennen, dass er ihre Krankheit nicht heilen konnte. Er lehnte sie an den kühlen Stein und tauchte seinen kleinen Becher in das sprudelnde Wasser. Das Trinken belebte sie. Und dann gab er ihr die einzige Medizin, die er für ihren Zustand hatte: die traditionelle weibliche Medizin. Sie wurde bei allen Leiden verschrieben, die Frauen befielen, außer bei diesem letzten. Sie wurde unfruchtbaren Frauen gegeben und jenen, die nie wieder würden Kinder bekommen können. Er hatte seine eigene Version dieser heilenden Paste hergestellt, und er bot sie der Sklavin auf die übliche Weise dar: ein schwarzes Kügelchen auf der offenen Handfläche.

Sie nahm sie mit großer Schlichtheit entgegen. Nachdem sie das Wasser getrunken hatte, streckte sie die schmale, mit einem blauen Muster tätowierte Hand aus und hob die Paste an den Mund. Sie lüftete auch ihren Schleier mit großer Schlichtheit und entblößte vor ihm die Verwüstungen der Pocken in ihrem Gesicht. Warum tat sie das? Als er sich an ihren Zustand erinnerte und ihre Krankheit nochmals diagnostizierte und ihm klar wurde, was für ein Leben sie geführt haben musste, dass es sich jetzt derart zuspitzte, wunderte er sich über ihr Vertrauen in diesem Moment. Was konnte der Grund dafür sein? Sicherlich nicht seine Gesten, denn seit dem Vorfall mit dem Mullah wusste er, dass er mit Gesten kein Vertrauen gewinnen konnte. Außerdem zerfraß der Tod ihre Lebenskraft, und dieser Tod war verursacht durch eine zerstörerische Mischung aus Zweifel und Selbstverachtung, durch den Verlust der Liebe zum einfachen Leben. Das diagnostizierte er rasch und sicher. Sie starb an gebrochenem Glauben. Wie war es also möglich, dass sie seine Arznei annahm, dass sie ihm trotz ihres Zustands vertraute?

Der Pilger tastete sich durch die peitschenden Böen des wütenden Sandsturms, dachte erneut darüber nach und merkte, dass er verloren war.

Wie hatte sie seine Hilfe annehmen können?

Er verstand es nicht; er war verloren.

Schlichtheit hätte sie heilen können, nicht jedoch seine nutzlose Paste.

Er war ganz und gar und für immer verloren.

Wo hatte sie diese Schlichtheit gefunden, da sie doch an einem Mangel daran starb?

Befand sich der Brunnen vor oder hinter ihm? Er glaubte nicht, dass dieser Sandsturm einen Anfang oder ein Ende hatte; der Wind peitschte ihn mit der plötzlichen Vehemenz des Triumphs. Seine Hände langten nach ihm, erwürgten ihn. Furcht ergriff den Pilger. Er war innerlich und äußerlich verloren.

Und warum hatte sie ihm die Satteltasche gegeben?

Sobald ihm die Satteltasche einfiel, wurde dem Pilger klar, dass er sich erinnerte, weil er die Satteltasche von der Frau erhalten hatte, an dem Brunnen, und dass er deswegen dorthin zurückkehren musste. War es möglich, dass die Satteltasche den Schlüssel zu diesem Sandsturm enthielt? Es war dieselbe Satteltasche, die der Inder gebracht hatte; dessen war er sicher. Es war die Satteltasche gewesen, die ihn den ganzen Morgen über auf dem Maultier begleitet hatte. Nachdem die Sklavin die schwarze Arznei geschluckt hatte, überreichte sie ihm die Satteltasche.

Er wusste, dass ihr höchstens drei, vier Stunden blieben, bevor die Schmerzen und die Blutung erneut einsetzten. Als sie langsam ihre Kraft zurückgewann, griff sie nach der Satteltasche neben ihren Füßen und versuchte, sie hochzuheben. Und dann drängte sie ihn, die geheimnisvolle Satteltasche zu nehmen. Sie war ihr aus der Hand gefallen, als sie ohnmächtig geworden war, und jetzt hielt sie sie ihm hin. Sie bat ihn, sie zu behalten. Sie sprach Amharisch, das er vage verstand, weil er die Schrift im Kloster von Labrang gelernt hatte. Und obwohl die Bedeutung der Laute den Lauf der Zeit überstanden hatte, wich er entsetzt zurück, als er das Blut des Inders auf der Satteltasche bemerkte.

Aber sie bestand darauf. Sie rappelte sich auf und hängte die Satteltasche an das Maultier des Geldwechslers. Und dann ließ sie ihn mit diesem seltsamen Vermächtnis allein und ging ihrer Wege. Sie entfachte ein Feuer, um Wasser für ihre Herrin zu erwärmen.

Der alte Mann war also Erbe eines Maultiers, das er niemals reiten, und einer Satteltasche, die er nie benutzen würde. Aber die

Satteltasche schien auch nicht zum Benutzen bestimmt, denn sie war bereits voll. Voll gestopft mit kleinen Päckchen. Als er sie öffnete, fand er in Seide und Pergament gewickelte und mit Zwirn verschnürte Bündel und Rollen. Er schnallte die Satteltasche an den Maulesel, holte ein Bündel heraus, und dort neben dem Brunnen, während die Vorbereitungen für das bräutliche Bad getroffen wurden und der Mullah dagegen wetterte, dass das Grab der Mutter des Propheten verunglimpft wurde, öffnete er die pergamentene Rolle, in der sich ein dünnes Blatt Papier befand, bedeckt mit einer feinen persischen Handschrift.

Die Augen des Uiguren waren gut, sie waren scharf, aber er hatte Schwierigkeiten, die hauchzarte Schrift auf dem dünnen Papier zu lesen. Die Mittagssonne brannte herunter auf die Seite und blendete ihn. Er konnte kaum etwas erkennen. Der Text schien in großer Eile geschrieben, ohne Punkte. Und dann wieder schien ihm alles ein einziger rätselhafter Punkt. Er betrachtete die Zeilen und empfand die Worte als unerklärlich, unergründlich. Sie besagten, dass der Pfad schmal sei und der Weg eng, obwohl er mehr Platz bot als der Himmel und die Erde und alles, was dazwischen war. Sie bedeuteten ihm, dass der Urpunkt der Anfang und das Ende sei, der Mittelpunkt und der Rand des Himmels und der Erde und von allem, was dazwischen war. Der alte Pilger verstand nicht.

Er begriff nicht, was der Urpunkt sein sollte. Er wusste nicht, wie Pfade schmal sein sollten und zugleich Platz bieten konnten, wie ein Punkt einen Kreis beinhalten konnte. Er war verwirrt von diesem Vermächtnis, von allem, was zwischen Himmel und Erde war. Wenn diese Botschaft eine Bedeutung hatte, musste er darauf vertrauen, dass sie in ihm heranreifte, denn im Augenblick verstand er sie nicht. Sein dreimaliges Versagen hatte seinen Geist verwirrt.

Als der Ruf zum Aufbruch der Karawane erschallte, faltete er das Papier zusammen und steckte es zu den Arzneien in den Beutel, den er um den Bauch trug, und senkte den Kopf unter der sengenden Hitze. Die Karawane brach auf. Richtung Medina. Er ging hinter den murrenden Kamelen und schreienden Maultieren einher, neben seinem Maultier, einem der wenigen Tiere, die das Wasser aus dem Brunnen erfrischt hatte. Die ganze Zeit über lag seine Hand auf der Satteltasche.

Eine Stunde später wurde das Fehlen der Leiche entdeckt. Es gab Geschrei, Vorwürfe und Gegenvorwürfe. Der Pilger lächelte angesichts der geheuchelten Überraschung aller. Er hatte es bereits gewusst; er hatte es gesehen. Er hatte beobachtet, wie die Wächter den Leichnam zurückließen, an die nördliche Wand der Ruine gelehnt. Sie hatten es absichtlich getan, dessen war er sicher. Es war beschlossen worden, dass sie mit ihrer lästigen Last am Ende der Karawane marschieren sollten, und der Pilger, der zwischen den Packeseln ging, sah alles. Sie warteten, bis sich die Karawane in Bewegung gesetzt hatte, und dann, nachdem alle aufgebrochen waren, schlichen zwei Wächter mit dem Sarg hinter den Schrein und kamen auf der Nordseite der Ruine ohne ihn wieder zum Vorschein.

Während sich das Geschrei zur Meuterei steigerte, bestanden die Leichenwächter lautstark darauf, den ganzen Reichtum des Toten mit zum Brunnen zurückzunehmen. Es war offensichtlich, dass sie sich mit den Fässern voll Öl und den Säcken voll Reis, mit den Seiden- und Baumwollballen und den Gewürzen auf und davon machen wollten. Es lag auf der Hand, dass sie mit ihrer Beute an Indigo zur Küste wollten und keinen Schritt weiter in Richtung Medina gehen würden. Ihm war klar, dass kein Priester für die Seele des toten Mannes beten und dass sein Leichnam nicht anständig begraben würde.

Der Pilger war mit seinem Wissen allein und konnte nichts tun. Wie das Wissen um die Banditen vor ihnen blieb das Wissen um die willentlich zurückgelassene Leiche unangetastet in seinem verschrumpelten Schädel und wartete darauf, von der Zeit dechiffriert zu werden. Wie die Bedeutung seines Traums, wie die Botschaft in seinem Medizinbeutel mussten bestimmte Arten von Wissen reifen, bevor man sie verstand. Auch das Rätsel eines Sandsturms konnte nur dann entziffert werden, wenn er den Schlüssel dazu fand und sich seiner Furcht stellte. Er seufzte und tätschelte das Maultier. Vertrauen, so wurde ihm bewusst, musste er erst einmal zu sich selbst haben.

Und als der Sandsturm losbrach, musste er auch ihm vertrauen. Er wusste, dass er, wollte er sein Rätsel lösen, zum Brunnen zurückgehen musste, wo die Wächter den Leichnam schlicht und einfach hatten stehen lassen, damit er zu unbemerkter Unschuld verweste. Er wusste, dass er das weibliche Gegengewicht zu diesem männlichen Sandsturn nur finden würde, wenn er zum Brunnen zurückkehrte. Er musste das Maultier des Inders zurücklassen und den Tag Schritt für Schritt auslöschen, um zur Stille im Herzen dieses Sandsturm-Rätsels zu gelangen. Auch dieses Wissen war ohne Tusch und Trara auf einmal da. Es war still gereift und brauchte kein überraschendes Drama, um ihn aufzurütteln, obschon sein Herz von dem vertrauten Schauder seiner Angst ergriffen wurde, als die Sandkörner dieses Wissen seiner Haut einprägten.

Und dann, mitten im Herzen des heulenden Sturms, als er sich vollkommen verirrt hatte, war ihm plötzlich die Satteltasche eingefallen, die er bei der Karawane zurückgelassen hatte. Zuerst hatte er gedacht, das Geheimnis der Schlichtheit der Sklavin wäre darin zu finden, und war höchst gespannt gewesen, das Geheimnis zu lüften. Doch die Satteltasche enthielt nur wirbelnde Worte, so verwirrend wie der Sandsturm selbst. Sie enthielt eine Botschaft, die er nicht verstand. Doch obwohl er von der schlimmsten seiner Ängste heimgesucht wurde, obwohl er vollkommen verloren war, vertraute er der geheimen Botschaft und ging weiter.

Seit mehreren Stunden war er jetzt unterwegs. Der Sand war in jede Körperöffnung gedrungen, und sein lautes Geheul hallte in seinen Ohren wider. Aber das verschwommene Licht sagte ihm, dass es noch eine Stunde bis Sonnenuntergang war. Er war vom Wind so durchgeschüttelt und geschlagen, dass er über ein paar Steine zu seinen Füßen stolperte, hinfiel und sich die Lippe aufschlug. Als er das Blut auf seinen knorrigen Fingern spürte, merkte er, dass er seinen letzten Zahn verloren hatte.

Und da kam ihm die Erkenntnis, ruhig und klar. Er musste sich nicht mehr im Leben verbeißen, da er Unsterblichkeit trinken konnte. Er verstand alles. *Die Quelle der Schlichtheit der Sklavin war das Wasser aus dem Brunnen.* Er hatte ihr von dem Wasser zu trinken gegeben, bevor er ihr seine Medizin anbot. Das war die Quelle ihres Vertrauens. Das war es, was sie auf ihre Unsterblichkeit vorbereitet hatte, obwohl sie ihrem Leiden nicht entgehen konnte. Und die Satteltasche war gefüllt von derselben Quelle, so wie der Fluss der Buchstaben aus einem einzigen Tintenstrahl. Er hatte das simple Heilmittel der rätselhaften Zeichen nicht erkannt, so wie er die Nähe des Inders zur Unsterblichkeit nicht erkannte. Er war keinen Deut besser als der junge Mullah, der sich weigerte, das Wasser zu trinken! Diese Einsicht traf ihn mitten ins Herz. Warum hatte er das zuvor nicht verstanden?

Sobald der Pilger wusste, warum die Sklavin seine Arznei angenommen hatte, begann sich das Rätsel des Sandsturms zu lösen. Seine Bedeutung begann klar zu werden. Und während er sich durch den Sand vorwärts tastete, schien ihm, als würden alle Rätsel zusammenfließen, und am liebsten hätte er laut geschrien, gesungen, seine Frau gerufen und sie umarmt. Seine Freude war fast so groß wie seine Angst.

Er blieb jedoch stumm, denn der Sturm wütete noch immer, und der Sand wirbelte dicht. Er hatte sich in den Falten seines Gewands gesammelt, in den Furchen seiner Haut, in den Runzeln seiner Augen, in den Windungen seiner Ohren, überall. Es kostete ihn Mühe, wieder aufzustehen und weiter durch den Wind zu taumeln. Er sehnte sich danach, die schwere Last des Himmels und der Erde und von allem, was dazwischen war, abzulegen, sich selbst auszulöschen. »Es gibt, o Mönche, einen Zustand ohne Erde, ohne Wasser, ohne Hitze, ohne Luft; ohne den unendlichen Raum und ohne unendliches Bewusstsein, ohne nichts, ohne Wahrnehmung oder Nichtwahrnehmung; ohne diese Welt und ohne jene Welt, ohne Sonne und ohne Mond. Das ist das Auslöschen.« Er erinnerte sich an die Worte Buddhas und machte einen weiteren Schritt nach vorn.

Blind, da Wind und Sand ihm direkt ins Gesicht bliesen, spürte er, wie seine Füße einsanken. Und tief unter sich hörte er die schrecklichen Trommeln in den Dünen begrabener Armeen, die darauf warteten, ihn aufzunehmen. »Das Auslöschen«, erinnerte er sich, »ist weder Kommen noch Gehen, noch Verweilen ... Es ist unbeständig, unveränderlich; das Ewige, das keinen Ursprung hat und kein Ende.«

Seine Füße versanken schnell im Sand. Seine Furcht stieg ihm in die Kehle. Tief in und unter sich hörte er das Klirren der Waffen, das Donnern des Krieges, und in diesem Augenblick wusste er, dass er in Treibsand geraten war. Innerhalb von Sekunden stand ihm der Sand bis zu den Knien. Und jetzt war es an der Zeit, innezuhalten und sich auf die große innerliche Begegnung vorzubereiten. Jetzt konnte er seiner Furcht nicht mehr entfliehen. Und Freude stieg in ihm auf. »Dort«, sagt Buddha, »ist das Ende der Not.« Er hatte Ausgeglichenheit erreicht. Und er begann mit einem Gefühl schlichten Erstaunens im Treibsand zu versinken.

Dies also war der Mittelpunkt des Himmels und der Erde und von allem, was dazwischen war. Hier war sein »Weg«, der Urpunkt seines Kreises. Der Pfad war schmal, gewiss, aber wie ausgedehnt waren doch seine Wanderungen gewesen, bis er zu diesem Punkt gelangte. Alle seine Kreise hatten ihn zu dieser Stelle geführt und zu keiner anderen. All sein Suchen endete in diesem Punkt, weiter konnte er nicht gehen. In der Welt, so besagte das Buch der Wandlungen, gibt es viele verschiedene Wege, aber das Ziel ist immer dasselbe. Es gibt hundert Überlegungen, aber das Ergebnis ist immer dasselbe. Die Namen sind verschieden, aber die Quelle ist der Urpunkt. Mit klarem Verstand diagnostizierte er seinen Tod und verabreichte sich das Gegenmittel der Unsterblichkeit.

Er wurde nach innen gezogen, und sein Herz drängte nach außen. Dieser Schraubstock setzte an seinem Solarplexus an, und er wurde in die Unermesslichkeit des Auslöschens gerissen. Im Versinken nestelte er an seinem Gewand herum, und es gelang ihm, die Schriftrolle aus seinem Beutel zu holen. Die Worte aus der Satteltasche waren der Schlüssel zu diesem Sandsturm. Sie bestätigten, dass die Lösung des Rätsels der Furcht in schlichtem Vertrauen lag. Als der Sand ihm bis zu den Achselhöhlen reichte, hob er die Arme und bedeckte sein Gesicht mit dem Pergament, hielt es sich an die Nase, als wäre es Atemluft. Der Himmel und die Erde und alles, was dazwischen war, gingen aus von diesem Urpunkt, in den er versank, und kehrten zu ihm zurück. Er konnte nicht mehr lesen, aber er erinnerte sich.

Er wiederholte die Worte mit kräftiger Stimme, mit seinem letzten Atem. Er rief sie laut in seiner Sprache, ließ die Worte über seine Lippen fließen wie Wasser, wie die Liebe seiner Frau, wie die Freude am Leben. Und dann, als ihm der Sand bis zum Hals stand, als sein Leben wie Quecksilber durch seine Adern rann und aus seiner Lunge gepresst wurde, sang der Pilger die Worte: *Der Urpunkt!*

Als er noch tiefer einsank, platzte sein Herz vor Freude wie eine Samenkapsel. Als der Sand an seinen Mund heranreichte, öffnete er ihn und trank ihn gierig, um sein Volk zu heilen, um sein fruchtbares Land zu schützen, damit seine Söhne und Kindeskinder stark und schön wären. Und als der Sand ihn gänzlich verschluckte, zahnlos, aber glücklich, war er bereits gestorben, frei von Furcht.

Der Treibsand, der den Pilger verschlang, befand sich in der Schlucht knapp unterhalb des zerstörten Schreins von Abwa an der Straße zwischen Mekka und Medina. Er befand sich nur fünf Schritte entfernt von dem Grund des ausgetrockneten Brunnens, in den die Leiche der Sklavin geworfen wurde. Aber der an der Nordwand der Ruine lehnende Leichnam war zu weit entfernt, als dass der barmherzige Treibsand auch ihn verschlungen hätte, und er stank noch immer fürchterlich.

Der Mullah

Der Mullah warf die Leiche der Frau in den alten Brunnen und bedeckte sie mit Steinen. Dann zog er Eimer für Eimer Wasser aus dem neuen Brunnen und goss es über sich. Er hatte Angst, sich verseucht zu haben. Er wusste, dass sie trotz der Verwüstungen in ihrem Gesicht nicht an einer ansteckenden Krankheit gestorben war, aber sie war eine Frau, und er hatte sie berühren müssen.

Der Mullah nahm es mit seinen religiösen Pflichten sehr genau. Er war der jüngste Sohn einer gottesfürchtigen Familie, deren Mitglieder es alle mit ihren religiösen Pflichten sehr genau nahmen. Alle seine Onkel und älteren Brüder hatten ihre Studien in Theologie und Jurisprudenz in Karbila abgeschlossen und gehörten zu den angesehensten schiitischen *Mudschaheddin* und Gelehrten in Persien. Sämtliche Frauen seiner Familie waren bekannt für ihre untadelige Tugendhaftigkeit und konnten auf ebenso lange wie ruhmreiche Stammbäume zurückblicken. Gewisse neidische Stimmen in der Stadt behaupteten, dass jede dieser Verkörperungen von Bescheidenheit der von den Christen verehrten Jungfrau Maria wesensverwandt sein müsse, denn wie sonst hätten sie überhaupt Kinder empfangen können? Der Mullah war der Letzte, der aus einer derart keuschen Verbindung hervorgegangen war, und ziemlich hässlich, mit einer Neigung zu juckenden Ekzemen. Zudem, so wurde behauptet, hatte er das leicht erregbare Temperament seiner Mutter geerbt, Gott sei ihrer Seele gnädig, die an Ehrbarkeit starb, noch bevor er sein dreizehntes Lebensjahr vollendet hatte, und ihn als Waisen unter trauernden

Tanten zurückließ. Von da an besuchte er die *Medrese* von Karbila, in denen er von einigen der berühmtesten *Ulema* der damaligen Zeit unterrichtet wurde. Als er beschloss, nach Mekka zu pilgern, war er noch keine zwanzig und immer noch Jungfrau.

Selbstverständlich war er verheiratet gewesen. Zum ersten Mal im Alter von Siebzehn mit einem jungen Mädchen, das am Vorabend der Hochzeit an der Ruhr erkrankte und kurz darauf verstarb. Unnötig zu erwähnen, dass die Ehe nicht vollzogen wurde. Dann hatte es für kurze Zeit eine zweite Ehefrau gegeben, die sich ebenfalls als nicht akzeptabel erwies. Die Ehe wurde nach drei Tagen annulliert. Schließlich arrangierte sein Vater nach langer Verhandlung die Hochzeit mit einem dritten Mädchen, dessen Abstammung so bemerkenswert war, dass ihr physisches Erscheinungsbild dem kaum entsprechen konnte, trotz aller Beteuerungen des Gegenteils. Selbstverständlich hatte er das Mädchen noch nicht gesehen, aber auf seine Bitten hin wurde die Hochzeit verschoben, bis er von seiner Pilgerreise zurück wäre.

Er hatte Angst vor Frauen. Die einzigen weiblichen Wesen, die er, abgesehen von seinen nicht akzeptablen Bräuten, kannte, waren Cousinen mit düsteren Zügen, die ihn in seiner Kindheit gnadenlos aufzogen, und mottenartige Tanten, die stets in Schwarz gekleidet waren und auberginefarbene Schatten unter den Augen hatten. Dann war da noch ein einfältiges Kindermädchen aus der Provinz, das nach ranzigem Hammelfett stank, ihn an ihren üppigen Busen drückte, als seine Mutter starb, und dabei unvergessliche Empfindungen des Erstickens in ihm hervorrief, die ihn bisweilen immer noch heimsuchten. Der Grund, warum er in diesem Jahr auf Pilgerreise ging, war ebenfalls eine Frau. Und zwar diejenige, die ihm die größte Angst einjagte.

Sie war ungefähr neun Monate zuvor nach Karbila gekommen, als er noch Student war. Es war kurz nach dem Tod eines bekannten Lehrers der *Shaykhi*-Sekte gewesen, und diese Frau hatte sich die Autorität angemaßt, statt seiner zu unterrichten, hinter einem Vorhang verborgen. Gewiss, sie hatte tadellose Referenzen und stammte aus einer unbescholtenen Familie von Geistlichen. Sicherlich, sie war eine ausgezeichnete Dichterin und Gelehrte. Aber sie war eine Frau! In der gesamten schiitischen Gemeinde des Irak brach ein Sturm der Entrüstung aus.

Es hieß, sie habe den Schleier zurückgewiesen. Es wurde gemunkelt, dass sie Mann und Kinder verlassen habe. Man warf ihr Häresie vor, weil sie Ideen vertrat, die schockierend unorthodox waren. Und sie trotzte allen. Sie unterrichtete sowohl Frauen als auch Männer und verwirrte ihre Zuhörerschaft mit Belegen aus dem Koran. Sie verlangte, die in der Vergangenheit erlassenen Gesetze aufzuheben, und versuchte, diese unglaubliche Forderung in die Praxis umzusetzen. Überall fanden hitzige Debatten statt und verstärkten die Spannung zwischen der schiitischen Gemeinde im Irak und der osmanischen Regierung, was wiederum den persischen Konsul veranlasste, sich mit der Bitte um Intervention an die Briten zu wenden. Viele der Geistlichen in Karbila waren willens, ideologische Differenzen hintanzustellen, nur damit diese gefährliche Frau aus der schiitischen Gemeinde verbannt würde. Sie hatte für einen ungeheuren Skandal gesorgt.

Der junge Mullah war bisweilen in ihrem Unterricht gewesen, was ihm Nächte fiebriger Schlaflosigkeit und erbitterter innerer Kämpfe einbrachte. Sie saß hinter einem Vorhang und beherrschte allein durch die Macht ihrer Beredsamkeit einen Raum voller Männer. Sie hörte ihren Kritiken zu und ließ sie reden, solange sie wollten, aber wenn sie an der Reihe war, zerstörte sie ihre Argumente mit einem Streich. Sie zermalmte ihre Einwände. Niemand war ihren Kenntnissen des Korans gewachsen. Er hatte mit eigenen Augen gesehen, wie Männer, die doppelt so alt waren wie er, angesichts ihrer Logik ohnmächtig zitterten. Er hatte gesehen, wie ein Mullah zusammenbrach und weinte.

Ein junger Kollege von ihm ließ sich dazu provozieren, diese Frau zu einem Wortgefecht herauszufordern. Er war der Ansicht, die einzige Möglichkeit, die Oberhand über sie zu gewinnen, wäre, ihr glattweg zu widersprechen und sie nicht zu Wort kommen zu lassen. Um seinen Standpunkt zu untermauern, unterbrach er sie wieder und wieder, um ihre Argumente zu verdrehen, und ging schließlich dazu über, sie mit kleingeistigen Flüchen zu belegen, um die Kraft ihrer Beweise zu untergraben. Er hatte Vorschriften der *Mubahala* missachtet und versucht, sie einfach niederzubrüllen. Und da hatte sie den Vorhang gelüftet und plötzlich den Raum betreten, unverschleiert, vor all diesen Männern.

Wenn sich der junge Mullah daran erinnerte, wurde er noch immer bis in die Wurzeln seiner schuppigen Haare rot und begann an allen Gliedern zu zittern, obwohl der Vorfall Monate zurücklag. Denn am selben Tag, in derselben Stunde gab er seine Studien auf und beschloss, auf Pilgerreise zu gehen auf Grund dessen, was in der Folge geschah. Die Frau betrat den Raum, unverschleiert, und sah seinem verdatterten Kollegen eine Weile unverhohlen ins Gesicht. Auf ihre Wange hing eine schwarze Locke. Ihre Augenbrauen waren hochgezogen und geformt wie Mondsicheln. Sie musterte den Mann kalt, von der Spitze seines Turbans bis zu den Zehen seiner Füße unter dem schmutzigen Saum seines Gewands. Und dann sagte sie zu ihm vor allen versammelten Männern, dass er nicht würdig sei, über so heilige Dinge zu sprechen, solange er nicht die Grundregeln des Anstands erlernt hätte, die sich für religiöse Debatten ziemten.

Dieser Vorfall erschütterte den Mullah so sehr (weit mehr als seinen Kollegen), dass er einen heftigen Hautausschlag entwickelte, den nichts lindern konnte. Was ihn verfolgte, waren nicht der Anblick ihres Gesicht, nicht ihre erstaunliche Schönheit oder ihre schockierenden Handlungen. Was ihn am meisten verwirrte, war, dass er ihr Recht gab. Er zweifelte an den Ansichten derer, die sie verdammten. Er begann, den Respekt für seine Lehrer zu verlieren, weil diese anderer Meinung waren als sie. Als die Frau seinen Kollegen maßregelte, empfand er ihre Worte entsetzlicherweise als vollkommen gerechtfertigt. Und als dieser Kollege das Gerücht verbreitete, dass sie in ihrem Zimmer Liebhaber empfing und sie mit Granatapfelkernen aus ihrem Mund fütterte, ertrug er diese Lügen nicht, trotz der Ungeheuerlichkeiten, die sie sich hatte zu Schulden kommen lassen. Sein Herz war bei ihrem Anblick, beim Klang ihrer Worte stehen geblieben und erbebte jetzt noch, wenn er sich daran erinnerte, und wenn er ehrlich war, musste er zugeben, dass das nichts mit Granatäpfeln zu tun hatte, sondern vielmehr damit, dass sie ihn veranlasste, seine tiefsten Überzeugungen in Frage zu stellen; dass er sein Ziel aus den Augen und das Vertrauen in seine Studien verlor und seinen zukünftigen Beruf nicht mehr als sinnvoll betrachtete. Weil er ihr zugehört hatte, begann er daran zu zweifeln, dass er Mullah werden sollte.

Wo die Grenzlinie zwischen Sexualität und Spiritualität verlief, war ihm unklar. Deswegen floh er in beträchtlicher geistiger Verwirrung und physischer Erregung aus Karbila. Er wandte sich nach Mekka, um errettet zu werden, um sich von der verführerischen Macht dieser Frau zu reinigen. Er war der Ansicht, dass diese Pilgerfahrt seine Zweifel zerstreuen und die Wallungen seines Bluts dämpfen würde, so dass er erneut seinem Beruf würde nachgehen können. Er wollte ihren verderblichen Einfluss auf seine Zunge, sein Herz und seinen Geist ausmerzen. Er hegte die glühende Hoffnung, dadurch in seinem Glauben so bestärkt zu werden, dass er nie, nie wieder in seinem Leben empfänglich wäre für so eine Frau und derart ketzerische Ideen. Der ernste junge Mann meinte, auf dieser Pilgerreise ausnahmslos jedes vorgesehene Ritual vollziehen und jede Verpflichtung erfüllen zu müssen, um seiner Errettung sicher zu sein.

Er war kompromisslos gläubig, träumte von Märtyrertum und Selbstaufopferung. Sein glanzloses Leben nährte sich von leidenschaftlichen Phantasien über Leiden und Tod der Imame während spezieller Zeremonien des schiitischen Kalenders. Seit seiner eher pickeligen Jugend fastete er immer wieder tagelang, angestachelt von einer Inbrunst, die an Fanatismus grenzte, und betete darum zu sterben, um seinen Glauben unter Beweis stellen zu können. Wiewohl er es seiner Phantasie gestattete, sich diesen hemmungslosen Vorstellungen hinzugeben, kontrollierte er sein Verhalten durch strikten Gehorsam gegenüber den Gesetzen seiner Religion; wenn es um Rituale und Dogmen ging, grenzte sein Verhalten an Zwanghaftigkeit.

Besonders pedantisch war er hinsichtlich der Traditionen des *Hadsch*. Er hatte alles zu diesem Thema gelesen und auswendig gelernt. Er wusste, welche Anrufungen er wiederholen sollte und wie oft und wo; über welche historischen Ereignisse er meditieren sollte und warum; welche Gewänder er tragen, welche Tiere er opfern und wie er zwischen welchen Orten während der zehn Tage in der heiligen Stadt Mekka gehen sollte. Er wusste von jedem bedeutungsvollen Felsen, Stein und Schrein und jeder wichtigen Ruine zwischen den heiligen Städten. Er hatte sogar das Steinewerfen geübt, damit er in der Lage wäre, rechtschaffene Verachtung treffsicher gegen die satanischen Bilder im Tal von Mina zu schleudern. Er war entschlossen, in diesem Jahr, in dem *'Id al Qurban,* das Opferfest, mit dem heiligen Freitag im Monat *Dhu'l-Hidscha* zusammenfiel, den *Hadsch-i-Akbar,* die große Pilgerreise, zu unternehmen. Dies war nach dem islamischen Kalender die beste Zeit, auf Pilgerschaft zu sein. Seine Erwartungen, wie die so vieler anderer auch, waren hoch. Das Fieber der Zeitenwende war ansteckend. Einige Gläubige meinten sogar, dass die Erfüllung aller schiitischen Prophezeiungen bevorstand, dass der Zwölfte Imam dieses Mal in der Kaaba erscheinen würde. Obwohl der junge Mullah solch übersteigerte Erwartungen natürlich nicht eingestand, so hegte er doch stille Hoffnungen. Er betete darum, dass seine Pilgerfahrt an höchster Stelle Gefallen finden und dass ihm dafür ein Zeichen gegeben würde. Er wünschte inbrünstig, dass er als Belohnung für seine Tugendhaftigkeit unter den ersten Auserwählten wäre, die das Wiedererscheinen des lange ersehnten Zwölften Imam bezeugen könnten.

Deswegen brach er im späten Frühjahr von Karbila auf, damit er rechtzeitig in Arabien ankäme, um seinen *Hadsch* ordnungsgemäß vollziehen zu können. Er verbrachte mehrere Wochen im Haus seiner Familie, überredete seine Verwandten, seine Verheiratung bis nach seiner Rückkehr zu verschieben, und ließ die trübsinnigen Aufmerksamkeiten seiner Tanten über sich ergehen. Diese Damen waren der festen Überzeugung, dass der Zustand seiner Haut es erforderte, regelmäßig sein Hemd zu wechseln und keine getrockneten Früchte zu essen. Als er schwach dagegen protestierte, weil er für getrocknete Früchte eine besondere Schwäche hatte, gaben sie ihm jede Menge nutzloser Salben und Tinkturen gegen seine Ekzeme mit. Seine Familie war hart im Verhandeln. Sein Vater und seine älteren Brüder, die seinen Wunsch anfänglich als übereifrig empfanden, gaben ihm zu bedenken, dass seine Studien noch nicht abgeschlossen waren, und wiesen ihn darauf hin, dass es vermessen von ihm wäre, seinen *Hadsch* noch vor ihnen zu unternehmen. Aber schließlich lenkten sie ein und knauserten nicht mit Vorräten, denn sie hofften, seine Pilgerreise würde auf lange Sicht dazu führen, dass er reifte, sich niederließ und heiratete. Nach einem kurzen vorbereitenden Fasten brach er auf mit einem geheimen Vorrat an Trockenfrüchten, einer erstaunlichen Menge Hemden und einem gesteigerten Sinn für seine Bestimmung. Es gelang ihm, alle Salben und Tinkturen zu Hause zu lassen.

Die triumphale Aufbruchphase war von kurzer Dauer. Noch ehe er Shiraz erreichte, geriet er in einen Hinterhalt von Räubern, die ihn bis auf die Haut auszogen und ohne ein einziges Hemd in der Wildnis zurück ließen. Nur die Hand voll Trockenfrüchte rettete ihn vor dem Hungertod, und er dachte lange über den Weitblick seiner Tanten nach. Wäre nicht zufälligerweise ein freundlicher Kaufmann vorbeigekommen, der einen Onkel von ihm mit geistlichen Verbindungen in Shiraz kannte, wäre er gezwungen gewesen, mit Schimpf und Schande nach Hause zurückzukehren. Dieser Verwandte frischte seine beschcidenen Vorräte auf und schalt ihn streng ob seines Mangels an gesundem Menschenverstand. Er wischte die Begeisterung des jungen Mannes hinsichtlich Gottes Schutz ebenso beiseite wie seine Erwartungen, spirituelle Ehre zu erwerben, und gab ihm strikte, seine Sicherheit betreffende Anweisungen für die Pilgerstrecke. Der Weg sei lang und hart, sagte der religiöse Würdenträger, man könne den Kopf nur in die Wolken stecken, wenn man mit den Füßen fest auf dem Boden stehe. Zwar kam er nicht mehr in den Genuss eines ungeheuren Hemdenvorrats, aber der junge Mullah legte sich erneut einen Proviant an Trockenfrüchten zu und brach in Gesellschaft einer Handelskarawane, die besseren Schutz versprach, nach Buschir auf.

Guter Rat befriedigte den Heißhunger des jungen Mullah auf spirituelle Vervollkommnung jedoch nur ungenügend. Das auf einer Pilgerreise ertragene Leiden, so hatte er gelernt, war mindestens doppelt so hoch zu veranschlagen wie zu anderen Zeiten gemeisterte Schwierigkeiten. Abgesehen davon, dass es ihm auch die Aufnahme in den Kreis der wahrhaft Frommen einbrachte. Er war zu einem gerissenen Rechner geworden, wenn es um das Soll- und Haben-System der Religion ging. Er zählte alle seine verdienstvollen Taten zusammen, um sich zu vergewissern, dass die Anzahl der unbedingt notwendigen und wünschenswerten diejenigen übertraf, die nicht wünschenswert und verboten waren. Außerdem versuchte er, die Zahl neutraler Taten zu limitieren, weil sie eine Verschwendung spiritueller Energie bedeuteten. Und er hatte ein scharfes Auge auf den Bonus, den man erhielt, wenn man die Gerechten begleitete. Seiner Ansicht nach gab es nichts Wirkungsvolleres als die Gesellschaft und das Beispiel von Gottes Gerechten, denn dafür bekam man sofort spirituelle Vervollkommnung zu relativ geringen Kosten.

Das Boot war voll gestopft mit Gottes Gerechten. Da waren Dutzende von Hochrangigen und Niedriggestellten, die wie er zu dieser günstigen Zeit ihren Hadsch unternahmen. Und der junge Mullah war es zufrieden, dass er mit angemessener Gesellschaft rechnen konnte, auch wenn er von mehr davon umgeben war, als ihm lieb war. Das kleine Boot quoll über vor Passagieren, und die wenigsten hatten einen angemessenen Platz. Die meisten befanden sich dicht zusammengedrängt im Heck und im Bug, zwischen Haufen salzigfeuchter Taue den Flüchen der Seeleute und den Unbilden der See ausgesetzt. Als der junge Mann diese erbärmlichen Bedinungen sah und an die unbestimmte Dauer ihrer Überfahrt dachte, zog er seine Gewänder fester um sich und versuchte mit allen Mitteln, sein Recht auf einen Platz in erlauchter Gesellschaft durchzusetzen.

Es waren nicht nur hochrangige Personen an Bord, sondern auch Würdenträger aus der geistlichen Welt. Angesichts dieses Privilegs schlug sein Herz höher. Er bemühte sich, so nah wie möglich bei diesen Passagieren zu sitzen, damit ihr spiritueller Glanz auf ihn abfärbte. Infolge der Verbindungen seiner Onkel wurde er für würdig befunden, gleich zu Beginn seiner Reise einigen von ihnen vorgestellt zu werden. Er war überzeugt, dass diese Auszeichnung auf weitere spirituelle Ehren auf dem Höhepunkt des *Hadsch* schließen ließ.

Die dazugehörigen Prüfungen allerdings waren schwer. Die See war rau, und die Essensrationen waren klein. Er litt an Seekrankheit, und es gab nicht genügend Wasser für alle. Das Boot war überladen, weswegen die Stimmung ebenso hoch brandete wie die Wellen. Aber er verdoppelte die Anzahl seiner Gebete und hoffte, dass sein Eifer nicht unbemerkt bliebe. Dieses Leiden würde doch letztlich auf seiner spirituellen Habenseite zu Buche schlagen?

Zwar konnte er seine Seekrankheit in einen Vorteil für seine Seele sublimieren, weniger erfolgreich war er im Umgang mit der schlechten Laune und den peinlichen Unhöflichkeiten seiner Pilgerkollegen, besonders derjenigen, von denen er sich am meisten versprochen hatte. Das bereitete ihm große Sorgen. Einer dieser Herren hatte Verbindungen zur Königsfamilie der Qajars und war verantwortlich für die öffentliche Ordnung in der Hauptstadt; ein anderer war wie er ein Mullah und verwandt mit dem *Imam-Jumih* von Shiraz. Beide, so stellte er im Verlauf der Überfahrt fest, verhielten sich unerträglich flegelhaft. Letzterer fand Gelegenheit, Streit auch noch mit dem sanftmütigsten Passagier anzufangen, und wurde einmal so ausfällig, dass der Kapitän drohte, ihn über Bord zu werfen. Wäre nicht ein anderer Reisender, ein junger Kaufmann aus seiner Stadt, nachdrücklich für ihn eingetreten, hätte der *Imam-Jumih* einen Bruder im Golf von Oman verloren.

Der junge Mullah war entsetzt. War es möglich, dass es Männern von hohem geistlichen Rang an spirituellen Werten mangelte? Der Bruder des *Imam-Jumih,* die einzige Person an Bord mit mehr als genug Wasser, hielt es für angebracht, seinen unerträglichen Durst zu ignorieren, als es kaum mehr Wasser gab, und blieb ob seiner offensichtlichen Bedürftigkeit ungerührt, trotz seiner klerikalen Verbindungen und der Tatsache, dass er immer ganz in seiner Nähe betete. Wurde dieser prominente Herr etwa stärker von Gier beherrscht als von Gott? War es möglich, dass religiöse Studien nicht unbedingt zu spiritueller Vervollkommnung führten? Dieser Gedanke erfüllte den jungen Mann mit einem Elend, das verzweifelter war als sein Durst – und vertrauter. Wegen derartiger Gedanken war er aus Karbila geflohen.

Er versuchte, die Dinge so zu interpretieren, dass sie in sein Glaubensgebäude passten. Da er die Handlungen der spirituell Höherstehenden nicht kritisieren durfte, erleichterte es ihn, die Schuld auf die Tieferstehenden zu schieben. Er beschloss, dass sein Mitreisender, der den Bruder des *Imam-Jumih* von Shiraz in Schutz genommen hatte, über die Maßen überheblich gewesen war, weil er das Verhalten des Mullahs bloßgestellt hatte. Der Mann war schließlich nur ein kleiner Kaufmann, trotz der aufreizenden Anmaßung seines grünen Turbans, der auf eine direkte Abstammung von Mohammed hinwies. Er entschied, dass dieser fromme Mann mit den feinen Gesichtszügen von lasterhafter Tugend war, und verachtete ihn dafür von ganzem Herzen.

Nach zwei unerträglichen Monaten auf See erreichten sie endlich Dschidda. Die Stadt quoll über von Pilgern. Zur Bestürzung des jungen Mullah wimmelte es von Taschendieben und Kupplern. Bereits einen halben Tag nach seiner Ankunft war er um eine volle Börse betrogen worden und hatte einen Teppich seines Onkels eingebüßt, dessen Ersatz fast so viel kostete wie die Überfahrt von Buschir. Die Aufgabe, seine Weiterreise in die heilige Stadt Mekka zu organisieren, wurde bei jedem Schritt von skrupellosen Karawanenführern, ruchlosen Händlern und einer ganzen Schar von Mittelsmännern und Dieben erschwert, deren Anliegen es war, den Einfältigen Geld abzunehmen und die Klugen zu hintergehen.

Um eine Pilgerreise, so stellte er fest, musste gehandelt und gefeilscht werden. Er war angewidert von den diversen Scharlatanen, die sich durch den Basar schlängelten und ihre so genannten Talismane und anderen Tand feilboten, die durch die Verbindung mit heiligen Stätten selbst heilig geworden waren: Amulette und Kügelchen, die siebemal um die Kaaba getragen worden waren und garantiert den bösen Blick abwehrten; im heiligen Sonnenschein fermentierter Essig, der ewige Jugend versprach; Pasten und Salben und übel riechender Balsam vermischt mit Staub aus der heiligen Stadt, Elixiere, die angeblich alle möglichen Krankheiten heilten. An einem Tag wurde er von einer bunt zusammengewürfelten Truppe gerissener Straßenjungen angehalten, die mit ihm um Almosen verhandelten. Als er sie wegschickte, stimmten sie ein schrilles Geschrei an und warfen ihm vor, ein Scheinheiliger zu sein. Dies trug sich auf einem geschäftigen Markt zu, in der Nähe der öffentlichen Bäder, neben dem Tor Bab Al Mekka, und viele Menschen blieben stehen, um den Grund des Aufruhrs zu herauszufinden. Gedemütigt warf der Mullah seinen Peinigern Münzen zu, nur damit sie den Mund hielten, aber er schämte sich und fühlte sich von dem Vorfall verunreinigt. Am nächsten Tag fastete er, um den Ekel auszumerzen. Er wurde ungeduldig und wollte endlich weiter.

Es gab unabsehbare Verzögerungen. Eine große Karawane, der sich die Mehrheit der Pilger nach Mekka anschließen wollte, sollte binnen kurzem aufbrechen, aber der Aufbruch wurde von einem Tag auf den nächsten verschoben. Eine wohlhabende Braut, die mit ihrem Gefolge eine Woche zuvor in Dschidda gestrandet war, war offensichtlich der Grund. Die einen sagten, die Braut sei unterwegs nach Syrien, durch den Golf von Akaba; andere behaupteten, das Gefolge warte auf eine Eskorte, um über Land nach Rabigh weiterzuziehen. Gier hatte den Führer der Karawane dazu verleitet, einen Umweg in Betracht zu ziehen, um die Dame und ihre zahllosen Esel und Maultiere zumindest einen Teil des Wegs mitzunehmen, bevor er sich nach Osten Richtung Mekka wandte. Die Pilger waren empört. Ein paar der Ungeduldigeren machten eigene Pläne, die in letzter Minute das Leihen von Geld und Anheuern von Männern erforderten. Andere beschlossen, trotz der Gefahr von Raubüberfällen die Weiterreise allein zu riskieren. Die meisten ließen sich auf ein Gefeilsche mit dem Karawanenführer ein. Der Konflikt führte zu religiösen Streitigkeiten, die den jungen Geistlichen erschütterten. Er zeterte gegen die Frauen, er bauschte die Proteste auf und mischte sich in die lautstarken Auseinandersetzungen ein, die täglich neben den Stadttoren stattfanden.

Dabei kam er des Öfteren mit einem Inder ins Gespräch, einem sunnitischen Geldwechsler aus Karatschi, der nicht nur als der Mittelsmann der Braut tätig zu sein schien, sondern sich auch bemühte, für Pilger, die ohne Umwege und unverzüglich nach Mekka wollten, eine bessere Transportmöglichkeit zu arrangieren. Der Mullah verdächtigte den Mann, dass er heimlich Geschäfte mit Alkohol machte. Aber da der Kerl mit einigen der höchsten geistlichen Würdenträger auf bestem Fuße zu stehen schien, gab es niemanden, dem er seine Bedenken hätte anvertrauen können. Der Mann kannte die Strecke und bot den Begüterten unter den Pilgern schnellen Service gegen bares Geld an. Er hatte einen alten Mann aus Buschir davon überzeugt, dass er gegen ein bescheidenes Honorar eine private Eskorte von Leichenwächtern organisieren konnte. Der reiche alte Mann befand sich auf seinem *Hadsch*, um Vorteile für die nächste Welt zu ergattern, konnte aber der Gelegenheit nicht widerstehen, sich auch in dieser Welt ein paar Extraeinnahmen zu verschaffen. Seine Ladung bestand aus zahllosen Ballen Seide und Baumwolle, Säcken mit Reis und Fässern mit Öl, Bündeln von Myrrhe, Fässchen voll Granatapfelessenz und einer Ladung Indigo, von der er wünschte, dass sie mindestens ebenso beschützt würde wie seine Seele. Er nahm das Angebot des Inders an, ihm Leibwächter zu besorgen, allerdings für eine Summe, die sich als dreimal so hoch erwies wie der von Karawanenführern verlangte Betrag. Und letzten Endes beschloss er doch, sich der regulären Karawane anzuschließen, aus Sicherheitsgründen, denn er fürchtete sich vor den Leibwächtern, die er angeheuert hatte. Die Ladung Indigo, so sagte er, sei von unschätzbarem Wert.

Der Inder pflegte die Freundschaft mit dem Mullah beharrlich. Er sei zutiefst bekümmert wegen der Verzögerung, sagte er, und wünschte, es gäbe eine Lösung, denn es sei gotteslästerlich für ihn, es sei verboten, diese verdorbenen Frauen auch nur einen Schritt näher an die heilige Stadt zu bringen. Aber was sollte er tun? Ihm seien die Hände gebunden; er könne nicht alles sagen, was er wisse. Während er den Anspielungen des Inders zuhörte, merkte der Mullah, wie es ihn am ganzen Körper zu jucken begann. Der Inder ließ bei mehreren Gelegenheiten Bemerkungen fallen hinsichtlich der zweifelhaften religiösen Wurzeln der jungen Braut und ihres Gefolges weiblicher Dienstboten. Zwar taten sie so, als wären sie Anhänger des Propheten, tatsächlich jedoch waren sie Feueranbeter, Sonnenanbeter, Götzendiener, flüsterte er. Es stand ihnen nicht zu, sich der heiligen Stadt Mekka zu nähern. Sie waren Abschaum der Erde. Und die schwarze Sklavin – an dieser Stelle sprach er leise genug, um eine ganze Hölle von Möglichkeiten anzudeuten – war Jüdin. Man stelle sich das vor! Seit sie die Südküste Persiens verlassen hatten, war er bei diesen Ungläubigen, jammerte er. Er war gezwungen gewesen, infolge gewisser Verpflichtungen gegenüber dem Vater des Mädchens diese Aufgabe auf sich zu nehmen. Es war der Preis, den er zahlen musste, wollte er seine Pflicht erfüllen. Welch ein Opfer! Welche Entbehrungen! Das Leben war hart.

So sehr der Mullah es auch versuchte, den Inder abzuschütteln, es gelang ihm nicht. Der Mann saugte sich an seinem Gewissen fest wie ein Blutegel. Und von da an, während der nicht enden wollenden Verzögerungen, war der junge Mullah besessen von der *Falascha*-Frau, die sich um die in ihrer Sänfte versteckte Braut kümmerte. Er sah genau hin, ob sie zu den Gebetszeiten irgendwelche Zeichen der Respektlosigkeit an den Tag legte. Er beobachtete sie wie ein Falke, ob sie sich irgendwie gotteslästerlich verhielt. Er trieb sich sogar in der Nähe der Sänfte der Braut herum und wartete darauf, dass die Sklavin auftauchte, um zum Markt zu gehen oder Vorbereitungen für eins der zahllosen Bäder zu treffen, nach denen die Braut süchtig zu sein schien. Die Frau sprach selten. Sie trug einen Schleier, der seine Sinne anregte. Ihre Füße waren schmal und knochendürr. Ihre Haut war von einer staubigen Farbe, nicht schwarz wie die der nubischen Sklaven, sondern dunkel, dämmrig dunkel wie die Sklaven aus Abessinien. Ihre Fesseln waren schlank und ihr Spann hoch. Sie trug eine blaue Perlenkette gegen den bösen Blick, die sich elegant an ihre Knöchel schmiegte, und ihre Zehennägel waren mit Henna bemalt. Ihr Glanz blendete ihn.

Als endlich feststand, dass die Braut mit der Karawane weiterziehen würde, wurde der junge Mullah immer unruhiger und legte sich neuerliches Fasten auf. Er verdoppelte noch einmal seine Gebete und bat inbrünstig darum, von weiteren Prüfungen verschont zu werden. Der Höhepunkt der Pilgerreise rückte näher, und mit jedem Tag, der verging, fühlte er sich weiter entfernt vom rechten Zustand eines Pilgers. Er hatte die *Atabat* wegen einer Frau verlassen und seine Schritte Richtung Kaaba gelenkt, um sich von seinen Begierden zu reinigen, und jetzt wurde er wieder von einer Frau verfolgt und verzehrte sich vor Verlangen. Er sehnte sich nach einem Wunder.

Umso größer war seine Erleichterung, als ihm Gott und eine türkische Eskorte zu Hilfe kamen. Die Eskorte, die Anweisung hatte, die Braut direkt nach Medina zu bringen, traf in letzter Minute ein, als sich die Karawane darauf vorbereitete, in die heilige Stadt aufzubrechen. Er fühlte sich gesegnet, weil die Pilger jetzt ohne die unerträgliche Anwesenheit der Frauen nach Mekka ziehen konnten. Aber zu seinem Entsetzen trat der Inder erneut in Verhandlungen mit dem Karawanenführer. Er sollte den bräutlichen Zug zumindest bis nach Hedda kurz vor der heiligen Stadt mitnehmen, von wo aus sie den kürzeren Umweg zur Karawanserei von Al Dschumum im Norden nehmen würden. Der Karawanenführer erhöhte die Preise, der Aufbruch wurde um einen weiteren Tag verschoben, die Haut des Mullahs begann unerträglich zu jucken und ließ ihn nicht schlafen.

Die Türken wollten jedoch den höheren Preis nicht zahlen. In ihrem Zaudern erkannte der Geistliche neuerlich die Hand Gottes. Er kratzte alle Mittel seines Onkels und sein geringes Verhandlungsgeschick zusammen, ging in der Dämmerung des folgenden Tages zum Stadttor und verblüffte den Karawanenführer mit dem Angebot, ihm die gleiche Summe zu zahlen, die er mit den Türken vereinbart hatte. Im Gegenzug sollten sie am nächsten Morgen sofort und ohne das bräutliche Gefolge aufbrechen. Er sei mit dem Geld in seiner Börse gekommen, sagte er.

Der Karawanenführer hielt im Kauen seines Abendmahls inne und starrte ungläubig den jungen Mann an, der zu ihm in die Karawanserei am östlichen Stadttor von Dschidda gekommen war, um ihm diesen unsinnigen Vorschlag zu unterbreiten. Er war offenbar ein Student, ein Schiit von jenseits des Golfs. Mit Kerlen wie diesen vermied man besser jegliche Diskussion, aber wenn der arme Dummkopf unbedingt sein Geld loswerden wollte, warum dann nicht auf seinen Handel eingehen? Er wischte sich mit der Hand das Fett vom Mund, entleerte den Geldbeutel und zuckte zustimmend mit den Schultern. Augenblicklich erhob der Mullah die Hände zu einem allseits vernehmlichen Dankgebet. Die Heftigkeit seines Dankes verdarb dem Karawanenführer zwar den Appetit, aber es lohnte sich, ein so gutes Geschäft in Gottes Namen zu machen und dafür eine Mahlzeit aufzugeben.

In der Morgendämmerung des folgenden Tages brachen sie auf und hatten bereits mehrere *Farsang* zwischen sich und das Tor Bab Al Mekka gelegt, als der Inder merkte, dass sie verschwunden waren. Der junge Mullah frohlockte. Er beschloss, sich ganz und gar seiner Aufgabe zu widmen und alle anderen Zerstreuungen zu vergessen. Er fuhr fort, die verbliebenen Erinnerungen an die *Falascha*-Frau auszumerzen, indem er von Sonnenaufgang bis Sonnenuntergang fastete und sich in das weiße Pilgergewand, den *Ihram,* kleidete, damit seine äußere Erscheinung seine innere Reinheit und Demut widerspiegelte. Da es für diese Jahreszeit ungewöhnlich heiß war, schwitzte er unerträglich, und es juckte ihn am ganzen Körper, aber das war ihm einerlei. Er erhöhte die Zahl seiner andächtigen Exerzitien und war überaus bedacht, seine Gebete stets am richtigen Ort und zur richtigen Zeit zu sprechen. Eifrig führte er sein spirituelles Rechnungsbuch und hielt Ausschau nach Zeichen göttlicher Billigung. Wenn Gott ihm etwas schuldete, würde er sich nur umso sicherer fühlen.

Als sie endlich in der heiligen Stadt eintrafen, war der Mullah vor Erwartung ganz benommen. Vor der Kaaba drängten sich wichtige Persönlichkeiten, hochrangige Gelehrte aus dem Kalifat wie auch aus Karbila, alle waren einflussreich, und die Perser unter ihnen kannten seine Onkel und Brüder. Er war dankbar, dass mehrere von ihnen in seiner Nähe gingen, während sie das Haus Gottes umrundeten, und überglücklich, dass er die geforderten Verse in ihrer Hörweite sprechen konnte. Er spürte, wie ihn Wogen spiritueller Energie davontrugen, während die Menge vorwärts drängte, anschwoll und ihn in einem Rausch von Gefühlen um den heiligen schwarzen Stein schob. Hier würde er gewiss die Bestätigung, auf die er so erpicht war, sehen und hören. Gewiss würde Gott seine Wallfahrt mit einem Zeichen seiner heiligen Präsenz segnen.

Aber diese Gefühle lösten sich rasch in nichts auf, während die Tage des *Hadsch* einer nach dem anderen vergingen und seine Erwartungen nicht erfüllt wurden. Die einzigen Zeichen, die er sah, waren Zeichen menschlicher Schwäche. Bestürzt musste er feststellen, dass viele prominente Pilger die heiligen Regeln ihrer eigenen Bequemlichkeit anpassten. Manche ließen die schwierigen Riten einfach aus. Viele schienen den *Hadsch* nur aus Gründen der Neugier und der Habgier zu unternehmen. Wieder überfielen ihn seine alten Zweifel, schockierte ihn die Diskrepanz zwischen religiösem Rang und moralischer Integrität und seine eigene Reaktion darauf. In Mina, am zweiten Tag seines *Hadsch,* warf irgendjemand hinter ihm während des *Rajim* einen Stein, der ihn am Hinterkopf traf, und er drehte sich wütend um und verfluchte den Mann. Die Scham, die er daraufhin verspürte, war ebenso schmerzvoll wie der Aufprall des Steins. War er denn anders als jene, die er verurteilte? Er interpretierte den Vorfall als Strafe Gottes für seine zweiflerischen Gedanken und versuchte alles wieder gutzumachen, indem er statt der vorgeschriebenen die doppelte Anzahl Lämmer kaufte.

Am letzten Tag des *Hadsch* vollzog er die Opferriten zusammen mit mehreren hundert anderen Pilgern und mit einem verzweifelten Gefühl der Dringlichkeit. Er bat Gott inständig um ein Zeichen. Aber alles, was ihm zuteil wurde, war ein überwältigender Gestank nach verfaulendem Fleisch. Das hatte er nicht vorausgesehen. Die Luft war erfüllt von dem widerlichen, ungesunden Geruch. Viele Pilger verteilten ihre Opfergaben unter die Armen, die mehr als Willens waren, diese entgegenzunehmen, aber ebenso viele wollten von ihren Opfern selbst profitieren und legten Fleischscheiben zum Trocknen in die Sonne. Der Gestank war unerträglich, und der Mullah wurde zusehends ungeduldiger. Wenn er seinen Teil erfüllte, würde Gott ihm doch bestimmt ein Zeichen geben? Wenn er seinen *Hadsch* richtig vollführte, würde Gott ihn doch bestimmt nicht im Stich lassen? Er verdiente doch gewiss, dass der Zwölfte Imam erschien und ihn für seine Mühen segnete?

Aber nichts geschah. Es gab keinen Rufer, der vom Himmel rief. Die Sonne ging nicht im Westen auf, und im Osten erschien kein heller Stern. Der Himmel stand nicht in Flammen, und die Gesichter der Menschen waren nicht gerötet, außer von der ungewöhnlichen Hitze. Der junge Mullah sah keines der erwarteten Zeichen. Er starrte auf eine Ecke der Kaaba, der Station Abrahams, wo der Zwölfte Imam erscheinen sollte, war aber geknickt, als sich nichts von Bedeutung ereignete. Zunehmend niedergeschlagen hörte er, wie die hochrangigen Schriftgelehrten um ihn herum seine Enttäuschung bestätigten: Der Zwölfte Imam hatte es vorgezogen, nicht in diesem Jahr zu erscheinen. Der Mullah war zutiefst enttäuscht.

Einmal, als es vor Pilgern nur so wimmelte, bemerkte er etwas Seltsames, wie in einem Traum. Ihm schien, als stände jemand an der Kaaba und hielte den steinernen Ring in der Hand. Es war sonderbar, denn irgendwie kam ihm diese schlanke Erscheinung bekannt vor. Aber dann drängte ihn die Menge weiter, und er dachte nicht mehr daran.

Kurz darauf brach ein Pilger in seiner Nähe zusammen, und eine Weile herrschte Unruhe, während der alte Mann weggetragen wurde. Er schien einen Herzanfall zu haben. Der Mullah, umgeben von neugierigen Pilgern, reckte wie die anderen den Hals und beobachtete, wie die Leute sich anstrengten, um den sterbenden Mann hochzuheben. Er war fett. Er fuchtelte mit den Armen herum und rief: »Indigo! Indigo!« Das war sehr merkwürdig. Man mühte sich, ihn durch die psalmodierende, die Kaaba umrundende Menge zu tragen, und der junge Mullah konnte seine Gedanken anschließend nicht mehr auf die Gebete konzentrieren. Er hatte den sterbenden Mann erkannt: Es war der reiche alte Kaufmann aus Buschir, der in Dschidda unbedingt die Leibwächter aus Luristan hatte anheuern wollen, um seine Fracht zu schützen.

Später, als der Mullah sein Bestreben im Licht von Gottes Willen betrachtete, war er erleichtert, dass der Zwölfte Imam nicht zu diesem Zeitpunkt erscheinen war: Seine Aufmerksamkeit war auf die letzten Atemzüge des sterbenden Mannes und seine graublauen Lippen gerichtet, und er wäre in Verlegenheit geraten, hätte er sich anderweitig konzentrieren müssen.

Die einzige andere denkwürdige Episode ereignete sich am letzten Tag seines *Hadsch*, als er über die brodelnde Menge hinweg einen kurzen Blick auf zwei Männer warf, die nahe des heiligen schwarzen Steins standen. Zuerst war er sich nicht sicher, woher er den einen der beiden mit den eleganten Gesichtszügen und dem grünen Turban kannte. Doch als er ihn höchst eindringlich mit einem bekannten *Shaykhi*-Führer reden sah, erinnerte er sich. Es war der übertrieben tugendhafte Kaufmann vom Pilgerboot, sein Mitreisender, der den Bruder des *Imam-Jumih* von Shiraz vor den Fluten gerettet hatte. Da war er wieder. Und nun ergriff er die Hand eines hoch angesehenen Geistlichen. Es war offensichtlich, dass seine Worte den *Shaykhi* höchst peinlich berührten. Der Mullah war verstört, er fühlte einen Stich, denn die erschrockene Miene des Geistlichen hatte etwas Vertrautes; etwas, das ihn an seine eigenen tiefen Zweifel, seine eigenen unklaren Ziele erinnerte. Etwas Anmaßendes lag in der Geste des Mannes, das die Autorität des Geistlichen in Frage zu stellen schien. Der junge Mullah wurde außerdem neidisch: Gab es ein Ereignis, eine religiöse Debatte, die er versäumt hatte? Was für eine Frage konnte das sein, die einen hohen geistlichen Würdenträger so erblassen ließ? Aber der junge Mullah kam zu dem Schluss, dass es sich doch um eine persönliche Angelegenheit gehandelt haben musste oder einen weiteren Beweis der übertriebenen Frömmigkeit dieses Mannes, da nichts von dem Ganzen in der religiösen Gemeinschaft widerhallte.

Er dachte erst ein paar Tage später wieder an diesen Vorfall, als er erfuhr, dass der *Shaykhi*-Führer Mekka urplötzlich verlassen hatte, Hals über Kopf, ohne Vorwarnung; dass er ohne seinen *Hadsch* zu vollenden abgereist war. Er hatte seine Pläne geändert und war in größter Eile nach Medina aufgebrochen, ohne eine Erklärung. Obwohl es keinerlei Anzeichen dafür gab, dass die überstürzte Abreise des Geistlichen irgendetwas mit dem Kaufmann mit den sanftmütigen Gesichtszügen zu tun hatte, fand der Mullah diesen merkwürdigen Zufall beunruhigend, gerade da ihm jegliche Bedeutung mangelte. Der hastige Aufbruch wurde selbstverständlich dringenden Aufgaben zugeschrieben. Die einen sprachen von Fällen der Häresie in Bagdad, die seine sofortige Anwesenheit erforderten. Andere machten die heftigen politischen Spannungen und die Einmischung ausländischer Mächte verantwortlich. Der junge Mullah war äußerst beunruhigt angesichts dieser Gerüchte, und fast wünschte er, die Sache stände irgendwie im Zusammenhang mit der Anmaßung des Kaufmanns, den er nie wieder sah. Er erinnerte sich an die Probleme, vor denen er geflohen war. War ihm das Echo der schrecklichen Frau aus Karbila gefolgt und hatte das heilige Haus Gottes erreicht? Verfolgte ihr Einfluss ihn bis hierher, bis ins tiefste Innere seines Glaubens? Aber seine Fragen blieben unbeantwortet und unbestimmt, so wie seine Pilgerreise.

Der Mullah beendete seinen *Hadsch* in einem Zustand der Niedergeschlagenheit. Das große spirituelle Drama war vorbei, das heilige Ereignis hatte sich vollzogen, und im Nachhinein empfand er es als nicht von Bedeutung. Die fehlende Tragweite des Augenblicks verbitterte ihn. Trotz all seiner Wachsamkeit und all seiner Vorbereitung wurde ihm kein Zeichen gewährt, war ihm kein Ereignis von symbolischer Bedeutung widerfahren. Sein einziger Trost war, dass sich sein Verhalten, abgesehen von dem bedauerlichen Zwischenfall beim Steinewerfen, durch untadelige Schicklichkeit ausgezeichnet hatte, was seiner Familie zur Ehre gereichen würde. Auch wenn Gott ihm kein wahrnehmbares Zeichen der Billigung gegeben hatte, so brauchte er sich doch kein Versagen vorwerfen. Seltsamerweise vermittelte ihm diese Tatsache, als er seine Schritte gen Medina wandte, kein Gefühl des Triumphes oder der Erleichterung. Im Gegenteil, er war tief enttäuscht.

Die Wüste ist ein Ort, an dem Motive aus großer Entfernung zu erkennen sind und wo sie jegliche Bedeutung verlieren können.

Als der Mullah zum letzten Teil seiner Reise aufbrach, wartete die ungeheure Unermesslichkeit darauf, ihn aufzunehmen. Während der folgenden Tage hatte er Zeit genug, seine Lebensziele am unerbittlichen Maßstab von Himmel und Erde zu messen. Seine Vorsätze ragten edelmütig vor ihm auf, nur um zu Steinchen und Sand zu zerfallen. Seine Ideale schimmerten wie Städte aus Licht am fernen Horizont, nur um zu schalen Trugbildern zu verblassen, sobald er sich ihnen näherte. Jeder Schritt brachte ihn näher zu der verhängnisvollen Kreuzung, wo Glaube sinnlos wurde und sich alle Gewissheit auflöste. Als er Mekka verließ, fühlte er sich kleiner werden und in der Wüste, die ihn unbarmherzig verhöhnte, vollends schrumpfen.

Die Pilger, in deren Gesellschaft er sich jetzt wiederfand, waren von wesentlich niedrigerem Rang als jene, mit denen er in Mekka seinen *Hadsch* vollzogen hatte. Die bedeutenden Geistlichen schienen in einer eigenen Karawane nach Medina zu ziehen, und er fühlte sich aus dem Kreis der Oberen ausgeschlossen und vergessen. Besonders irritierte ihn ein verhutzelter alter Priester oder Fakir aus dem Fernen Osten, dessen Art zu beten seiner kaum oder gar nicht glich. Zudem ärgerte er sich über einen Derwisch zweifelhafter Qualifikation, der sich außerhalb von Mekka der Karawane anschloss und, während sie durch die dumpfen Dünen zogen, die Gewohnheit hatte, zu verschwinden und wieder aufzutauchen wie eine Fata Morgana. Der Mullah vermutete, dass der alte Fakir mit den verrunzelten Augen entweder nicht ganz richtig im Kopf war – er schien nicht in der Lage, irgendetwas zu begreifen – oder ein bösartiger Ungläubiger. Den Derwisch verdächtigte er, ein Dieb zu sein.

Die Reihen der Karawane waren auf unangenehme Weise aufgefüllt worden, von den Leibwächtern aus Luristan und den Maultieren, die den Leichnam des reichen alten Kaufmanns nach Medina begleiteten. Da er gestorben war, als er die Kaaba umrundete, hatte er sich das Privileg erworben, in Medina auf dem heiligen Friedhof Al Bakr beerdigt zu werden, auf dem so viele Imams und große Heilige des Islam begraben waren. Alle seine Waren und sein bewegliches Eigentum wurden auf Geheiß des

Sterbenden zu den Geistlichen in Medina gebracht, damit sie für das fortwährende Heil seiner Seele beteten. Sein fortgesetzter Gestank war unerträglich.

Aber was die Laune des jungen Mannes noch verschlimmerte, was den Wert seiner gesamten Pilgerreise nahezu zunichte machte, war das Auftauchen derselben verfluchten bräutlichen Gesellschaft, die sie in Dschidda zurückgelassen hatten. Als sich in der Karawanserei von Usfan das Gefolge der Braut, der Inder und die türkische Eskorte der Karawane nach Medina anschlossen, wurde er beinahe hysterisch. Kurz sah er die schwarze Sklavin, die zoroastrischen Bediensteten. Was für eine Ungerechtigkeit! Würden diese Ungläubigen und Götzenanbeter, diese – Frauen! – ihm jeden Schritt nach Medina vergällen? Das war unvorstellbar. Warum verfolgten sie ihn, da er all seine Pflichten erfüllt, da er sich in seinem Gehorsam selbst übertroffen hatte, da er doch gewiss mehr von Gott verdiente? Wo blieb Sein Segen? Und was war mit dem vielen Geld, das er ausgegeben hatte, um diesen Segen zu erkaufen? Er hatte das deutliche Gefühl, dass hier jemand seine Schulden nicht beglichen hatte.

Aber der Karawanenführer zuckte die Achseln. Er konnte nichts machen. Ja, der Mullah hatte dafür bezahlt, dass sie ohne die Türken nach Mekka zogen, aber jetzt zahlten die Türken, damit er sie nach Medina brachte. Seine Aufgabe war es, allen Interessen gerecht zu werden. Er spuckte in den Sand und schaute scheel in die Ferne.

Verzweifelt begann der junge Mann neuerlich zu fasten. Er reduzierte die Aufnahme von Wasser auf ein Minimum. In der unerbittlichen Hitze schwoll sein Gesicht an mit rotem Grind. Nässende Flecken plagten ihn. Seine Fieberträume kehrten zurück, und nichts konnte seine Erregung mindern. Ermuntert vom Sunniten aus Karatschi, der abermals seine Gesellschaft suchte, keifte und geiferte er und begann schließlich, den Pilgern einzuheizen. Er sprach von der Heiligkeit des Pfades, auf dem sie schritten. Er wetterte ob der Gotteslästerung, dass diese Heiden sie dabei begleiteten. Er überzeugte sogar sich selbst davon, dass seine Sache eine gerechte war. Denn sie näherten sich dem Schrein von Abwa, dem Schrein der Mutter des Propheten. Wie konnte es angehen, dass an diesem heiligen Ort, am heiligen Grab von Amanih höchstpersönlich, der Ruhestätte der Tochter Vahabs, der Mutter Mohammeds, der Großmutter der tugendsamen Fatima; an dem Ort, an dem sie, unterwegs zum Grab ihres Mannes Abdullah, gestorben wa; auf diesem Pfad, der durch ihre tugendhafte Asche geweiht war – wie konnte es angehen, dass sich hier Huren und verdorbene Frauen tummelten? Wie konnten die Pilger so eine Gotteslästerung dulden? Die geduldig leidende Mutter des Propheten war von den Jahrhunderten bereits genug gedemütigt worden, ihr Grab bedeckt vom Staub der Vernachlässigung, ihre Würde und Tugendhaftigkeit erst kürzlich wiederhergestellt dank der Bemühungen eines Pilgers, der ihren Schrein neu errichtet und renoviert hatte. Gerade erst war sie wieder erhoben worden auf den Platz, der ihr rechtmäßig zukam, und jetzt wollten sie tatenlos zusehen, wie eine Bande alberner Frauen, verdorbener Frauen, weltlicher und unreiner Frauen – ungläubiger Frauen! – ihren heiligen Schrein entweihte? Er forderte, dass die Karawane anhielt und die Frauen samt ihrer türkischen Eskorte allein weiterreisten, getrennt vom Rest. Der Inder hielt das für einen guten Vorschlag.

Aber am vierten Tag nachdem sie in Mekka aufgebrochen waren, eine Stunde nachdem sie die Karawanserei von Khulays verlassen hatten, und eine Stunde bevor sie am Schrein von Abwa ankommen sollten, wurde die Karawane durch einen Schrei zum Stillstand gebracht, der lauter war als jedes Protestgeschrei, zu dem der Mullah die Pilger hatte anstacheln können. Er stammte von der Braut. Sie war in Ohnmacht gefallen, hieß es. Alles musste anhalten. Was ging hier vor? Warum schrie sie, wenn sie ohnmächtig geworden war? Was war der Grund, der sie so aufschreien ließ?

Der junge Geistliche konnte nicht widerstehen. Er lungerte in der Nähe der bräutlichen Sänfte herum und brachte es nicht über sich, von dort wegzugehen. Das Mädchen wirkte hysterisch. War der Gestank des Leichnams schuld an dem Gekreische, wie einige Pilger zu glauben schienen? Oder fand dort drin eine Orgie statt? Auch der Karawanenführer fand sich ein und verlangte eine Erklärung. Aber als die schwarze Sklavin, wie aus Stein gemeißelt und unversöhnlich, heraustrat, vergaß der Mullah die Schreie der Braut. In seinen Ohren rauschte es, und in seinem Mund breitete sich der Geschmack der Lust aus. Aber das wusste er nicht.

Der junge Mullah sah zu, wie die Abessinierin an ihm vorbeiging. Ihre Hand strich mit langen eleganten Fingern über ihre schmale Hüfte. Ihre Hände waren indigoblau tätowiert. Ihre Handgelenke waren ebenso vollkommen wie ihre Knöchel. Sie war eine Sklavin, aber sie hatte die Hände einer Königin. Er blickte auf ihre Füße. Ein Rinnsal malte eine dunkle, schlangenförmige Linie um ihren schlanken Knöchel und verschwand unter ihrer Ferse, wenn sie auf den Sand trat. Es war nicht blau. Es war keine Tätowierung. Er starrte auf den Fleck auf der blauen Kette, die sie um einen Knöchel trug. Blut. Zuckungen der Begierde und des Ekels ergriffen ihn, und auf Grund der völligen Austrocknung war ihm schwindlig, aber der junge Mullah zwang durch einen gewalttätigen Zug sein Maultier kehrtzumachen, das zwar schrie, aber keine andere Wahl hatte, als zu gehorchen. In wenigen Minuten entfernte er sich so weit wie möglich vom Zug der Braut. Bis sie den Brunnen von Abwa erreichten, blieb er in der Nähe des Leichnams, dessen Ausdünstungen, so meinte er, seinen Leib und seine Seele weniger verunreinigten als die Abessinierin.

Als die Karawane erneut aufbrach, war der Mullah wieder am Ende des Zuges, er ähnelte mehr einer Leiche als einem Lebenden und merkte kaum, dass er neben dem Fakir ritt, der das Maultier des Inders führte. Er war vor Enttäuschung und Ekel benommen. Amanihs Schrein war entweiht worden. Die Nachricht, dass er wiederaufgebaut worden sei, hatte sich als falsch erwiesen. Er war eine Ruine. Entweder war er nie neu erbaut worden, oder die zerstörerischen Kräfte waren stärker als die erneuernden, und er war binnen kurzem wieder zusammengefallen. Sein Onkel in Shiraz behauptete, auf seiner Pilgerreise den neuen Schrein gesehen zu haben, aber er selbst hatte nur bröckelnde Mauern, ein eingestürztes Dach, Anzeichen von Plünderung und Raub, eine Ruine neben einem ausgetrockneten Brunnen vorgefunden. Was war passiert? Irgendjemand hatte einen neuen Brunnen gegraben, aber der junge Mullah weigerte sich, daraus zu trinken, aus Protest gegen die Entweihung, aus Empörung über die Frauen, die das Wasser für ihre eigenen schmutzigen Zwecke missbrauchten. Er war am Verdursten, aber als ihm der anmaßende alte Fakir Wasser anbot, als würde er ihm die Absolution erteilen, war er wütend. Versuchungen und die Erinnerung an seine schmeichlerischen Tanten drohten ihn zu ersticken. Als das Bad für die Braut vorbereitet wurde, erfüllten die widerlichen Gerüche von Ölen und Essenzen seinen Kopf mit berauschenden Düften. Er meinte, wahnsinnig zu werden.

Nachdem er sie vor den Kesseln mit dem Badewasser hatte sitzen sehen, war die *Falascha*-Frau lange Zeit verschwunden. Sie hatte in der Sänfte der Braut zu tun. Einmal, als die Vorhänge sich bewegten, glaubte er, eine nackte Frau darin zu erkennen. Vielleicht halluzinierte er aber auch nur. Seine Lippen wurden auf Grund des Wassermangels langsam schwarz, und er war dem Delirium nahe. Fliegen umschwärmten ihn. Sie folgten ihm überall hin.

Woher, so fragte er sich im Fieberwahn, kommen die Fliegen mitten in der Wüste? Wie können sie inmitten von Sand und Stein überleben? Wir bringen sie mit in diese Leere, dachte er. Wir bringen sie mit in den nassen Winkeln unserer Münder, sammeln sie wie Zechinen um unsere halb blinden Augen; sie betrinken sich an unserem Dung, berauschen sich an unseren Exkrementen, saugen an den schlaffen Wasserschläuchen der Erinnerung, die nicht mehr enthalten als die Feuchtigkeit des gestrigen Tags. Wir erschaffen diesen Unflat an Fliegen inmitten dieser Reinheit aus Sand, dachte er. Unsere Verderbtheit züchtet sie in dieser heiligen Luft, und dann füttern wir sie mit unseren Säften. Wenn es uns nicht gäbe, würde es keine Fliegen geben, schloss der Mullah. Er wünschte, er könnte sterben, aber der Gedanke, dass sich die Fliegen von ihm ernähren würden, trieb ihn weiter. Er trank immer noch nicht.

Abgesehen von den Fliegen, beschäftigte ihn ein weiteres dunkles Rätsel, nämlich der Verbleib des Inders. Irgendwann einmal dachte er daran, den Karawanenführer darüber zu informieren, dass der Sunnit aus Karatschi seit ihrem Halt am Brunnen verschwunden war. Aber der Mann musste sich um andere Probleme kümmern, und außerdem waren überall Fliegen. Der Leichnam war zurückgelassen worden. Und der Mullah nahm an, dass die Wächter, die wegen der Leiche zum Brunnen zurückkehrten, auch den Inder finden würden. Dann überwältigte ihn wie alle anderen der Sandsturm, und er hörte auf zu denken.

Während des Sandsturms presste der Mullah den beturbanten Kopf gegen ein Kamel und überließ sich seinen aufgestauten Begierden. In wilder Selbsterniedrigung quälte er sich. Wiederholt wurde er schwach und weinte. Er war dankbar für das Heulen des Winds, denn es übertönte sein Stöhnen. Ihm schien, es könnte ihm nicht elender zu Mute sein. Er widerstand trotz seines verzweifelten Dursts dem Drang, seine eigenen Tränen zu trinken, denn er verachtete sich zu sehr. Jetzt wünschte er sich ernsthaft zu sterben, denn das schien die einzige Erlösung von seiner Not.

Irgendwann einmal während des Sturms trat die *Falascha*-Frau aus der Sänfte der Braut und stand vor ihm wie eine Erscheinung. Sie hatte die Arme voll seidener Tücher und nasser Gewänder, die im Wind flatterten. Sie wandte ihm den Rücken zu und warf alles in den Sturm. Entsetzt meinte er zuerst, sie würde sich entkleiden; ihr Schleier war verrutscht, und die Knochen ihres Schädels waren unbedeckt dem heulenden Wind ausgesetzt. Aber er sah sie nicht, als sie sich umdrehte, denn eines der nassen seidenen Tücher hatte sich ihren Armen entwunden wie ein verhextes Ding und war in seinem Gesicht gelandet. Der berauschende Duft der nassen Seide und der Sand, der wie Melasse in den Falten klebte, würgten ihn. Er vergrub sich in diesen Empfindungen, von Kopf bis Fuß bedeckt und an den Knöcheln gefesselt. Dann versank er in seinem Delirium.

Als ungefähr zwei Stunden später die Banditen angriffen, war der junge Mullah bewusstlos. Er lag da, steif wie eine Mumie, eingewickelt in die Tücher, die die Abessinierin in den Wind geworfen hatte, das Gesicht in den Sand gepresst. Die Banditen hielten ihn für tot. Als der Hauptmann grob fluchend aus der Sänfte der Braut stolperte, versetzte er dem Kopf des Mullah einen fürchterlichen Schlag, tötete sein Kamel und steckte die Sänfte in Brand. Und so geschah es, dass der Mann Gottes den Überfall überlebte.

Der Tod war keine Antwort auf die schwierigen Fragen des Lebens. Wiederauferstehung war ein schmerzhaftes Paradox. Er verachtete und liebte sie. Sie berührte seine Lippen mit einem Tropfen warmen Bluts. Ihm wurde schlecht davon, und es belebte ihn. Sie hob seinen Kopf an wie eine Mutter, nach der er sich sehnte und die er verdammte. Er kämpfte gegen dieses Paradox des Lebens, kämpfte gegen die Rätsel, die sie ihm stellte, und gegen ihre Beziehung, kämpfte sich durch die Widersprüche, mit denen sie ihn konfrontierte, die Schrecken des Selbstekels und der Selbstannahme. Bis er zu Bewusstsein kam, von Tau getränkt unter dem Neumond. In seinen Schläfen pochte Schmerz. Neben ihm lag eine halb nackte Frau im Sand. Und er lebte.

Als der Mullah begriff, dass die *Falascha*-Frau sein Leben gerettet hatte, begann er hemmungslos zu schluchzen vor Scham. Die salzigen Tränen brannten in den verkrusteten Wunden seines Gesichts und auf seinen rissigen schwarzen Lippen. Mit unendlicher Zärtlichkeit flüsterte sie ihm etwas zu. Sie hob die Hand, um seine Tränen fortzuwischen, und er spürte die Berührung ihrer zitternden Finger mit ehrfürchtiger Achtung. Am kleinen Finger trug sie einen Ring mit einem Karneol, der sich in seinem Bart verfing und an den Fasern seines Herzens zerrte. Sie nahm ihn ab und gab ihm den Ring.

Die Liebe, die er in diesem Augenblick für die *Falascha*-Frau empfand, die wie eine erschlagene Motte im Licht des Mondes neben ihm lag, war anders als jede Empfindung, die er bislang verspürt hatte, und anders als jede Erfahrung, die er bislang gemacht hatte. Sie überflutete ihn wie Wogen eines fernen Meers, das keinen Namen hatte; sie füllte sein trockenes Herz mit Wasser aus einer Quelle, von der er nicht gewusst hatte, dass er sie in sich trug. Als er sie bat, ihm zu vergeben, und sie fragte, was er für sie tun könne, flüsterte sie ihre Wünsche so leise, dass er sich vorbeugen musste, um sie zu verstehen. Er musste den Kopf neigen, um sie zu hören und zu bewundern. Und dann küsste er sie, mit blutenden Lippen. Aber sie war schon wieder in Bewusstlosigkeit versunken. Da er noch nie zuvor geliebt hatte, wusste er nicht, was über ihn gekommen war. Und so ließ er diesen kurzen Moment der Schönheit verstreichen, ohne ihn in Frage zu stellen. Dieser Augenblick brauchte keinen weiteren Beweis für das, was er war.

Er hatte noch nie zuvor jemanden sterben gesehen. Als die *Falascha*-Frau kurz vor Tagesanbruch gequälte Schreie ausstieß, meinte er, sie würde jetzt endgültig sterben, und eine grausame Furcht erfüllte sein Herz. Er hatte sie auf ihre Bitte hin zu dem zerstörten Schrein zurückgebracht. Er hatte sie neben den alten ausgetrockneten Brunnen auf die Erde gelegt und festgestellt, dass sie nicht allein waren. Die Asche ihres Feuers vom Vortag war noch warm, und daneben hockte der Derwisch. Wie der Leichnam schien auch er hier geblieben zu sein.

Der Mullah erzählte ihm in knappen Worten von dem Überfall; er misstraute diesem Halunken, der seine Haut gerettet hatte und damit seinen Verdacht bestätigte, dass er ein Dieb war und mit den Banditen unter einer Decke steckte. Aber trotz seiner Verachtung und seines Argwohns schämte er sich, so gesehen zu werden, erniedrigt, auch wenn es sich nur um so eine erbärmliche Kreatur wie den Derwisch handelte. Es war ihm peinlich, dass dieser anrüchige Kerl ihn in der Gesellschaft einer Frau sah, deren Körper sich vor Schmerzen anspannte wie ein Bogen. Obwohl sie eindeutig im Todeskampf lag, fühlte er sich bloßgestellt.

An ihn, den Mullah, wandte sie sich mit ihren Schreien. Sie versuchte, ihm etwas zu sagen, keuchte halbe Worte in einer Sprache, die er nicht verstand. Sie deutete auf die Satteltasche auf dem Maultier, das sie zum Brunnen getragen hatte. Plötzlich begriff er, dass er für sie die Satteltasche aufmachen sollte, und er tat es, hin- und hergerissen zwischen seinem Wunsch, dieser Frau, die er unter dem Wüstenmond kurz geliebt hatte, gefällig zu sein, und dem einsetzenden Gefühl der Befangenheit und der Scham gegenüber diesem Mann. Er schauderte, weil er unter dem wachsamen

Blick des hinterhältigen Derwischs, der in einer Ecke der Ruine kauerte, einer Sklavin gehorchte.

Die Satteltasche war voll gestopft mit kleinen Päckchen. Er nahm eine schmale Pergamentrolle heraus und reichte sie der Jüdin. Dann wühlte er in der Satteltasche, um nachzusehen, ob sie noch etwas anderes enthielt außer in Seide und Pergament gewickelte Bündel. Nein. Der Derwisch sprang aus seiner dunklen Ecke auf, um die Satteltasche ebenfalls zu inspizieren, aber in diesem Moment empfand der Mullah seine Anwesenheit als unerträglich verunreinigend, und er wandte sich wütend um und drückte die Satteltasche an sich. Der heftige Widerwille gegen diesen Mann war merkwürdig. Ihm war, als könnte er die *Falascha*-Frau schützen, indem er dem Dieb die Satteltasche vorenthielt.

»Die Satteltasche gehört ihr«, sagte er schroff. »Du hast kein Recht, sie anzurühren!«

Es war klar, dass es dem Kerl in den Fingern juckte, er wollte die Tasche unbedingt haben. Als er schmollend in seine Ecke zurückkehrte und irgendetwas von Ansteckung und Krankheit vor sich hin murmelte, verspürte der Mullah eine unwiderstehliche Lust, den Mann umzubringen. Seine Wut erstaunte ihn selbst, denn der Derwisch war wesentlich kräftiger als er. Aber jetzt war der Mann eingeschüchtert und ängstlich und beobachtete den Mullah aus zusammengekniffenen Augen. Die *Falascha*-Frau schien die Misshelligkeit zwischen den beiden Männern nicht zu bemerken. Sie hatte nur noch Kraft für die Rolle aus Pergament. Nachdem es ihr gelungen war, den Zwirn aufzureißen, sah sie den Mullah an, und er las ihren letzten Wunsch in der bodenlosen Tiefe ihrer Augen.

Das Gebet, das er in der Dämmerung neben dem Brunnen für sie sprach, erstaunte ihn. Es war abgefasst in der erhabenen Sprache des heiligen Koran, und doch hatte er nie zuvor solche Worte gehört. Es schien die Sonne am Horizont hochzuheben. Es erinnerte ihn an eine Stimme; er wusste jedoch nicht, wessen Stimme. Die Sprache war vertraut und dennoch vergessen. Nachdenklich griff er erneut in die Satteltasche und holte ein weiteres Päckchen heraus. Es enthielt ebenfalls ein mit schöner Handschrift beschriebenes Blatt Papier. Er spürte den Atem des Derwischs in seinem Rücken und versuchte, ihn zu vertreiben, aber seine frühere Wut war verflogen. Er verspürte selbst Furcht im Herzen, als er das Pergament entrollte und auf die Worte blickte, als der erste Finger Sonnenlicht auf das Blatt deutete. Seine eigene Neugier verwirrte ihn zutiefst.

Er mühte sich, sich zu konzentrieren, während der Mann neben ihm herumlungerte und mit schmeichlerischer Stimme Fragen stellte. Er verscheuchte ihn wie eine Fliege und erklärte ihm hochmütig, dass die Handschrift von seltener Könnerschaft zeuge. Das war offensichtlich; sogar ein Laie konnte das sehen. Der Mann ließ nicht locker, und er wandte sich ab, konzentrierte sich auf die Worte, die sich auf dem Blatt von selbst formten. Sie seien eindeutig von einem Meister der Kunst geschrieben, schnauzte er den Derwisch an. Er wünschte, der Mann würde ihn in Ruhe lassen. Der Derwisch machte sich an der Satteltasche zu schaffen, aber der Mullah kümmerte sich nicht mehr um ihn. Zu seiner großen Verwunderung stellte er fest, dass die Schrift auf dem Papier Persisch war, und er begann zu lesen.

Und die Worte flüsterten ihm die im Mutterbuch verfügten Geheimnisse zu. Sie sprachen von den im Mutterbuch verschleierten Wahrheiten. Sie riefen ihn auf, Zeugnis abzulegen für die Segnungen, die das Mutterbuch anordnete. Sie drängten ihn, sich an all die Versprechungen zu erinnern, die das Mutterbuch erfüllen würde. In glockenhellen Tönen erzählten sie ihm von der Einen, die im Mutterbuch erwartet und freudig begrüßt wurde.

Der Mullah warf das Papier fort. Er war entsetzt und zu Tode erschrocken. Fluchend warf er es in den ausgetrockneten Brunnen. Seine Finger brannten und juckten von der Berührung. Er hatte diese Stimme wahrhaftig schon einmal vernommen. Die Frau in Karbila hatte von den Geheimnissen, den Wahrheiten, den Versprechungen im Mutterbuch erzählt; auch sie hatte den Beweis des Mutterbuchs gelehrt. Er war vor dem Mutterbuch geflohen, und es hatte ihn verfolgt, bis hierher zu dieser Ruine, zu diesem alten Brunnen an der Straße zwischen Mekka und Medina.

Hier hatte es auf ihn gewartet, im Schrein von Abwa.Was hatte das zu bedeuten?

Als der Derwisch murmelte, dass es angesichts der Krankheit der Frau kein Wunder sei, wenn Seine Ehrwürden Angst davor habe, ihre Habseligkeiten zu berühren, hörte er ihn kaum. Als er ihn in unterwürfigem Tonfall fragte, ob der heilige Herr sich vorstellen könne, dieses Stück Leder einem armen, nichtswürdigen Bettler zu geben, für den Ansteckung eine Gnade wäre und dessen Mittellosigkeit es ihm nicht gestatte, wählerisch zu sein, drehte er sich um und verließ von Kopf bis Fuß zitternd den dämmrigen Schrein.

In seinem Kopf pochte es. Er wusste nicht, ob es wegen der Wunde auf seiner Stirn pochte, um die er sich noch nicht hatte kümmern können, oder ob es pochte, weil er Hunger und Durst hatte und erschöpft war. Oder wegen der Worte, die er gerade gelesen hatte und von denen ihm schwindelte, von diesen »Mutterworten«, die so bedeutungsschwanger waren. In der frühen Morgensonne beugte er sich über den neuen Brunnen und schöpfte Wasser. Er tauchte seinen Kopf hinein und trank. Er trank und trank, wie er nie zuvor getrunken hatte.

Als er etwas später erfrischt in die Ruine zurückkehrte, war die Sklavin bereits tot. Und der Derwisch befand sich im Besitz der Satteltasche. Die Frau habe sie ihm geschenkt, sagte er kühl, bevor sie gestorben sei. Der widerliche Kerl hatte sie sich auf den Rücken geschnallt und eindeutig nicht die Absicht, sich noch einmal von ihr zu trennen. Er war über seinen Neuerwerb hocherfreut und ragte groß und trotzig und drohend vor ihm auf. Der Mullah bemerkte mit Schrecken, dass dieser unerfreuliche Derwisch wesentlich größer war als er und dass sein früherer Gedanke, ihn umzubringen, mehr als waghalsig gewesen war. Das war eher ein Gewalttäter als ein Derwisch.

Die Angst, die er in diesem Augenblick verspürte, war allerdings nicht so schmerzhaft wie der Stich des Bedauerns, der ihr folgte. Ihm war klar, dass er die Chance, noch einmal einen Blick auf diese geheimnisvollen Papiere werfen zu können, vertan hatte. Das Blatt, das er entrollt und gelesen hatte, lag jetzt im Brunnen, und der Derwisch hatte die Satteltasche mit den restlichen Bündeln. Aber die Anrufung, die er für die Sklavin rezitiert hatte, hielt sie noch immer in der Hand. Die zumindest könnte er nehmen. Wenn er es wagte. Er ging zu ihr.

»Gott beschütze Sie, sie ist an den Pocken gestorben, Sir«, sagte der Derwisch.

Der Mullah betrachtete ihr verwüstetes Gesicht und sah dieselbe Schönheit, die er auch unter dem Mond erblickt hatte. Er wusste, dass seine Liebe zu dieser Frau ebenso wie die Worte des Mutterbuchs in seinem Herzen eingeschlossen waren. Er wusste auch, dass die Schriften in der Satteltasche und die Lehren der Frau in Karbila ein und dasselbe waren. Und er konnte es nicht ertragen, die Wahrheit beider einzugestehen, obwohl er beiden glauben wollte. Unfähig zu widerstehen und nicht willens nachzugeben, konnte er weder annehmen noch vollkommen ablehnen. Er beugte sich über die tote Frau, sein Herz sehnte sich nach ihr, und sein Geist widerstand.

Schließlich ließ er das Papier in ihrer Hand, weil er sie ebenso sehr liebte, wie er sich vor dem Einfluss der Worte fürchtete, an die sie sich im Tod so fest klammerte. Barsch befahl er dem Derwisch, ihm zu helfen, und zu zweit hoben sie die Leiche hoch und warfen sie umstandslos in den alten Brunnen. Sie fühlte sich leicht und zerbrechlich an wie ein vertrockneter Vogel, aber an der Stelle, an der sie gelegen hatte, war eine tiefe schwarze Lache Blut. Das Geräusch der in den Brunnen fallenden Felsbrocken und Steine entsetzte ihn.

Er versuchte, die Verunreinigung von seinen Händen, seinem Körper, seinem Herzen, seiner Seele zu waschen. Aber er behielt ihren Ring, denn er war von der Farbe des Bluts. Er wusste nicht, ob er zu seinen Studien zurückkehren und seine restlichen Tage der Verfolgung von Häresie widmen sollte oder sich für immer der neuen Lehre der Liebe aus dem Mutterbuch des Lebens verschreiben sollte. Er blieb unentschlossen neben dem Brunnen stehen und war froh, als der Derwisch ohne ihn nach Medina weiterzog.

Der Derwisch

Als der Derwisch etwas von der hohen Felswand fallen sah, war er sofort hellwach. Er wusste, dass es sich um ein Signal des Stammes handelte, und er kniff die blassen Augen zusammen, um den Horizont eingehend zu mustern. Was er erspähte, bestätigte seine Erwartungen und schickte einen Adrenalinstoß durch seinen Körper. Dort, am Rand des Felsens, sah er vor dem Morgenhimmel die Silhouetten von Männern. Ungefähr dreißig. Vielleicht mehr.

Seit drei Tagen, seit sie Al Dschumum verlassen hatten, hielt der Derwisch Ausschau nach dem Stamm. Als sich einen Tagesritt weiter in Usfan ein Konvoi türkischer Soldaten der Karawane anschloss, bekam er es mit der Angst, dass es zu spät wäre. Angesichts dieser verweichlichten Haudegen, die in ihren leuchtend blauen Uniformen und mit pomadisiertem Haar neben ihnen her tänzelten, war es mehr als wahrscheinlich, dass die Männer angriffen, bevor er Verbindung mit ihnen aufnehmen konnte. Deswegen suchte er auf eigene Faust nach ihren Spuren. Er hatte ein Auge auf den Code, den sie benutzten, die Zeichen, die sie einander hinterließen. Wenn seine Abwesenheit nicht auffiel, machte er mehrstündige Ausflüge in die Wildnis und durchkämmte die windigen Pässe und wandernden Dünen, während die Karawane langsam nach Medina weiterzog.

Ein halbes Jahr zuvor bei seinem ersten Aufenthalt in dieser Gegend hatte ihm ein undurchsichtiger Beduine bestimmte Wege gezeigt, auf denen man schnell vorankam und gleichzeitig die Karawanen im Blick hatte. Er hatte den Kerl als Führer durch die Berge von Dafdaf – ein beliebter Schlupfwinkel der wilden Männer des Stammes – angeheuert, aber er traute dem Beduinen nicht über den Weg. Er verdächtigte diese Eidechse von einem Mann, mit den berüchtigten Nomaden unter einer Decke zu stecken, ein Spion und Mörder zu sein, der sich auf ihn stürzen und ihm den Dolch in den Rücken stoßen konnte, wenn er am wenigsten damit rechnete. Der Kerl schien in der Lage, Signale im Wind aufzuschnappen und Codes auf Felsen zu dechiffrieren. Aber abgesehen von einem gewissen Kribbeln im Nacken hatte er keinen Beweis für sein Doppelspiel. Insgeheim studierte er den mageren Teufel und lernte, seine Kunst zu entziffern. Da er selbst Geheimagent war, war sein Sensorium besonders empfindlich, wenn es um andere Spione ging.

Der Derwisch war ein verkleideter junger Engländer, der in dieser Gegend eine politische Mission zu erfüllen hatte. Der Scheich des Stammes *Harb*, Ibn Rumi, hatte ein paar Monate zuvor gegen die türkische Obrigkeit rebelliert und für beträchtliche Unruhe bei den osmanischen Herrschern in Mekka gesorgt. Der Engländer hatte den britischen Botschafter in Konstantinopel überredet, ihn als Spion in die Region zu schicken und Informationen über diese Aktivitäten zu sammeln. Damit diese Informationen zuverlässig waren, musste er natürlich seriöse und unabhängige Kontakte zum Anführer der Rebellen herstellen. Die herzlichen Beziehungen zwischen der Regierung Ihrer Majestät und der Hohen Pforte machten dies selbstredend erforderlich. Es gelang ihm sogar, den Botschafter davon zu überzeugen, dass es sich als vorteilhaft erweisen könnte, zu den Rebellen ebenfalls herzliche Beziehungen zu knüpfen. Die gesamte Gegend war in Aufruhr, und ganz gleich, was für einen öffentlichen Standpunkt sie auch einnahm, es war immer ein Bestreben der Politik Ihrer Majestät gewesen, ihre privaten Interessen zu fördern. Deshalb schlug er vor, als Geheimagent ein Waffengeschäft mit dem Stamm auszuhandeln.

Der Botschafter hielt diese Mission insgeheim für ein bisschen weit hergeholt. Ibn Rumi war seiner Einschätzung nach ein Mann mit einem notorischen Drang nach Unabhängigkeit, der vermutlich die Briten ebenso auf Distanz halten wollte, wie er die türkische Herrschaft abzuschütteln gedachte. Aber er ließ seinen neu eingetroffenen Attaché in dem Glauben, dass er seinem Land mit dieser Mission einen Dienst erwies, und rechnete nicht damit, dass es einen großen diplomatischen Skandal gäbe, sollte ein unbekannter Agent irgendwo auf der Arabischen Halbinsel zufällig ins Gras beißen. Der Vorschlag kam insofern seinen eigenen Interessen entgegen, als er dadurch diesen bei weitem zu ehrgeizigen Aufsteiger loswurde. Der junge Mann neigte offensichtlich eher zum Abenteurertum als zur Diplomatie, und sollte er in seiner Karriere nicht vorankommen, war es gut möglich, dass er einen Skandal heraufbeschwören würde. Außerdem war der Botschafter pikiert, dass der Attaché der Sodomie durchweg negativ gegenüberstand; nicht einmal die leisesten Andeutungen hatten auf Seiten des jungen Herkules erwähnenswerte Reaktionen hervorgerufen, was wiederum den Stolz des großen Mannes verletzte. Er zog den Schluss, dass der junge Mann ein Dummkopf war, und vermutete, dass er sich, wenn man ihm freie Hand ließ, auf Grund mangelnder Urteilskraft das Genick brechen und keine weitere Bedrohung darstellen würde. Deshalb stimmte er dem Vorschlag zu.

Seitdem er in den diplomatischen Dienst eingetreten war, hatte der junge Engländer gierig auf so eine Herausforderung gewartet. Ursprünglich war in Whitehall die Rede davon gewesen, ihn als Agenten nach Zentralasien zu schicken, wo England und Russland einen Kalten Krieg um die Kontrolle der Hochpässe von Kashgar nach Indien ausfochten. Die Gegend war berüchtigt, man erzählte sich von kühnen Täuschungsmanövern und einem undurchsichtigen Geflecht von Spionen, und seine Hoffnungen waren hochfliegend angesichts dieses aufregenden Auftrags, der bewiesen hätte, wie gut und mit welch feinem Gespür er den politischen und ökonomischen Interessen seines Landes dienen konnte. Aber im letzten Moment wurde ein anderer mit dieser Aufgabe betraut und er stattdessen an den schwülen und intriganten Sitz des Sultanats von Konstantinopel versetzt, wo er die verbalen Ergüsse des Botschafters und die unsäglich langweiligen Dinnerpartys seiner Frau über sich ergehen lassen musste.

In einem verstaubten Büro Akten hin und her zu schieben, entsprach nicht seiner Vorstellung von einer viel versprechenden Karriere, und die Frau des Botschafters hatte ein schwieriges Naturell, das zu erregen ihn besondere Anstrengung gekostet und ihn letztlich nur in eine peinliche Lage gebracht hatte. Sie war eine tief gläubige Katholikin und interpretierte seine Annäherungsversuche als Hinweise auf eine Seelenverwandschaft, eine Illusion, die aufrechtzuerhalten ihm einige Mühe machte. Es fiel ihm schwer, sich ständig dafür zu begeistern, was Kardinal Newman als Nächstes tun würde; dies war ihr Hauptgesprächsstoff. Religiöse Dinge waren für den jungen Attaché nur von Belang, wenn sie seine Aussichten verbesserten. Je begeisterter die Frau des Botschafters über seine schwärmerische Empfindsamkeit war – sie glaubte, seine Konvertierung sei nur eine Frage der Zeit –, desto ungeduldiger machten ihn ihre endlosen Debatten über das außergewöhnliche Gewissen des Kardinals. Es war schwer zu glauben, dass diese Kapazität in Edgbaston irgendetwas mit seiner Karriere zu tun haben könnte.

Er wollte sein Glück machen; er wollte ruhmbedeckt nach Hause zurückkehren. Er wollte nichts weniger, als die Geschichte beeinflussen und irgendeinen bedeutenden politischen Wandel herbeiführen, der die Macht und das Prestige des Empire vergrößern und für alle Ewigkeiten mit seinem Namen in Verbindung gebracht werden würde. Vor allem aber wollte er auf einer Wolke des Erfolgs und beladen mit Trophäen in seine Heimat zurückkehren. Einige seiner Landsleute, die unter dem Deckmantel der Diplomatie ebenfalls als Geheimagenten fungiert hatten, waren in den vergangenen Jahren berühmt geworden, hatten sich kostbare Kunstschätze angeeignet, unvergängliche Schnitzereien entdeckt und unsterbliche Manuskripte des dunklen Altertums geplündert. Sie waren zu Rittern geschlagen und auf jede nur erdenkliche Art und Weise ausgezeichnet worden, warum sollte also nicht auch er durch seine Taten Ruhm erwerben? Er war fast dreißig, unverheiratet und musste sich erst noch beweisen.

Sein ältester Bruder war an der Universität mit Ehren überhäuft worden und hatte mit der ihm zustehenden natürlichen Anmaßung die Rolle des Erben des Familienstammsitzes übernommen. Sein jüngerer Bruder hatte sich in der Kirche ähnlich verdient gemacht und sich in der ehrenwerten Langeweile eines Pfarramtes niedergelassen. Aber der mittlere Sohn (seine Schwestern zählten nicht wirklich, da sie nur zum Heiraten taugten) hatte seinen Vater tief enttäuscht. Als Erstes war er daran gescheitert, in die Fußstapfen seines älteren Bruders zu treten, und war mit Schimpf und Schande von der Universität verwiesen worden, nachdem er eine skandalöse Affäre mit der Tochter seiner Vermieterin angefangen hatte. Die darauf folgende Karriere in der Armee und sein Traum, auf einen prestigereichen Posten in Indien befördert zu werden, fanden ein ebenso abruptes Ende, während er in Persien Legionäre ausbildete. Denn seine Machtbefugnisse reichten nicht so weit wie seine Phantasie, zudem war nicht klar, wohin ein Teil der Munition verschwand, für die er verantwortlich war. Er wurde unehrenhaft entlassen und nach Hause beordert, wo ihm sein Vater heftige Vorwürfe machte und drohte, ihn bis auf den letzten Shilling zu enterben, wenn er sich in Zukunft nicht anständig benehme. Dann müsste er eben Kaufmann werden. Zu mehr tauge er nicht, sagte der Patriarch angewidert. Die Berufung als kleiner Attaché an die englische Botschaft in Konstantinopel war seine letzte Chance. Wenn dieser verkommene Sohn seinen Namen auch noch in Whitehall beschmutzte, wäre er gezwungen, nach Amerika auszuwandern.

So hing viel vom Erfolg seiner diplomatischen Karriere ab. Trotz der Tatsache, dass die Pflichten eines minderen Repräsentanten der Regierung Ihrer Majestät im Ausland einen hohen Grad an Langeweile aufwiesen und geringe Anforderungen an die Intelligenz stellten, war er entschlossen, nur mit Lorbeeren bekränzt nach Hause zurückzukehren. Sein Abschied war dramatisch. Seine beiden Schwestern weinten ausgiebig, während er sich darauf vorbereitete, zum Bosporus zu segeln. In ihren Augen war er ein unglaublich gut aussehender, wilder und wagemutiger Mann, der von Neidern grausam verleumdet wurde. Im Gegensatz zu seinen Brüdern, die ihn verachteten, ergriffen seine Schwestern immer für ihn Partei. Er sonnte sich in ihren Aufmerksamkeiten und verschwieg ihnen, dass ihm seine neue Position keine waghalsigeren Taten abverlangte, als darauf zu achten, dass die Bleistifte des Botschafters stets gespitzt waren. Seine Brüder andererseits gaben ihm zu verstehen, dass sie zwar keine weiteren Dummheiten von ihm erwarteten, aber angesichts seines bisherigen Lebenslaufs keine großen Hoffnungen hegten, dass er es zu etwas bringen würde. Darauf folgten erbitterte Auseinandersetzungen und ein eiskalter Abschied. Er sagte, sie könnten sich darauf verlassen, dass sie ihre Worte noch bereuen würden, und verließ London hoch empört.

Obschon er sich gern von seinen Schwestern verhätscheln ließ, obschon ihn das verdammenswerte falsche Lob seiner Brüder zur Weißglut brachte, hatte der Engländer das flaue Gefühl, dass Letztere Recht hatten. Er würde es zu nichts bringen. Bislang hatte er sich bemüht, ihre Herablassung zu widerlegen, aber allmählich glaubte er, sie zu verdienen. Bei diesem Gedanken tat sich eine große Leere in ihm auf, und er verabschiedete sich von seinem Vater mit einer zerknirschten Unterwürfigkeit, die den alten Herrn erstaunte.

Aber kaum hatte er den Kanal überquert, war es damit vorbei. Statt in seinen Zweifeln zu versinken, benutzte er sie, um seinen Ehrgeiz anzustacheln. Seine Hybris basierte auf einem tiefen Gefühl der Unsicherheit. Die große Leere füllte sich mit großen Tönen. Auf die eine oder andere Weise würde er die Welt dazu bringen, ihn zu bewundern. Er würde beweisen, dass er ein Held war.

Er war zwar zu einem Diplomaten geschrumpft, hatte aber seine Träume von ruhmreicher Größe beibehalten. Er war zu einem schäbigen Schreiberling degradiert und träumte immer noch von Nervenkitzel. Und er verzehrte sich nach einer Gelegenheit, die muffige Routine gegen ein romantisches Abenteuer einzutauschen, weil Polo und die Frau des Botschafters als Herausforderung einfach nicht genügten. Und als aus Arabien die Nachricht vom Aufstand des Stammes *Harb* eintraf, sah er sofort die Möglichkeit, ein Abenteuer zu erleben und den heiß ersehnten Ruhm zu erwerben. Die Zustimmung des Botschafters interpretierte er als verspäteten Vertrauensbeweis in seine Fähigkeiten. Wilde

Wüsten zu durchqueren und mit dem berüchtigten Anführer des Stammes ein Geschäft auszuhandeln, war genau die Chance, auf die er gewartet hatte, um seinem Vater, seinen Brüdern und sich selbst zu beweisen, dass er kein vollkommener Lump war.

Trotz seiner bewegten Vergangenheit war er ein junger Mann, mit dem es die Natur gut gemeint hatte. Er war groß, blauäugig, breitschultrig und ein hervorragender Reiter, weswegen er annahm, dass alle Frauen ihn unwiderstehlich fanden. An der Universität war er nicht allein auf Grund mangelnder Intelligenz, sondern wohl mehr noch auf Grund mangelnder Disziplin gescheitert; sein schändliches Verhalten rührte nicht von bloßer Dummheit, sondern von Liederlichkeit, die stets auch ihren Charme hat. Weil er unreif war, hatte er sein Geld für sexuelle Eroberungen und seine Zeit bei Pferderennen verschwendet. Aber er war dabei, erwachsen zu werden.

Zudem war er weniger tollkühn, als der Botschafter hoffte und seine Brüder glaubten. Zwar erweckte er den Anschein von Ungestüm und draufgängerischem Mut, aber er war weniger impulsiv, als sein Vater annahm und er sich selbst eingestehen mochte, denn wenn er sich in Gefahr wähnte, verhielt er sich meist vorsichtig. Er bemühte sich, seine Risiken zu minimieren, während er sie auf sich zu nehmen schien. Sein Charakter hatte einen berechnenden und eigennützigen Zug, den zuzugeben seiner Ehre Abbruch getan hätte. Ja, in der Armee war es ihm leichter gefallen, Inkompetenz einzugestehen, als sich einen Feigling nennen zu lassen; sogar dort war er von manchen als Schuft bezeichnet worden. Trotz seines Maulheldentums verfügte er also über alle Eigenschaften eines exzellenten Diplomaten.

Ein weiteres Talent, das ihm stets zustatten kam, war sein Hang zum Drama. Er war schauspielerisch begabt, und Theater zu spielen hatte sich für ihn immer als von großem Vorteil erwiesen. In seiner Jugend hatte es einen überzeugenden Liebhaber aus ihm gemacht, und jetzt als Erwachsener und Spion war es ihm von einzigartigem Nutzen. Er verfügte über eine chamäleonhafte Fähigkeit zur Nachahmung und konnte sein blondes Haar und seine helle Haut, seine religiösen Abneigungen und seinen ausländischen Akzent bewundernswert professionell verbergen. Sprachen gehörten, wie bei vielen Engländern, nicht zu seinen Stärken, aber er hatte seine Jahre in der Armee nicht vergeudet und konnte ausreichend Persisch und Arabisch und genügend Brocken Türkisch, um anderen authentisch zu erscheinen. Die Schauspielerei war seine zweite Natur.

Außerdem war er gesegnet mit einer vollkommenen Gleichgültigkeit gegenüber religiösen Vorlieben, und wiewohl er – wie auch seine Brüder und Schwestern – in jungen Jahren unter gesundem Protestgeheul in der Familienkapelle mit anglikanischem Wasser besprenkelt worden war, hatte er keinerlei Schwierigkeiten, sich die äußerlichen Verhaltensweisen der mohammedanischen Religion zu Eigen zu machen. Er sah hin, hörte zu und ahmte schiitische Glut und sunnitischen Ernst glaubwürdig nach. Ja, ihm gefiel die Art und Weise, wie er seine Gebete verrichtete.

Er griff auf alle diese Eigenschaften und Talente zurück und scheute keine Mühe, um die geeignete Maske für diese spezielle Mission auszuwählen. Sie musste ihm Freiraum garantieren, ihn von allen Verdachtsmomenten freihalten und ihm ermöglichen, auf der Straße zwischen Mekka und Medina leicht Bekanntschaften zu schließen und heimlich zu verschwinden. Denn seine Maskerade beinhaltete große Risiken. Und wenn er sich schon auf diese Pilgerstrecke begeben musste, so sollte seine Verkleidung andere auf eine spirituelle Motivation hinweisen: eine Art Motivation, die bislang in seinem Leben zugegebenermaßen kaum existiert hatte. Er hatte dies über die Jahre erfolgreich vermieden, indem er die Gebete der anglikanischen Liturgie murmelte, wenn er dazu gezwungen war, und ansonsten um jede Kirche im Land einen weiten Bogen machte. Genau genommen war alles, was man von ihm in dieser Hinsicht erwartete, jene schwächliche und verwässerte Version von Gläubigkeit, die man bei Hochzeiten, Taufen und Beerdigungen unter dem friedlichen Dach der anglikanischen Kirche findet.

Wie dem auch sei, die persischen Sufis hatten ihn mit ihrer anarchischen Philosophie beeindruckt, und seiner Ansicht nach war ihre spirituelle Motivation verschwommen genug, um jede Menge Zweideutigkeiten zu verdecken. Sie erforderte so wenig wirkliche Hingabe und Konsequenz, dass sie seinem Temperament eher entgegenkam, als es zu zügeln. Deswegen gab er sich als Derwisch aus, als er zu seiner Mission in die Wüsten Arabiens aufbrach. Mehrere Wochen lang studierte er die Verhaltensweisen, den Sprechgesang, die Tänze, die Art zu beten und zu betteln und das Erscheinungsbild der Derwische in der östlichen Türkei und war schließlich überaus zufrieden mit seiner Darstellung. In späteren Jahren, auf dem Höhepunkt seiner diplomatischen Karriere, erschien er zu Kostümbällen der Botschaft als Derwisch.

Zu seinen Gunsten muss erwähnt werden, dass an dem jungen Geheimagenten die nörglerische Furcht nagte, seine Verkleidung könnte den Echtheitstest nicht bestehen. Sein Wunsch nach Ruhm reichte nicht bis zum Tod, und Märtyrertum zählte nicht zu seinem schauspielerischen Repertoire. Der Name Mekka verströmte zwar eine gewisse Magie, aber er zog es vor, dass man ihn für tapfer genug hielt, dort gewesen zu sein, ohne tatsächlich je einen Fuß in die Stadt gesetzt zu haben. Auf Weisung des Botschafters reiste er durch Bagdad, wo man ihm weitere Instruktionen erteilte. Der Generalkonsul dieser Stadt sah ihn zwar als Derwisch verkleidet nach Basra aufbrechen, wo die Pilgerboote ablegten, aber in Wirklichkeit hatte er keinerlei Absicht, nach Mekka zu reisen. Als er im schwülen, stinkenden Hafen von Dschidda ankam, sah er sich stattdessen nach einer Handelskarawane um, die es ihm ermöglichen sollte, die heilige Stadt zu umgehen.

Er fand eine Braut samt Gefolge, die im Schutz einer Karawane einen Umweg um die Stadt machen wollte, genau wie er, und das kam ihm sehr entgegen. Allerdings waren mehrere Tage des Verhandelns vonnöten, um dieses Arrangement zu bewerkstelligen. Ein rundlicher Inder aus Karatschi, an dem er die unverwechselbaren Zeichen kolonialer Verdorbenheit entdeckte, spielte eine entscheidende Rolle dabei, den Karawanenführer von dem Umweg zu überzeugen, und der Derwisch konnte es kaum erwarten, bis das Gefeilsche endlich abgeschlossen wäre. Er war sicher, dass der unangenehme Kerl Englisch sprach, aber mit bewundernswerter Selbstkontrolle sah er davon ab, sich ihm zu nähern und vertraute stattdessen auf die offensichtliche Käuflichkeit des Kerls. Trotz Protest der Pilger schien es wahrscheinlich, dass der Inder sich durchsetzen würde.

Nur Stunden, bevor sie aufbrechen wollten, traf jedoch plötzlich eine Abordnung türkischer Soldaten in Dschidda ein, die die Braut nach Damaskus begleiten sollte, woraufhin der Derwisch seine Pläne von Grund auf ändern musste. Die Braut würde unter dem Schutz der türkischen Eskorte einen Umweg machen, und die Pilgerkarawane würde direkt nach Mekka weiterziehen. Er befand sich in einem Dilemma. Wenn er mit dem Stamm Harb Kontakt aufnehmen wollte, konnte er gewiss nicht mit den Soldaten des Sultans reisen, es blieb ihm also keine andere Wahl, als mit der Pilgerkarawane in die heilige Stadt zu ziehen.

Und so nötigte ihn die eine Furcht, einer anderen ins Auge zu sehen, und er war gegen seinen Willen gezwungen, sich Schritt für Schritt auf Mekka zuzubewegen. Als sie sich der Stadt näherten, nahm er an keinem der vorbereitenden Rituale teil, damit sein Betrug nicht aufgedeckt würde. Stattdessen trieb er sich voller Furcht in Gesellschaft derjenigen herum, die die Pilger unterwegs belästigten. Weil es so heiß war, kleidete er sich auch nicht in das Pilgergewand, aber unter den Bedürftigen erregte er keinen Verdacht. Und so erreichte er zusammen mit den Bettlern im Schlepptau der Pilgerkarawane Hedda.

Dort angekommen, verlor er allerdings die Nerven. Es war die letzte Karawanserei vor der heiligen Stadt und seine letzte Chance, die Schrecken des *Hadsch* zu vermeiden. So unauffällig wie nur möglich saß er, in kalten Schweiß gebadet, unter der sengenden Sonne und murmelte etwas vor sich hin, von dem er hoffte, dass es bei den zahllosen Bettlern auf der Straße nach Mekka als Gebet durchgehen würde, und wartete darauf, dass die Karawane vorbeizog. Dann suchte er nach der erstbesten Gelegenheit, mit einer Händlerkarawane um die Stadt herum zur Karawanserei von Al Jamum zu gelangen.

Das dauerte zwei Wochen, denn er war zu Fuß unterwegs, aber die Verzögerung war es wert wegen der relativen Sicherheit, die sie bot, und der Preis, den er für das bescheidene Abenteuer, die religiösen Anstandsregeln verletzt zu haben, zahlen musste, bestand lediglich in einem nachhaltigen Magenproblem, verursacht von der unerwarteten Mildtätigkeit der Pilger, die ihm nach Vollendung ihres *Hadsch* Fleisch der geopferten Tiere aufdrängten.

Später beschrieb er in lebhaften Einzelheiten all die Aktivitäten, an denen er in Mekka teilgenommen hatte, und gab eine überzeugende Vorstellung des *Hadsch*, den er nie vollzogen hatte, zum Besten. Sein Auftritt zeigte stets Wirkung bei den Damen, die von den lebhaften Schilderungen seiner Zusammentreffen mit wilden Stammesangehörigen einerseits und tollwütigen Fanatikern andererseits tief beeindruckt waren. Allerdings erwähnte er nie, dass ihn diese Abenteuer seinem Ziel keinen Schritt näher brachten, denn während der zwei Wochen, die er sich um Mekka herumbettelte, und während der einen Woche, die er in Al Jamum auf die Karawane nach Medina wartete, sah er keine Zeichen, keinen Code, keinerlei Hinweis auf die Aktivitäten von Ibn Rumi und seinen Männern.

Eine Tagesreise nach Al Dschumum jedoch wich seine Enttäuschung Bestürzung. Denn in der Karawanserei von Usfan warteten die Braut und ihr Gefolge auf die Pilgerkarawane, dieser klimpernde Zug freiender Frauen mit dem Eunuchen und der Eskorte weibischer Soldaten. Jetzt hatte er endgültig keine Wahl mehr; er konnte die Gesellschaft der Türken nicht mehr vermeiden. Und da er nicht den Mut hatte, sich allein auf den Weg zu machen, musste er auf der Suche nach dem Stamm *Harb* die Wüste in heimlichen Alleingängen auskundschaften. Sobald er die Männer aufgespürt hätte, würde er sich augenblicklich von der Karawane trennen. Sobald er sie gefunden hätte, würde er sich Ibn Rumi allein nähern.

Alles hing von seiner Suche auf eigene Faust ab; alles hing von seiner Wachsamkeit und seiner Fähigkeit ab, unterwegs die Zeichen zu erkennen. Er musste lediglich den Code dechiffrieren, wie der Beduine. Er wusste, dass die Männer des Stammes Botschaften in den Sand schrieben, Hinweise auf Felsen hinterließen. Sie schrieben ihre geheimen Zeichen so unauffällig, dass nur jemand, der die Sprache der Spinnen beherrschte, die Worte auf dem Netz vor dem Eingang einer Höhle lesen konnte. Deswegen musste er hellwach sein und die Dünen sowohl hinter als auch vor der dahintrottenden Karawane im Blick behalten. Und als er am vierten Morgen, nachdem sie Mekka verlassen hatten, etwas fallen sah – einen Felsbrocken? Ein Bündel vom Rücken eines Kamels? –, als er etwas von der hohen Felswand vor ihnen fallen und in der Schlucht landen sah, wusste er, dass es sich um ein Signal handelte.

Dort oben also waren die Männer des Stammes Harb, auf dem hohen Felsvorsprung; er sah ihre Gestalten einen quälenden Augenblick lang klar umrissen vor dem morgendlichen Himmel. Dann waren sie verschwunden, wie Tau nach dem Sonnenaufgang. Zweifellos hatten sie die Karawane gesehen. Wahrscheinlich bereiteten sie einen Angriff vor. Er hatte keine Zeit zu verlieren; er musste sich sofort von den Türken absondern.

Aber die Karawane blieb stehen. Kurz nachdem der Derwisch das Signal des Stammes gesehen hatte, hoben Gekreisch, Geschrei, Gestöhn und Gefluche an, ein Iahen, Schnauben und Spucken, während die gesamte Karawane mitten in der Wüste knirschend zum Stillstand kam. Er hielt sich nicht damit auf, den Grund dafür herauszufinden. Auch wenn der Karawanenführer die Männer erspäht hatte und die Verteidigung der Karawane organisierte, musste er Ibn Rumi treffen, bevor seine Männer angriffen. Auch wenn die türkischen Soldaten mit ihren blitzenden Bajonetten und ihren blauen Röcken aus Serge nicht Anreiz genug waren, der mitgeführte Reichtum war allemal einen Überfall wert. Als die Pilger sich zu beschweren und die Wachen zu protestieren begannen, stahl er sich davon. Er schlich sich in die Dünen nordwestlich der Straße oberhalb der Karawanserei von Khulays, wo ihn in der Nacht zuvor Flöhe grausam attackiert hatten, und eilte zu Fuß durch das raue Gelände in Richtung der Felswand. Die geheimen Pfade, die der Beduine ihm gezeigt hatte, erforderten die Geschicklichkeit eines Ziegenbocks

Er pirschte erst eine knappe halbe Stunde durch das Tal, als er plötzlich das unverwechselbare Geschrei eines Maultiers zwischen den niedrigeren Dünen hinter ihm hörte. Jemand folgte ihm! Er versteckte sich zwischen den Steinen oberhalb der Straße, von wo er einen guten Überblick hatte, und sah eine Gestalt auf die Felsen von Dafdaf zureiten. Es war der Inder aus Karatschi. Was tat dieser schmierige Kerl auf seinem Maultier hier? Warum ritt er zu der Felswand?

Der Derwisch misstraute dem Inder, seit er ihn zusammen mit einem alten Mann gesehen hatte, der am Ende der Karawane bei den Packeseln und Lasttieren ging. Dieser verdächtige Pilger war verschrumpelt genug und ausreichend zahnlos, um keine unmittelbare Bedrohung darzustellen, aber er war verschlagen, er war gerissen. Er hatte Augen wie Nadeln. Mehrmals bemerkte der Derwisch, wie der Mann ihn unangenehm forschend musterte. Er sprach ein gebrochenes Türkisch und ein verklumptes Persisch, von dem der Inder behauptete, es zu verstehen. Der Derwisch folgerte, dass dieser so genannte Pilger aus jener Region stammte, wo er einst gehofft hatte, sich einen Namen zu machen: von den hohen Pässen Kashgars. Zweifellos kam er aus den mörderischen Bergen von Indien, wo so manch tapferer Offizier und britische Landvermesser sein Leben gelassen hatte. Zweifellos war er ein Spion der Stämme dieser heimtückischen Region, die von den Russen Waffen erhalten hatten. Dass der Uigure und der Inder so häufig miteinander plauderten, bestärkte den Engländer nur in seinem Verdacht gegen den alten Mann, der ihn nicht aus den Augen ließ. Er fragte sich, ob er als Agent erkannt worden war und ob der alte Spion den Inder geschickt hatte, damit dieser ihn tötete.

Der Inder ritt auf der Straße nach Medina allerdings nicht so, als würde er jemanden verfolgen mit der Absicht, ihn umzubringen. Er wackelte eher ziellos auf seinem Maultier daher. Hin und wieder holte er eine Flasche hervor und schluckte eine Flüssigkeit, die ihn zu wiederholtem lauten Rülpsen und zum Singen von Liedfetzen veranlasste. Es war Mittag, und es gab kaum Schatten. Als er sich dem Versteck des Derwischs näherte, reckte der fette Kerl den Hals und blickte nach rechts und links, in alle Richtungen, als würde er nach jemandem oder etwas Ausschau halten.

Konnte es sein, dass er den Stamm ebenfalls gesehen hatte und nach den Männern suchte? War er auch ein Geheimagent?

Plötzlich wischte sich der Inder den Schweiß von der Stirn, rülpste noch lauter und fluchte. Der Derwisch erstarrte. War das ein Signal? Würde der Stamm über sie herfallen? Panik überwältigte ihn; seine Fassung und die Hoffnungen des Empire hingen an einem seidenen Faden. Er wartete, sein Puls raste.

Aber es erfolgte keine Antwort auf den Rülpser des Inders, abgesehen von den leisen Schreien der Wüstenvögel hoch über ihnen und einem Verdichten der Luft, als die Sonne mit ihrem ganzen Gewicht auf die Felsen herunterbrannte. Es erfolgte keine Antwort, und ob es nun ein Signal gewesen war oder nicht, wurde rasch unwichtig, weil das Atmen in der Hitze immer schwerer fiel. Warum auch immer der Inder in den Wahnsinn der mittäglichen Sonne hinausritt, es konnte nicht wohl überlegt sein, dachte der Derwisch, denn seine Miene war beunruhigt, er wirkte eher wie das Opfer und nicht wie der Urheber einer Verschwörung.

Der Kerl trabte gemächlich vorbei und weiter in der unbarmherzigen Hitze die Straße entlang zu der kleinen Ruine in der Ferne. Der Derwisch sah ihm eine Weile nach, fasste wieder Mut und setzte vorsichtig seinen Weg durch die Schlucht fort, schlich von einem Felsen zum nächsten, während er sich der hohen Felswand auf der anderen Seite näherte. Er wollte die gesamte Schlucht nach dem heruntergefallenen Signal durchforsten, denn es musste sich hier in der Nähe befinden. Er wollte jeden Felsen und jeden Schatten einer Düne nach den Männern absuchen, denn sie konnten nur einen Steinwurf entfernt auf der Lauer liegen, vorausgesetzt, sie waren nicht die andere Seite der Berge hinunter verschwunden.

Doch kaum hatte er sich ein paar hundert Meter vorangearbeitet, als er hinter sich einen fernen Schmerzensschrei und mehrere leise Rufe vernahm. Schnell kauerte er sich hinter eine Felsgruppe und schaute zurück zur Straße.

Aber da war niemand mehr. Keine Menschenseele. Der Inder und sein Maulesel waren verschwunden. Das war höchst merkwürdig. Hatte er geträumt? Der Inder war doch eben noch da gewesen, als kleiner Punkt war er die Straße entlanggeritten. Jetzt war er nirgends mehr zu sehen. War er in die Ruine gegangen? Die Sonne, die direkt über ihm stand, stach ihm wie ein Nagel zwischen die Augen. Hatte er Halluzinationen? Der Derwisch blinzelte den Schweiß von seinen Augenbrauen und starrte eine Zeit lang verständnislos zur Ruine. Bewegte sich dort etwas zwischen den Felsen, ein dunkler Schatten? In der flimmernden Hitze und auf die Entfernung schienen sich die eingestürzten Mauern aufzurichten und voneinander zu lösen. Da war nichts; er musste einer Fata Morgana aufgesessen sein. War das wirklich ein Schrei gewesen, was er gehört hatte? Und da wurde wieder geschrien! Nein, alles war still. Er spürte einen bebenden Schatten über sich. Über den Felsen, in der ungeheuren Unermesslichkeit des Horizonts zogen Aasgeier immer tiefere Kreise. Er musste die Schreie der Vögel gehört haben, entschied er.

Langsam schlich er weiter, in nordöstlicher Richtung zur Felswand, und hielt Ausschau nach Zeichen des Stammes. Jeder Stein könnte eine Botschaft sein, hingelegt, um Aufbruch oder Rückkehr zu signalisieren. Jede kleine Welle im Sand könnte ihre Anwesenheit signalisieren oder ihre Abwesenheit kundtun. Während er die Schlucht durchkämmte und dabei der bedrohlichen Felswand immer näher kam, stieg ihm der Verdacht auf, dass Ibn Rumi und seine Männer sich tatsächlich zurückgezogen hatten. Sie mussten beschlossen haben, in die Berge von Dafdaf zu verschwinden und der Karawane weiter vorn an der Straße, in der Nähe der Karawanserei von Towal, aufzulauern. Hier war niemand.

Aber selbst wenn er noch wesentlich länger würde suchen müssen, bis er den Stamm und seinen Anführer gefunden hatte, irgendwo am Fuß der Felswand musste das Ding liegen, das heruntergefallen war. Irgendwo in der Nähe sollte er das Signal finden, das sie fallen gelassen hatten: den Felsbrocken, den Stein, das Maultier, den Mann. Er mied weiterhin die Straße und kämpfte sich in der Hitze voran. Sein Hirn kochte in der Sonne, in seinen Ohren war ein Brummen, das lauter und lauter wurde. Er schüttelte den Kopf, aber das surrende Geräusch war immer noch da.

Er schirmte die Ohren mit der Hand ab, aber das Brummen wurde lauter. Er fragte sich, ob er vielleicht einen kleinen Sonnenstich hätte, und schloss die Augen, so dass er die Wolke aus Fliegen erst bemerkte, als er praktisch hineinstolperte. Auch den Inder, der sich ihm von hinten näherte, bemerkte er erst, als er den Haufen aus Blut und Knochen vor sich sah. Er sah den toten Mann, der wie eine reife Frucht auf dem Felsen zerplatzt war in nahezu demselben Augenblick, in dem er sich umdrehte und den lebenden Mann auf sich zureiten sah, mit einem klaffenden Loch von einem Mund im Gesicht, in das die Fliegen flogen. Und am glasigen Blick beider erkannte er, dass ihn weder der Lebende noch der Tote wahrnahm. Mit wild pochendem Herzen versteckte er sich hinter einem großen Felsen, der wie ein Wachtposten vor der hohen Wand stand, und verfolgte mit wachsendem Entsetzen, wie der Inder näher kam.

Der Mann blieb ein paar Meter von ihm entfernt stehen und glitt von seinem Maultier. Er schien kaum bei Bewusstsein zu sein, als er zwischen den Felsen zusammensackte. Seine Brust und sein Bauch waren blutbedeckt. Sein Gesicht war eingesunken; er atmete pfeifend und keuchte, gab eine seltsame Mischung aus Röcheln und Stöhnen von sich. Er tastete herum, suchte etwas zwischen den Steinen. Den Toten hatte er offenbar noch nicht bemerkt. Der lag, ein paar Schritte vom schwitzenden Engländer entfernt, verwesend in der Hitze, eine Masse summender Fliegen und gebrochener Knochen. Ein schrecklicher Anblick. Der Derwisch sah ihm nicht ins Gesicht. Er brachte es nicht über sich; es sah zu grauenhaft aus, um noch menschlich zu sein. Und die Aasgeier, die über ihm ihre Kreise gezogen hatten, ließen sich auf der Erde nieder. Krähend und krächzend wie bösartige Gänse. Ein paar waren neben der Leiche gelandet und pickten wütend in ihr.

Der Inder schien unter Schock zu stehen. Jetzt saß er zusammengekauert unter der brütenden Sonne zwischen den glühenden Felsen, starrte in das heiße Nichts vor sich, und noch immer kam dieses grausige, pfeifende, gurgelnde Geräusch aus dem blutenden Loch in seinem Gesicht, und die Fliegen umschwirrten ihn.

Soll ich zu ihm gehen?, fragte sich der Engländer. Der Mann brauchte Hilfe, so viel stand fest.

Aber was kann ich schon für ihn tun?, dachte er weiter. Für den armen Kerl kommt jede Hilfe zu spät.

Und während seine Gedanken rasten und sich damit abmühten, das Puzzle all seiner Verdachtsmomente zusammenzusetzen, ging ihm etwas anderes durch den Sinn. Was, wenn es nur ein Trick war? Eine Falle?

Der Inder schien besessen von einem Gegenstand, der vor ihm lag. Was war das? Als er die Satteltasche aufhob, fielen alle Teile des Puzzles an ihren Platz. Der Derwisch sah und verstand im selben Augenblick. Da war es! Das Ding, nach dem er gesucht hatte. Der Inder öffnete die Satteltasche, die er auf seinen Knien abgelegt hatte. Er holte etwas heraus, das wie ein Bündel Papier aussah. Er entrollte das Bündel, schwankte, als er sich vorbeugte.

Der Derwisch wusste augenblicklich, dass es sich um das Signal handelte, das der Stamm von der Felswand geworfen hatte. Es war das Signal, und der Inder hatte es vor ihm gefunden! Auch er hatte danach gesucht, denn er war eindeutig ein Spion. So war es! Er steckte unter einer Decke mit dem alten Mann, der ein russischer Agent war, und jetzt hatten sie die Botschaft von Ibn Rumi vor ihm gefunden. Er musste sie ihm abnehmen. Auf der Stelle.

Die Gedanken des Derwischs rasten. Der Inder war offensichtlich nicht in der Lage zu kämpfen. Er war benommen und vom Blutverlust geschwächt. Zudem hatte er die Kontrolle über seine geistigen Kräfte verloren, wie sonst konnte er so nahe neben einer verwesenden, von Fliegen umschwirrten Leiche sitzen, ohne sie wahrzunehmen? Wie sonst konnte der Derwisch ihn unbemerkt beobachten? Der Mann hatte zweifellos den Verstand verloren. Wer immer ihm die Zunge herausgeschnitten hatte, hatte ihm noch mehr abgenommen. Er schien all seiner Sinne beraubt. Er phantasierte. Er stöhnte, schwankte hin und her und stieß zusammenhangslose Laute aus. Ein bisschen Mut gefasst, und er könnte ihm die Satteltasche mühelos entwenden.

Aber in genau dem Augenblick, als der Derwisch beschloss, sein Versteck zu verlassen und den umnebelten Inder um die Satteltasche zu erleichtern, hörte er ein Pfeifen. Es war ein durchdringender Pfiff und kam aus solcher Nähe, dass er in seinem Versteck vor Schreck zusammenzuckte; er war so laut, dass er von der Felswand abprallte und in der gesamten Schlucht widerhallte. Ein klares, lautes Pfeifen, das ihm einen Schauder maßloser Angst über den Rücken jagte und die Hitze durchschnitt wie ein Messer aus Eis. Es war ein Signal des Stammes.

Und plötzlich, als er seine verhängnisvolle Tragweite erfasste, sah er, wie sich eine Truppe Männer wie Geister, wie eine Fata Morgana, wie von den Felsen ausgedünstete Erscheinungen aufrichteten und davonritten. Die Männer des Stammes. Männer und Pferde, zu beiden Seiten der Schlucht so gut versteckt, dass man sie mit bloßem Auge nie hätte entdecken können. Mindestens fünfzig, verborgen in der Ruine und in den Felsen nördlich der Straße. Gespenster der Wüste, bewaffnet mit Gewehren und Dolchen. Und auf das Signal hin erhoben sie sich wie ein Schwarm Heuschrecken, peitschten die Pferde und ritten rasch auf der Straße nach Medina davon. Innerhalb von Sekunden war die gesamte Gruppe in der flimmernden Hitze verschwunden, mit donnernden Hufen und in einer Wolke aus Sand. Der Pfiff hallte noch immer in seinen Ohren wider, als sich der von den Reitern aufgewirbelte Staub auf den Lippen des Derwischs niederließ.

Und da wurde ihm klar, was er verpasst hatte. Er war zwischen den versteckten Männern herumgeschlichen und hatte sie nicht gesehen! Er hatte die letzte halbe Stunde verschwendet und die Chance vertan, die Männer zu finden, nach denen er suchte. Er musste ihnen augenblicklich folgen; er musste sie um jeden Preis abfangen. Und blitzartig begriff er, was dem Inder widerfahren war: Der Mann war vermutlich aus Versehen auf Ibn Rumi gestoßen. Er war mit einem Angebot des russischen Agenten gekommen, war aber nicht auf sie gefasst gewesen, und das Angebot hatte ihnen nicht zugesagt. Umso wahrscheinlicher war es, dass die Mission des Derwischs von Erfolg gekrönt wäre.

Ohne einen weiteren Gedanken an die Satteltasche schlüpfte der Derwisch aus seinem Versteck. Der Inder bemerkte ihn nicht, hob nicht einmal den Kopf, die Fliegen auf der verwesenden Leiche schwärmten kaum auf, als der Engländer vorbeischlich. Selbst die hässlichen Vögel unterbrachen kaum ihr Schlingen. Ein rascher Blick auf das Gesicht, und es würgte ihn vor Übelkeit; außerdem kam es ihm seltsam bekannt vor. Und dann begann er zu laufen und zu keuchen, er lief zwischen den Felsen hindurch und durch die Mulden in der Schlucht zu der Ruine auf der anderen Seite. Er rannte, bis er außer Atem war, und als er den zerstörten Schrein erreichte, war auch die Karawane eingetroffen.

Er bemerkte nicht einmal den Brunnen, um den sich die Pilger freudig versammelten. Er nahm sich nicht die Zeit, etwas zu trinken, und achtete nicht auf den Streit, der ausgebrochen war, und die wild gestikulierenden Pilger, die sich um den Karawanenführer scharten. Fiebernd vor Angst, dass ihn die zu scharfen Augen des alten Pilgers, der ihn ständig beobachtete, entdecken könnten, band er eins der schönen Araberpferde los, griff sich einen Wasserschlauch und preschte los in Richtung Medina, wohin die Männer des Stammes *Harb* kurz zuvor verschwunden waren.

Der Engländer erzählte niemandem jemals von der Vergeblichkeit seiner Suche während der nächsten zwei Stunden. Nie erzählte er, wie er sich verirrte und fast bis nach Hammamah ritt; wie ihn in der leeren Wüste Panik ergriff, weil er die Straße nach Towal nicht fand. Nie schilderte er sein beschämendes Verhalten, als er zwischen den Dünen auf drei Reisende stieß, er sich vollkommen hysterisch von Räubern verfolgt glaubte; wie er von Panik überwältigt wurde beim Anblick eines grünen Turbans und einer schimmernden Perle im Ohr eines Sklaven. Er war voller Entsetzen in die entgegengesetzte Richtung geflohen, hatte sich vollkommen verirrt, bis er schließlich nach Buraykah kam. Nie würde er zugeben, was er trank, nachdem er den Schlauch bis auf den letzten Tropfen lauwarmes Wasser geleert hatte, oder wie er weinte, bevor er vollkommen desorientiert auf den windigen Höhen von Dafdaf die Straße wiederfand. Er ritt zurück in Richtung Mekka, weil er vollständig desorientiert war, bis er durch reines Glück auf die Karawane stieß, keine drei *Farsang* von der Karawanserei von Khulays entfernt, die er am Morgen verlassen hatte. Und er hatte auf seinen unnützen Irrritten nicht eine Spur des Stammes *Harb* oder seines Anführers entdeckt.

Nie erzählte er jemandem diese Episode, und in späteren Jahren überzeugte er sogar sich selbst davon, dass es sich dabei um einen sinnvollen Umweg gehandelt hatte, denn als er erneut auf die Karawane traf, meuterten die Leichenwächter, widersetzten sich dem Karawanenführer und machten kehrt. Auf halbem Weg nach Towal ließen sie alle Maultiere umdrehen und kehrten zum Brunnen zurück. Und er zog mit ihnen.

Die Gründe, die er in späteren Jahren für seine Rückkehr zum Brunnen angab, waren als eiskalte Logik maskiert. Er sagte, dass er die türkische Eskorte der Braut habe meiden müssen, um nicht die Chance zu verspielen, mit Ibn Rumi Kontakt aufzunehmen. Wäre er bei der Karawane geblieben, wäre er zusammen mit den Pilgern getötet worden von den marodierenden Stammesmitgliedern, die sie drei oder vier *Farsang* vom Brunnen entfernt überfielen. Allerdings ließ er kein Wort darüber verlauten, dass die Banditen, die sich auf die Karawane stürzten, nichts mit dem Stamm Harb zu tun hatten, wie er später feststellen musste. Aber es verlieh dem Abenteuer mehr Gefahr und Glanz, wenn er auf dieses Detail verzichtete. Außerdem behauptete er, mit den Leichenwächtern zum Brunnen zurückgekehrt zu sein, um die Satteltasche zu holen, die er zuletzt im Besitz des Inders gesehen hatte, auf der anderen Seite der Schlucht, am Fuß der hohen Felswand. Vielleicht war das tatsächlich der wahre Grund, denn vom Stamm hatte er jede Spur verloren. Zum letzten Mal hatte er die Männer dort in der Schlucht gesehen, zwischen den hohen Felswänden von Dafdaf und dem Brunnen von Abwa, und eine Art blinder Instinkt trieb ihn zurück, als ob dort eine Botschaft auf ihn wartete, die er nicht eindeutig entziffert, nicht vollständig decodiert hatte. Aber letztlich war seine Entscheidung bar jeder Logik. Dies gestand er selbstverständlich nicht einmal sich selbst ein. Er behauptete steif und fest, dass der Erfolg seiner Mission von seiner Rückkehr zum Brunnen abhing.

Und so war es. Er ritt mit den zänkischen Leichenwächtern zum Brunnen zurück, plauderte die ganze Zeit mit ihnen über den

Toten, hörte sich ihre geschmacklosen Witze an und ließ ihr vulgäres und anzügliches Gezwinkere und Gestupse über sich ergehen. Sie behaupteten, die Leiche beim Brunnen vergessen zu haben, weswegen sie zurückkehren müssten. Ihr widerwärtiger Gestank hatte die Karawane seit Mekka begleitet, und der Derwisch war jedes Mal erleichtert gewesen, wenn er seine kleinen Ausflüge in die umliegenden Hügel machte, denn der Geruch wurde von Tag zu Tag ekelhafter. Die Gewohnheit dieser Mohammedaner, mit ihren Toten durch die Landschaft zu ziehen, erschien ihm sowohl bizarr als auch barbarisch. Aber wenn es schon ungehörig war, mit einer Leiche unterwegs zu sein, so war es noch empörender, sie zu vergessen. Von den Wächtern wurde erwartet, dass sie den Toten nach Medina geleiteten, wo er begraben werden sollte, und sie waren von dem Toten persönlich bereits fürstlich entlohnt worden dafür, dass sie seine Fracht sicher nach Damaskus brachten. Aber ob nun aus Versehen oder mit Absicht, der verschiedene Eigentümer des wertvollen Maultierzugs war jedenfalls vergessen worden.

Der Derwisch vermutete, dass die Wächter mit den Gütern des toten Mannes nach Dschidda zu entkommen trachteten. Er argwöhnte, dass sie nicht die Absicht hatten, den Leichnam zu holen. Er nahm an, dass sie deswegen ständig zwinkerten und einander anstupsten, aber auf ihren Angriff war er ganz und gar nicht gefasst. Obwohl er mit einem scharfen Gespür für die ruchlosen Motive anderer ausgestattet war, hatte er nicht in Betracht gezogen, dass sich die Leichenwächter auch Gedanken über seine Motive machten. Als sie ihn fragten, warum er sich ihnen anschloss, antwortete er, dass er ihre Gesellschaft der des Karawanenführers vorziehe, und führte als Ausrede an, dass er versäumt hätte, den Dschinns und Ghulen in der Ruine seine Tänze und Lieder darzubringen. Er erfand ein gehöriges Durcheinander abergläubischen Unsinns, gespickt mit Andeutungen von Träumen und Omen und von seiner Liebe zu Wein und Weib, damit sie ihn für einen religiösen Einfaltspinsel mit sinnlichen Gelüsten hielten. Er empfand seine Erklärungen und seinen flotten Akzent als ausreichend plausibel, und ihre zotigen Witze wiegten ihn in dem Glauben, dass er sie überzeugt hatte, und deswegen merkte er nicht, dass sie ihm kein Wort abnahmen. Die wahre Bedeutung ihres Gezwinkers und Gestupses entging ihm. Sie durchschauten seine Verkleidung ziemlich schnell; sie hatten keine Ahnung, was diesen ausländischen Scharlatan in ihre Mitte getrieben hatte, aber seinen Entschluss, mit ihnen zum Brunnen zurückzukehren, führten sie auf reine Gier zurück. Seine gotteslästerliche Vermessenheit war ihnen so gleichgültig wie eine getrocknete Feige, aber ganz gewiss würden sie ihm keinen Anteil an den gestohlenen Waren überlassen.

Eine knappe *Farsang* vom Brunnen entfernt fielen die Leichenwächter mit Messern und Knüppeln über den Derwisch her. Hätte er nicht die in seinem Gürtel versteckte Pistole gehabt, und hätte sein temperamentvoller Hengst nicht über ausgezeichnete Reflexe verfügt, sie hätten ihn vom Pferd gezerrt, und das wäre, wie er nie müde wurde, seiner weiblichen Zuhörerschaft zu versichern, sein Ende gewesen. Denn sie waren ein wilder Haufen. Gewalttätig, aber ohne Gewehre. Infolgedessen konnte er sie mit ein paar gut gezielten Schüssen abwehren. Als er einige Maultiere erschoss, gerieten sie in Panik, und da durchbrach er ihre Reihen und galoppierte auf die ferne Ruine zu, auch noch als der Sandsturm zuschlug.

Der Derwisch verbrachte den gesamten Sandsturm in dem alten Brunnen. Zum Teil aus Angst, zum Teil um sich zu schützen, überließ er den Araberhengst dem Sturm und der frustrierten Wut der Leichenwächter und kletterte so schnell wie möglich in den Brunnen hinunter. Der Sturm heulte über ihm und verwandelte die Luft in einen kochenden Wirbel aus Sand. Während der nächsten Stunden hörte er in dem Brunnen nichts weiter als sein Heulen und Schreien, und der Lärm seiner tausend rachsüchtigen Zungen machte ihn taub. Jeden Augenblick rechnete er damit, dass die Wächter, die ihn sicherlich verfolgten, ihm nachklettern würden. Im Brunnen hallten und dröhnten die eingefangenen Böen. Der Sturm war so heftig und er so verängstigt, dass er sich erst wieder heraustraute, als er sich zu legen begann. Da war er bereits vollkommen ausgetrocknet und hatte allen Mut verloren. Durst trieb ihn schließlich aus seinem Versteck, denn er hatte seit Stunden nichts getrunken, und seine Seele war ausgetrocknet vor Enttäuschung.

Als das Geheul des Windes erstarb, wäre er sofort herausgeklettert, hätte er nicht in seiner Nähe ein merkwürdiges Geräusch gehört. Es war ein seltsamer hoher Ruf, nahezu wie ein gesungener Ton, und die Stimme kam ihm vage bekannt vor. Der Ruf erhob sich wie ein Vogel und hing nicht weit entfernt in der Luft. Und dann brach er genauso plötzlich wieder ab. Angespannt und verzweifelt wartete er weitere Minuten und horchte, ob er möglicherweise verfolgt wurde. Dann, der Richtung, aus der der Ruf kam, folgend, stieß er auf einen Spalt, einen engen Kanal am Fuß des ausgetrockneten Brunnens. Als er endlich den Mut fand, dort hindurchzukriechen, fand er sich schließlich unterhalb des verfallenen Schreins wieder. Da er Angst hatte, die Straße zu queren, die vom fahlen Licht des Mondes erleuchtet war, entschied er, den felsigen Abhang nördlich der Ruine hinaufzuklettern. Auf diese Weise geriet er nicht in den Treibsand und fand den neuen, mit klarem Wasser gefüllten Brunnen unter dem Abendstern.

Mittlerweile war es Nacht. Der Wind hatte sich gelegt, und nirgendwo waren die Spuren der Leichenwächter oder ihrer Maultiere zu sehen. Auch sein Pferd war verschwunden. Und er war am Leben, obschon der Natur seiner Rettung etwas Unerlöstes anhaftete. Er verspürte eine eigenartige Verwandtschaft mit der herrenlosen Leiche, die er auf Grund ihres Geruchs fand. Ihr süßlicher Verwesungsgestank war ihm so vertraut, dass er ihn als nahezu tröstlich empfand. In dieser Nacht fühlte sich der Derwisch unermesslich einsam.

Es war eine schreckliche Nacht, die er in Gesellschaft des Leichnams in dem zerstörten Schrein neben dem Brunnen verbrachte. Es war eine Nacht der Leere, eine Nacht, in der er sich seinem vielfachen Versagen, seiner Feigheit, seiner Mittelmäßigkeit und dem Verlust aller Hoffnungen auf eine triumphale Heimkehr nach vollendeter Mission stellen musste. Nie zuvor hatte er sich so bar jeglicher Strategie, so unfähig zum Pläneschmieden gefühlt. Was sollte er jetzt tun? Wohin sollte er sich wenden? Was für ein hohles Ding war er?

Irgendwann in dieser Nacht sah der Derwisch das Flackern weit entfernter Flammen unterhalb der hohen Felsen. Er konnte nicht schlafen, denn der modrige Geruch der Leiche drang bis in seine Träume, und er warf sich unruhig hin und her. Nach einem schrecklichen Traum, in dem der Leichnam einen verwesenden Arm nach ihm ausstreckte, ihn mit fauligen Fingern festhielt und ihm widerlichen Schleim in den Hals drückte, sprang er leise schreiend auf die Füße, zwang sich, wach zu werden, um dieser Berührung zu entrinnen, und lief angsterfüllt aus der Ruine. Nachdem er Kopf und Schultern in das kalte Brunnenwasser getaucht hatte, war er wieder einigermaßen bei Sinnen. Und da sah er das flackernde Feuer am Fuß der Felswand.

Ein Feuer unter den Felsen? Das musste ein Signal sein. Die Männer des Stamms hatten sich erneut dort versammelt, wo er sie am Morgen gesehen hatte. Er bildete sich ein, durch die Schlucht ihre Stimmen zu hören, als ob sie um das Feuer tanzten und ihren erfolgreichen Überfall feierten. Sie waren zweifellos zurückgekehrt. Aber traute er sich mitten in der Nacht, sich ihnen zu nähern? Hatte er Mut genug, in der rußschwarzen Dunkelheit durch die heimtückische Schlucht zu schleichen? War er tapfer genug, um sie zwischen Felsen und Treibsand zu suchen? Was, wenn sie ihn gefangen nahmen und töteten, ohne ihn vorher zu verhören?

Nein. Er traute sich nicht. Er hatte vielmehr Todesangst. So groß sein Wunsch war, seine Mission zu erfüllen, noch größer war seine Angst, Ibn Rumi mitten in der Nacht ins Messer zu laufen, und so stellte er sich lieber eine Begegnung am Tag vor. Mit diesem Eingeständnis erreichte seine Selbstachtung ihren absoluten Tiefpunkt. Ihm war klar, dass er am Morgen dabei versagt hatte, das von der Felswand geworfene Signal zu holen, dass er mittags daran gescheitert war, den davondonnernden Stamm zu verfolgen, und jetzt schließlich versagte er dabei, ihm nachts gegenüberzutreten. Er kroch zurück in die Ruine, in der es nach der verrottenden Leiche stank, in dem Wissen, dass ihn bei seiner Heimkehr Schande erwartete und seine Brüder Recht behalten hatten. Leere umfing ihn.

Als er in der dunklen Stunde vor Tagesanbruch von der Ankunft einer, wie es schien, zweiten Leiche auf dem Rücken eines Maultiers geweckt wurde, dachte der Derwisch zuerst, er wäre noch in einem Albtraum gefangen. Er kauerte sich in eine Ecke des Schreins und bemühte sich, im Halbdunkel etwas zu erkennen. Die Frau – an ihrem Stöhnen erkannte er, dass sie noch keine Leiche war – wurde von dem unbeturbanten Mullah, den er unter den Pilgern der Karawane gesehen hatte, in die Ruine getragen. Aus ihrem Zustand schloss er zudem, dass sie vermutlich die einzigen Überlebenden des Überfalls waren. Der Mullah hatte eine hässliche Wunde an der Schläfe, schien aber ansonsten unversehrt. Die Frau dagegen würde nicht mehr lange leben. Ihr Zustand war hoffnungslos. Er schätzte, dass sie in der nächsten Stunde sterben würde.

Was die Aufmerksamkeit des Derwischs jedoch am meisten erregte, war die am Maultier befestigte Satteltasche. Konnte es dieselbe Satteltasche sein, die am Tag zuvor noch im Besitz des Inders gewesen war? Höchst unwahrscheinlich. Eine Satteltasche sieht aus wie die andere, dachte er. Vermutlich bildete er sich alles nur ein, und es war zu dunkel, um wirklich etwas zu erkennen. Er sprach das Paar nicht an, und sie schienen seine Anwesenheit nicht zu bemerken. Aber als die Frau dringend darum bat, die Satteltasche zu öffnen, und der Mullah ein Bündel Papiere herausnahm, sprang er auf und näherte sich ihnen.

Da fuhr der Mullah ihn an. »Nimm deine dreckigen Hände weg, du Hund«, knurrte er. Die brutale Energie des Mannes überraschte ihn. Wer zum Teufel glaubte dieser armselige Geistliche eigentlich, dass er war? Aber sein diplomatischer Instinkt riet ihm, sich zurückzuhalten. Er unterdrückte den Impuls, dem Kerl einen Faustschlag zwischen die Augen zu versetzen, rief seine schauspielerischen Talente zu Hilfe und gab eine überaus glaubwürdige Vorstellung als sich windender, bettelnder Derwisch, der für seine Anmaßung um Verzeihung bat, aber er wollte ja nur, wenn der gelehrte junge Herr geneigt wäre, einem Analphabeten die

Ehre zu erweisen, er wollte ja nur wissen, welch heilige Worte diese unschätzbaren Bündel enthielten, denn gewiss waren sie durch die Hand Gottes hierher gelangt, um die dunkle Nacht zu erhellen und diesen unglückseligen Sünder an die Schwelle der Erleuchtung zu geleiten …

Besänftigt gestattete der eingebildete Mullah dem Derwisch, einen Blick auf die Seite zu werfen, die ihm die Frau gereicht hatte. Es stehe lediglich eine Zeile darauf, eine Anrufung, sagte er, um dessen Neugier zu befriedigen. Dann hielt er der lauschenden Dämmerung und dem neugierigen Derwisch einen kurzen gelehrten Vortrag über die hohe Qualität der Handschrift, zweifellos von einem Meister der Kunst in einer Sprache niedergelegt, die die geweihte Diktion des allerheiligsten Buchs widerspiegele. Was merkwürdig sei, fuhr der Mullah in seinem nasalen Tonfall fort, weil es sich grundlegend von allem unterscheide, was im Koran stehe. Er rezitierte Worte und verfiel dann in ein tiefes Schweigen. Der Derwisch beglückwünschte ihn zu diesem ausgezeichneten Vortrag und wartete gespannt; was war wohl noch in der Satteltasche? Der Mullah räusperte sich, griff in die Tasche und fischte ein anderes Bündel heraus. Er öffnete es, und ein weiterer Stoß Papier kam zum Vorschein, bedeckt mit derselben feinen Handschrift.

Der Derwisch spähte etwas gelangweilt über die Schulter des Mullahs. Hohe Qualität der Schreibkunst? Eine seltene Handschrift? In seinen Augen war das reines Kauderwelsch, dieses Zeug, aber im Licht der aufgehenden Sonne recht hübsch und nett anzusehen. Obwohl er Sprachen nachahmen konnte, konnte er sie weder lesen noch schreiben, aber bisweilen gefiel ihm die Form der Schriftzeichen. Vielleicht war das doch ein Fund! Er starrte auf die hauchzarte Handschrift. Sie schien über die Seite zu tanzen. Auch wenn es ihm nicht gelungen war, mit dem Stamm *Harb* Kontakt aufzunehmen und sich als Geheimagent unsterblichen Ruhm zu erwerben, dann konnte er zumindest mit so etwas wie einer Trophäe nach Hause zurückkehren. Vielleicht gelänge es ihm, sich einen Namen zu machen als Entdecker eines seltenen Meisters der Kalligrafie, dessen Stil im Westen bislang unbekannt war, sogar im Britischen Museum. Andere brachten die Keilschrift mit nach Hause oder die Ruinen von Ninive, warum also sollte er die westliche Welt nicht mit einer raren persischen Handschrift erstaunen?

Noch während der Derwisch über diese Möglichkeit nachdachte, zerknüllte der Mullah plötzlich das Papier, das er gelesen hatte, und warf es wild fluchend in den ausgetrockneten Brunnen. Dann drehte er sich um und stolzierte aus der Ruine. Der Derwisch verharrte einen Augenblick lang unsicher. Was hatte das zu bedeuten? War die Qualität der Schrift schlechter, als der pedantische Kerl anfänglich vermutet hatte? War der Stil weniger erhaben? Oder noch erhabener? Es gab eine quälende Auswahl an Möglichkeiten.

Die Satteltasche mit ihrem geheimnisvollen Inhalt lag halb geöffnet auf dem Boden neben der sterbenden Frau. Der Derwisch wartete einen Moment ab, ob der Mullah zurückkehren würde. Er tat es nicht. Langsam, leise beugte der Derwisch sich vor, um die Tasche an sich zu nehmen, und gerade als er mit der Hand den Riemen fasste, um sie näher zu sich heranzuziehen, erwachte die Frau aus ihrer Bewusstlosigkeit. Sie schaute den Derwisch mit ihren riesigen Augen an. Mit Schaudern sah er, dass ihr Gesicht von den Pocken grausam entstellt war und dass sie aus Afrika stammte. Das hatte er zuvor nicht bemerkt. Sie lag im Schatten, und ihm war nur das Blut aufgefallen, das eine immer größere Lache unter ihr bildete. Sie lag im Sterben und weiß Gott, an welcher Krankheit. Rasch, wortlos zog er die Satteltasche von ihr fort. Er hielt sie fest umklammert, als er sich eilig in seine dunkle Ecke zurückzog. Vielleicht war sie verseucht, aber dieses Risiko ging er ein. Womöglich war das Zeug wertvoll.

Sie hatte ihn nicht aus den Augen gelassen. Als er sich umwandte und noch einmal zu ihr blickte, lächelte sie ihn an, und ihr wunderschönes Lächeln fiel auf ihn wie ein Lichtstrahl bei Sonnenaufgang. Dann starb sie.

Der Derwisch kehrte über den Golf von Akaba und über Damaskus nach Konstantinopel zurück. Mit jedem Schritt wurden seine

Triumphe größer. Er hatte Kontakt mit dem Stamm *Harb* aufgenommen. Er hatte seine Mission auf brillante Weise erfüllt. Er hatte mit Ibn Rumi Blutsbrüderschaft geschworen, behauptete er, mit echtem Blut. Und er hatte diesem Weltmeister im Kampf gegen Unterdrückung versichert, dass Ihre Majestät die Freiheit verteidigen, den in den Schmutz Getretenen überall auf der Welt zu Hilfe eilen und die Sache der Guten gegen die Sache der Bösen unterstützen würde. Es war nur eine Frage des Preises, und diesen festzusetzen, so prahlte er, war das Ergebnis seiner Mission. Um seinen Auftrag zu erfüllen, hatte er brenzlige Bredouillen überstanden und gewaltige Gefahren auf sich genommen, er hatte Durst gelitten und sengende Hitze ertragen. Er hatte sich den furchtbaren Schrecknissen des *Hadsch* gestellt, und zudem war es ihm gelungen, dank eines glücklichen Zufalls, diese Manuskripte zu ergattern, bedeckt mit einer seltenen und hauchzarten Handschrift, verfasst in der erhabenen Sprache und im mystischen Tonfall des Korans. Und zur großen Verwunderung aller hatte er diese Schriftstücke mitten in der Wüste gefunden. Sie waren einzigartig, denn nie zuvor hatte jemand Kunst und Poesie von so hoher Qualität gesehen. Diejenigen, die das Zeug gelesen hatten, bestätigten, dass seine Schönheit das Herz erschaudern ließ …

Der Botschafter beugte sich über seinen Schreibtisch und blätterte in den Bündeln und Päckchen, die geöffnet vor ihm lagen. Dieser Attaché reizte ihn über die Maßen. Nicht nur war der verdammte Kerl lebend zurückgekehrt und sah mit seinen verfluchten Muskeln, die sich unter seinem Hemd abzeichneten, aus wie ein goldener Gott, sondern seine verflixte Mission in der Wüste hatte auch noch eine Menge Aufmerksamkeit erregt. In Whitehall wurde sogar von einer Beförderung gesprochen. Und was war das für ein Schund, den er da mitgebracht hatte? Der Botschafter war stolz auf seine Kenntnisse des Persischen und Türkischen. Er klemmte sich das Pincenez auf die Nase und starrte ausdruckslos auf die Seiten vor ihm. In seiner rechten Schläfe pulsierte eine Ader. Er war blind vor Neid und Wut.

»Ach, du meine Güte, ich fürchte, Sie wurden schrecklich reingelegt, guter Mann«, murmelte er zwischen zusammengebissenen Zähnen. »So einen Schund habe ich mein Lebtag noch nicht gesehen.«

Der junge Attaché blickte etwas niedergeschlagen drein, aber nicht lange. »Höchste Autoritäten haben mir bestätigt, dass es sich um einen ganz außergewöhnlichen Fund handelt, Sir. Die Qualität der Handschrift ist so erlesen ...«

Aber der Botschafter verlor die Geduld. »Damit kann sich meine Frau Locken drehen«, fiel er ihm ungehalten ins Wort. Das war ein grober Schnitzer, denn er wusste, dass seine alberne Gans von einer Ehefrau sich zur Närrin gemacht hatte mit ihrem Versuch, den Attaché zum Katholizismus zu bekehren. Er wurde hummerrot und bedeutete seinem Attaché, dass er entlassen war.

Der junge Mann lächelte willfährig, während er die Bündel und Päckchen einsammelte und in die Satteltasche stopfte. Er war ein hervorragender Diplomat. Als er sich verbeugte und das Zimmer verließ, wusste er, dass seine Karriere besiegelt und sein Name gemacht war.

Der Inhalt der Satteltasche wurde in alle Winde zerstreut.

Als ihr Mann kurz darauf nach London zurückkehrte, beanspruchte die Frau des Botschafters einen Gutteil davon für sich und teilte ihn mit mystisch veranlagten Damen. Sie war überaus beeindruckt gewesen, wie der gut aussehende junge Attaché die Satteltasche aus den Klauen des sicheren Todes gerissen hatte. Als ein venezianischer Dragoman der Botschaft ihr ein paar der Schriftstücke übersetzte (und großes Interesse an den Handschriften an den Tag legte und, ohne dass ihre Ladyschaft es bemerkte, ein oder zwei Blätter entwendete), ließ sie die Seiten aufwendig rahmen und während des folgenden Jahrzehnts unter ihren Künstlerfreunden zirkulieren, die eine Vorliebe für die Präraffaeliten hatten. Des Öfteren wies sie darauf hin, dass diese Papierstücke aus der Wüste an die tiefe Wahrheit des Evangeliums und das Lied der Lieder erinnerten. Voll wunderbarer Leidenschaft, sagte sie.

Ein englischer Arzt, der ein Jahrzehnt später auf der Rückreise nach Tabriz durch Konstantinopel kam, äußerte die Vermutung, dass er den Verfasser dieser Schriften möglicherweise kenne, einen sanftmütigen Verrückten mit melodiöser Stimme. Ein deutscher Orientalist ließ sich nach einem Forschungsaufenthalt in Persien von den Schriften dazu inspirieren, in Freiburg eine Kommune zu gründen, in der Frauen angeblich die gleichen Rechte hatten wie Männer und nicht verpflichtet waren, die Ehe zu vollziehen. Ein berühmter französischer Philosoph, der sich Jahre später in Konstantinopel aufhielt, studierte ebenfalls ein paar der Bündel aus der Satteltasche. Er fand ihre Kühnheit bemerkenswert und bewertete sie als hervorragendes Beispiel für den Einfluss französischer Philosophie auf das Gedankengut des Nahen Ostens. Aus Paris bahnten sie sich im Lauf der Zeit ihren Weg in die Keller und Speicher von Museen überall in Europa.

Zu Beginn des 20. Jahrhunderts fand sich ein Schriftstück in einer Bibliothek in St. Petersburg wieder, wo es auch nach der Machtübernahme der Bolschewiken unter einer phosphoreszierenden Lampe ausgestellt wurde, zur großen Verwunderung der befreiten Russen.

Eine beträchtliche Zahl von Bündeln schimmelte vergessen in der britischen Botschaft, bis kurz vor der Revolution der Jungtürken um die Jahrhundertwende ein Feuer das Gebäude nahezu vollständig zerstörte. Sie wurden jedoch von einem Untersekretär gerettet und als ein seltener Code identifiziert, der ungeheuer wichtige Staatsgeheimnisse enthielt und für die Nachwelt, verschlossen in einem Tresor, aufbewahrt werden sollte.

Einige fanden ihren Weg in das Untergeschoss des Britischen Museums, wo sie in Gesellschaft alter Mopps und Besen Stromausfälle und Bombenangriffe überlebten und später von einem Hausmeister entdeckt wurden, der nach dem Krieg auf der Suche nach vergessenen Lebensmittelkarten war. Er verkaufte sie für eine hübsche Summe an einen Mann, der einen Stand in der Portobello Road besaß. Andere, die ein unterbezahlter Archivar an sich nahm, gelangten auf dem Dampfer *Cedric* statt auf der *Titanic* via Neapel nach New York und landeten in einem gewissen Viertel von New York in Antiquitätenläden, die sich auf den Verkauf gefälschter orientalischer Handschriften spezialisiert hatten.

Um die Jahrhundertwende fand ein junger Falascha aus Äthiopien, der von einem jahrzehntelang in Konstantinopel ansässigen Mann überzeugt wurde, zum Christentum zu konvertieren, unter den Papieren seines toten Lehrers ein Dokument mit einem Siegel, das er sofort als das des wiedergekehrten Messias erkannte. Daraufhin wanderte er nach Palästina aus, wo er versuchte, die Mönche des Karmeliterklosters von seiner Meinung zu überzeugen. Was wiederum die Gesellschaft zur Konversion von Juden und den Vorstand des Deutschtempler Ordens in Verlegenheit brachte. Die zionistischen Gruppen ignorierten ihn und seine Behauptungen, die Affäre wurde unter den Teppich gekehrt und schaffte es nie in die westliche Presse.

Ungewiss ist, wie viele andere Menschen mit dem Inhalt der Satteltasche in Berührung kamen. Unbestreitbar dagegen ist, dass der Attaché die Satteltasche selbst, ihres Inhalts entleert, viele Jahre lang als Andenken an seine historischen Heldentaten in der Arabischen Wüste behielt. Zuerst hängte er sie an die Wand hinter seinem Schreibtisch in der Botschaft in Konstantinopel, und dann, als er in ein höheres Amt berufen wurde, lag sie in seinem Arbeitszimmer zu Hause, zum großen Ärger seiner Frau, die nur auf die erstbeste Gelegenheit wartete, um das hässliche Ding wegzuwerfen.

Der Leichnam

Mein Geruch ist wie ein Name, dachte der Leichnam. Er ist an meine Identität gekettet, und ich weiß nicht mehr, wann ich nicht gerochen habe. Ich stinke schon so lange, dass mein Gedächtnis von mir gesättigt ist, dachte er, als er die Stufen hinaufstieg.

Dann versuchte er, einen Teil von sich gehen zu lassen. Es kostete ihn Mühe, weil er diese Schritte als Lebender nicht geübt hatte. Aber es ging.

Wir leben, dachte der Leichnam, als würden wir ewig leben. Und wenn wir sterben, glauben wir, ewig zu stinken. Aber weder das eine noch das andere stimmt; es ist eine Frage der Loslösung.

Zu Lebzeiten hatte er keine Antworten auf diese Frage gewünscht. Während seines Todes jedoch musste er sich den Antworten stellen.

Der Leichnam dachte ohne seine eigenen Hirnzellen. Er zog wie ein schlechter Geruch durch die Köpfe anderer. Er lebte für kurze Momente im Gedächtnis anderer Menschen. Sie erinnerten sich bisweilen an ihn, wenn sie irritiert waren. Aber zu diesem Zeitpunkt war er für alles dankbar. Er benutzte diese unmerkliche Durchdringung, um anderen anzugehören. Er nutzte diese heimlichen Interaktionen, um das Leben mit anderen zu beschwören. Diese Fertigkeit, wenn auch nicht gut entwickelt, war in ihm zumindest nicht völlig verkümmert. Aber tanzen konnte er noch lange nicht.

Er hatte natürlich Hilfe. Das Sternenlicht stand ihm bei. Die unglaubliche Schönheit der Wüstendünen unterstützte ihn. Engel aller Glaubensbekenntnisse bestärkten ihn leise. Der Leichnam war nicht allein bei diesem schwierigen Übergang, aber er hatte ihn bei weitem noch nicht gemeistert. Er wünschte aus ganzem Herzen, er wäre auf die Schritte dieses Tanzes besser vorbereitet.

Dieser Wunsch, stellte er erstaunt fest, war eine Art Gebet. Obwohl er es als Lebender vorgezogen hatte, auf derbere Weise zu verhandeln, wusste er mit absoluter Gewissheit, dass das Gebet des Kaufmanns ein Segen war. Es stieg für immer und ewig aus dem Brunnen empor, und während er verweste, beneidete er den Dieb, der sich den Segen verdient hatte. Er wünschte, man würde auch ihn segnen, statt ihn zu verfluchen.

Die Stufen, die er hinaufstieg, führten zu einer Kammer. Das bunte Glas der Fenster fing die Sonne ein und setzte ein Mosaik tanzender Farben in wundersame Beziehungen.

Wenn wir nur gelebt hätten, als würden wir ewig sterben, dachte der Leichnam, dann wäre der Geruch kein solches Hindernis. Wir wären frei, um die Schritte des Tanzes zu befolgen.

Aber er hatte nicht so gelebt. Ganz im Gegenteil. Er war die Stufen hinaufgestiegen, ohne zu beten, und er war gestrauchelt. Er hatte Segnungen angehäuft, die die Auslöschung der persönlichen Identität nicht ausgleichen konnten. Er hatte die Bedeutung von unendlichen Wandlungen, von Entdeckungen jenseits der eigenen Grenzen, von der Grazilität dieses Tanzes der Unsterblichkeit übersehen. Und deswegen blieb er: ein schlechter Geruch.

Ich wünschte, ich hätte keine Identität und keinen Namen, dachte er, sie sind so wenig wert. Wir sollten leben, als würden wir ewig sterben. Davon hat man mehr.

Aber es wurde bereits zu schwierig. Vom »Ich« zum »Wir« war weiter, als er sich hatte erstrecken wollen. Als Händler hatte er ein starkes Gespür dafür entwickelt, die Ausgaben gegen den Wert der Einnahmen abzuwägen, aber diese unmerklichen Durchdringungen, diese Rätsel und Interaktionen, die den Zins über alles hinaustrieben, was bei der ursprünglichen Anzahlung vorstellbar gewesen war, lagen jenseits der Mittel, die ihm zur Verfügung standen. Er brauchte mehr als Sternenlicht, mehr als Mondlicht, um die Übergänge zwischen Personalpronomen fließend vollziehen zu können.

Die Sonne, die durch die bunten Fenster in der oberen Kammer schien, bestätigte den Tanz, aber ohne Seelenqualen konnte er den Schritten nicht folgen. Sie sprangen zurück zu einem Augenblick, der ihn mit unerträglichem Schmerz erfüllte. Nur unter größter Anstrengung gelang es ihm, die Teile zusammenzusetzen. Ihm wurde klar, dass es auf die Frage der Loslösung eine Antwort des In-Beziehung-Setzens gab.

Er befand sich in einem kleinen Innenhof, in dem neben einem Teich ein mit zahllosen Blüten übersäter Orangenbaum stand. Die Luft duftete nach Orangenblüten, die aus einem einzigen Samen in unendlicher Freiheit gewachsen waren. Auf der anderen Seite des Hofes war eine Tür, und dahinter sah er eine Treppe, die nach oben führte. Immer weiter nach oben. Die abessinische Sklavin sagte zu ihm, dass sein Meister in dem Raum oben auf ihn warte. Sein Meister.

Er hatte dem jungen Mann Waren gegeben, die er in seiner Abwesenheit verkaufen sollte. Bei seiner Rückkehr stellte er fest, dass die Preise dramatisch gefallen und die Waren weit weniger wert waren, als er mit dem Kaufmann ursprünglich vereinbart hatte. Aber der Kaufmann bestand darauf, ihm die Summe auszuhändigen, mit der er rechnete, wesentlich mehr, als die Ware eingebracht hatte. Er bestand darauf. Alles andere widersprach dem Gesetz der Vertrauenswürdigkeit, sagte er.

Er hatte den Mann für einen naiven Dummkopf gehalten. Alle hatten ihn für einen naiven Dummkopf gehalten. Er betete zu viel, das war sein Problem. Mit geschlossenen Augen kann man keine Geschäfte machen. Später, bei dem Kauf der Ladung Indigo, hatte er versucht, aus der Naivität des Kaufmanns Kapital zu schlagen. Es ist leicht zu betrügen, wenn man Vertrauen gewonnen hat. Aber das Gesetz schrieb Gegenseitigkeit vor. Der Kaufmann war zwar ein *Sajjid,* aber kein Dummkopf. Es sah so aus, als würde er mit geschlossenen Augen beten, aber er durchschaute sie alle . Bevor er auf seine Pilgerfahrt ging, hatte er all seine Geschäfte zum Abschluss gebracht und den Schwindel aufgedeckt.

Auf dem Weg nach oben strauchelte er auf der Treppe. Etwas lag auf einer Stufe, blockierte den Aufgang, und er war verpflichtet, es zu benennen. Er stolperte über einen übel riechenden Schatten. Sich selbst. Er hatte das Gesetz durchbrochen. Er hatte den Vertrag mit dem Kaufmann nicht eingehalten. Sein Versagen machte jeden Schritt schmerzhaft. Schmerz, dachte der Leichnam, beginnt, wenn der Tanz aufhört.

Der unerträgliche Schmerz befand sich irgendwo in seiner Brust. Sie schien eingefallen zu sein und versorgte ihn nicht länger mit der nötigen Luft, die seine Gehirnzellen zum Arbeiten brauchten. Deswegen übernahmen die anderen Fertigkeiten. Hinkende Durchdringungen. Verkrüppelte Interaktionen. Schwach, weil sie abhingen von Verbindungen, die er nicht aufgebaut hatte; von Beziehungen, die er nicht hergestellt hatte; von der Loslösung, die ihm nicht gelungen war. Kraftlos. Aber sie übernahmen. Sie tanzten nicht gerade, aber zumindest bewegten sie sich. Sie hatten keine andere Wahl.

So ist es eben, dachte er, als sein Gestank die Flüche der Pilger anzog. Dem Gesetz der Vertrauenswürdigkeit kann man nicht entrinnen. Man hat keine Wahl. Wenn man das Gesetz bricht, hat das ernste Folgen. Schmerz ist ein gebrochener Vertrag. Sie umrundeten die Kaaba, als es geschah, und an diesem Ort einen Vertrag zu brechen, ist verhängnisvoll. Sie sagten, er hätte einen Herzanfall.

Oben auf der Treppe, die ihn die abessinische Sklavin hinaufgeführt hatte, sah er den jungen Kaufmann in der Kammer zu seiner Rechten sitzen, umgeben von Papieren. Auf dem Boden lagen Binsenmatten, beschienen von dem Sonnenlicht, das durch die bunten Glasfenster fiel. Das Grün von Smaragd, das feurige Rubinrot zart und zitternd, Flecken von Amethyst auf einer perlweißen Küste. Ein Ozean, indigoblau, auf dem das Pilgerboot hin und her geworfen wurde: ein Meer der Bejahung und der Verneinung. Der reiche alte Mann stand in der Tür und zog seine Schuhe aus, demütig und respektvoll. Der junge Kaufmann mit den bescheidenen Mitteln nahm seine Anwesenheit nicht zur Kenntnis. Die Schachtel mit den Kielen und die Tinte standen neben ihm, und er war damit beschäftigt, eine Abhandlung zu verfassen, eine Anrufung, oder war es ein Gedicht?

Es war offensichtlich, dass man ihn nicht stören durfte. Sein Kopf mit dem grünen Turban war über das Blatt gebeugt. Er rezitierte leise, während er rasch und mit wunderschöner Handschrift auf das dünne blaue Papier schrieb. Seine Schrift war wie auf die Seite gehauchter Atem. Die Worte entfalteten sich wie Federn aus der Spitze eines Rohrkiels. Wieder und wieder tauchte er ihn in die blutdunkle Tinte. Die Geschwindigkeit, mit der die Worte aus der Feder flossen, war erstaunlich; sie entsprach genau dem Rhythmus seiner melodiösen Stimme.

Der reiche Kaufmann aus Buschir, der gekommen war, um mit ihm über eine persönliche Angelegenheit, über ihre Handelsbeziehungen zu sprechen, war gezwungen, sich neben die Tür in die Ecke der Kammer zu setzen, die bloßen Füße unter sein Gewand gezogen. Er musste warten. Es war ihm unangenehm, er fühlte sich ehrlos, unrein. Er wollte die Sache mit dem Indigo hinter sich bringen und nach Hause gehen, aber das war nicht möglich. Das Gesetz der Höflichkeit ließ das nicht zu. Er hatte das Gesetz des Vertrauenswürdigkeit gebrochen und musste die Folgen auf sich nehmen. Er konnte nicht noch mehr Gesetze missachten. Die abessinische Sklavin brachte ihm eine Schüssel mit Rosenwasser. Damit er sich die Hände wusch. Damit er karneolroten Tee trinken konnte. Der Kaufmann war überaus bedacht auf Sauberkeit.

Ich weiß nicht mehr, wann ich nicht gerochen habe, sinnierte der Leichnam, während er ewig die Stufen hinaufstieg und an Indigo dachte. Wie lange es dauerte, diese ewigen Stufen hinaufzusteigen.

Er war verärgert, weil er versucht hatte, den jungen Mann zu betrügen, und der junge Mann verweigerte, sich betrügen zu lassen. Er hatte verlangt, nach dem Verkauf des Indigo den allgemein üblichen Preisnachlass abzuziehen, und der junge Mann hatte sich geweigert. Er nannte es unredlich. Er sagte, es sei nicht vertrauenswürdig. Er weigerte sich, die Preise zu senken, nachdem sie sich darauf geeinigt hatten, so wie wer sich geweigert hatte, weniger zu zahlen, als er versprochen hatte. Dabei wusste jeder, dass das üblich war. Man feilschte, man schloss ein Geschäft ab, und dann verlangte man einen Preisnachlass. Doch dieser junge Mann nannte es unredlich, er nannte es Betrug. Warum benutzte er diese Worte? Es war doch nur Bakschisch. Ein allgemein üblicher Brauch!

Du wirst andere Worte benutzen müssen, sagte der junge Kaufmann. Vertrauenswürdigkeit reicht über solche Bräuche hinaus.

Aber alle hielten sich an den Brauch.

Du wirst auch deine Bräuche ändern müssen, sagte er.

Wer war er, dieser junge Emporkömmling, der glaubte, Worte austauschen zu können? Wer, glaubte er, hatte ihm die Autorität verliehen, die Bräuche des Landes zu revolutionieren? Seine Naivität war gefährlich! Beim ersten Mal hatte der alte Mann gedacht, er handle mit einem Narren; beim zweiten Mal erkannte er, dass er selbst der Narr war.

Er stieg die Stufen hinauf, um sich mit dem Mann zu streiten, der die Farbe des Indigo verändert hatte. Aber er spürte, wie er mit jedem Schritt tiefer und tiefer sank.

Dann fiel der Boden aus der Welt. Als er zur Kaaba blickte und dabei die Fertigkeiten jenseits seiner Gehirnzellen benutzte, sah er dort jemanden stehen, mit dem Ring aus Stein in der Hand. Mein Gedächtnis ist von mir gesättigt, dachte der Leichnam. Ich verstelle mir selbst die Sicht; jenseits davon sehe und weiß ich nichts. Aber diesen jungen Mann kenne ich doch?

Der junge Mann, der neben dem schwarzen Stein stand, sagte Worte, die gegen die schmerzende Brust einer ächzenden Welt drückten. Er sagte Worte, die wie Blut durch die Trommelfelle der Welt platzten. Es war der junge Kaufmann, der die Bräuche getötet und das Gesetz der Vertrauenswürdigkeit im Land wieder eingesetzt hatte. Es war der junge *Sajjid* mit dem grünen Turban, der die Worte der Welt in Shiraz verändert hatte. Und sein Name duftete süß. Sein Herr und Meister!

Er hörte die Worte über den brodelnden, wogenden Ozean der Menge hinweg, so deutlich, wie man bei Tagesanbruch durch ein offenes Fenster Vogelgezwitscher hört, wie eine schwarze Locke verborgener Bedeutung, die in der morgendlichen Brise über die Wange der Schöpfung streicht. Er hörte die Worte, die der Kaufmann neben der Kaaba sprach, so klar wie Wasser aus einem Brunnen, auch als er schon starb.

Ich wünschte, ich hätte keinen Namen und keine Identität, dachte er, und könnte eine Silbe in Worten wie diesen werden. Ich wünschte, ich könnte ein Teil davon sein. Das Gebet klang melodiös unter der fließenden Feder des Kaufmanns, und er hörte mit zunehmender Verwunderung zu, während er dasaß, die schwieligen Füße unter das von der Reise fleckige Gewand gezogen, hier in der oberen Kammer. Er hörte mit wachsender Ehrfurcht zu, während er dasaß mit einem leeren Teeglas in der Hand und der Kaufmann die Worte rezitierte, die er mit wundergleicher Geschwindigkeit und Schönheit auf die blassblaue Seite schrieb. Es war in diesem Moment, dass er entschied, auf Pilgerreise zu gehen, ein letztes Mal, mit dem jungen Mann.

Er vergaß den Preisnachlass für den Indigo. Er vergaß einen Augenblick lang sogar sich selbst. Eine kurze Weile hörte er auf zu riechen, so zart war der Duft des Rosenwassers auf seinen Handflächen.

Das ist also unsere Geschichte, überlegte der Leichnam, während er an der nördlichen Wand der Ruine lehnte und sich langsam auflöste. Eine Geschichte leiser Verwesung und schleichenden Verfalls, die Tag für Tag fortschreiten. Eine Geschichte des Vertrauens, eine Geschichte der Veränderung, eine Geschichte der Loslösung und des In-Beziehung-Setzens, eine Geschichte wie ein Duft in der Wüste, der im Gedächtnis von Männern haften bleibt, die von sich selbst erfüllt sind. Und während wir weiterschreiten, wohin lösen sich die Gerüche auf? Wo sind wir, wenn der Geruch nicht mehr ist? Sie sagten, er sollte mit einem Begräbnis in Al Bakr geehrt werden, weil er auf seiner letzten Pilgerreise gestorben war. Würde es dort enden? Was war dann der Anfang?

Er wusste von dem Augenblick an, als er den jungen Mann mit dem Ring an der Kaaba in seiner indigoblauen Hand dastehen sah; er wusste von dem Augenblick an, als seine persönliche Identität in seiner Brust zusammenbrach, dass dies der Anfang der Geschichte war. Was immer der Duft des jungen Mannes im Königreich der Namen sein mochte, feststand, dass er vom Geist der Geister benannt worden war. Wie Pfeile schossen die Vögel aus seinem Mund und pflanzten Samen in allen Wüsten der Welt. Dreimal flogen sie um die Kaaba und entfernten sich dann mit dem Geräusch eines rauschenden Stromes.

Als der alte Mann starb, hatte er die Schritte noch nicht gelernt. Er konnte den Regeln nicht folgen, ohne zu straucheln. Seine Beziehungen waren verkümmert. Aber nach ein paar Tagen der Auflösung erreichte er allmählich den Übergang zwischen Personalpronomen. Und wer wird meine Obstgärten wässern, wenn sie nicht mehr sind? Und wer wird auf unsere Aprikosen aufpassen? Was kann diese delikate Frucht, die in dir heranreift, versüßen?, dachte der Leichnam.

Wir haben Durst, flüsterten die Samen im Leichnam.

Es war schwierig, die Schritte zu lernen, so ausgetrocknet waren seine Bedeutungen, so verkümmert waren seine Pronomen, bis er das Wasser im Brunnen hörte. Der Brunnen rief ihn zum Gebet. Es war kein Handel, sondern ein kostenloses Geschenk, umsonst, das Gegenstück zu Bestechung. Der Brunnen war angefüllt mit den Morgengebeten des Kaufmanns, und sie sprudelten bis zum Rand. Der Leichnam verspürte nicht den Wunsch, über diesen endlosen Punkt hinausgetragen zu werden.

Ihm wurde klar, dass die Geschichte kein Ende hätte, wenn wir sterben würden, als würden wir ewig leben.

Wie die Braut wusste er, dass das Gebet des Kaufmanns die Erlösung seiner Seele war und vor ihm gestanden hatte wie ein Schauder, wenn er morgens erwachte, und sich über ihn geneigt hatte wie ein Kuss, wenn er nachts schlief. Wie der Hauptmann wusste er, dass das Gebet in ihm war wie der Duft einer Rose. Wie der Dieb wusste er, dass der Gott, zu dem der Kaufmann betete, der Gott des reinen Winds und der Stimmen in der Wüste war, der wahre EINE, der am Tag den Himmel verbrannte und bei Nacht über die mondbeschienenen Dünen wanderte. Er wusste, dass er es wie die Pilger im Treibsand vorzog, sich hier neben dem Brunnen aufzulösen, statt ehrenvoll in der toten Erde von Al Bakr begraben zu werden.

Und seine Gebete wurden erhört. Endlich wurde er einfach vergessen.

Verbunden und losgelöst floss er voll Mitleid zu dem Derwisch, der versuchte, zu ihm hinaufzuklettern. Liebevoll umarmte er die Sklavin und blieb eine Ewigkeit bei dem Mullah, der zwischen dem alten und dem neuen Brunnen stand. Er mischte sich mit dem Rauch des Scheiterhaufens, auf dem der Inder den Beduinen verbrannt hatte; der Rauch schwebte still durch die Schlucht und legte sich wie eine Erinnerung auf den steinernen Rand des Brunnens. Und schließlich, mit dem Gebet, ließ sich sich der Leichnam fallen wie eine Rose mit hundert Blütenblättern. Voller Dankbarkeit schwebte er zwischen ihnen allen.

Wenn der Punkt feststeht, wird der Kreis größer und der Tanz beendet sein, dachte der Leichnam, als er aufhörte zu stinken.

Glossar

Ahriman	Nach dem zoroastrischen Glauben der »Böse Geist«, der durch die Dunkelheit symbolisiert wird.
Ahura-Mazdah	Nach dem zoroastrischen Glauben das Höchste Wesen, der Gott des Guten, der durch das Licht der Sonne und das Feuer symbolisiert wird.
Atabat	Die irakischen Städte, in denen sich schiitische Heiligtümer befinden.
Avatar	Nach dem hinduistischen Glauben eine Inkarnation Gottes in der Vergangenheit oder der Zukunft.
Avesta	Sammlung der heiligen Schriften der Anhänger der zoroastrischen Religion, verfasst in Altpersisch. Die Avesta enthält zahlreiche Versdichtungen sowie Prosaschriften verschiedener Art und Herkunft. Gebete und mythologische Erzählungen stehen neben ethischen und liturgischen Schriften.
Bhagavadgita	Indisches religiös-philosophisches Lehrgedicht in 18 Gesängen.

Bhakti — Sanskrit: Hingabe, Gottesliebe. Die Liebe zu einem persönlichen Gott, wird besonders von den vishnuitischen Sekten des Hinduismus als Weg zur Erlösung über den Weg der Erkenntnis gestellt.

Biruni — Bereich der Männer und männlichen Gästen offenstehender Teil des Hauses in Persien.

Dharma — Der »rechte Weg«, das göttliche Gesetz der Hindus

Dhu'l-Hidscha — Der 12. Monat im islamischen Kalender, in dem die von Mohammed geforderte Pilgerreise nach Mekka stattfindet.

Druj — Nach dem zoroastrischen Weltverständnis »die Menschen der Lüge«, das Gegenbild zu den »gerechten Menschen«, die in Frieden und Harmonie leben.

Falascha — Äthiopischer Volksstamm. Die Falascha, die sich selbst das »Haus Israel« nennen, verstehen sich als Juden, obwohl ihnen nachbiblische Traditionen und die hebräische Sprache fremd sind. In äthiopischen Chroniken werden die Falascha seit dem 14. Jahrhundert erwähnt.

Farrash-bashi — Oberster Diener oder Oberaufseher.

Farsang — Längeneinheit. Ca. drei bis vier Meilen, entspricht der Distanz, die ein beladenes Maultier innerhalb einer Stunde zurücklegt.

Gebr — Zoroastrier persischer Abstammung.

Hadsch Pilgerfahrt nach Mekka, die jedem volljährigen Muslim einmal im Leben vorgeschrieben ist, sofern er dazu finanziell und körperlich in der Lage ist.

Hadsch-i-Akbar Größte Pilgerreise, während der das Opferfest, das am zehnten Tag des Dhu'l-Hidscha stattfindet, auf einen heiligen Freitag fällt

Haoma Rauschtrank, der im alten Iran bei nächtlichen Opfermahlzeiten genossen wurde. Der Prophet Zarathustra verwarf diese exzessiven Kulte. In späterer Zeit gewann der Haoma jedoch erneut kultische Bedeutung.

Haram Bezeichnung für das heilige Gebiet von Mekka, das nur von Muslimen betreten werden darf. Neben Mekka gilt auch Medina mit dem Grab Mohammeds als Haram.

Harb Einer der arabischen Stämme, dessen Führer Ibn Rumi Mitte des 19. Jahrhunderts gegen den osmanischen Pascha von Mekka rebellierte.

Haurvatat Nach dem zoroastrischen Glauben der Erzengel der Vollkommenheit, einer der sechs göttlichen Diener von Ahurah Mazdah.

Höherer Mensch Ist nach der chinesischen Tradition im Unterschied zum Weisen, der die Fähigkeit besitzt, Menschen zu verwandeln, ein Mensch, dessen Tugendhaftigkeit und Größe als Vorbild gilt.

'Id al-Qurban Das Opferfest am zehnten Tag des Hadsch,

	bei dem zu Ehren und zur Erinnerung an Abrahams Bereitschaft, seinen Sohn Ismael zu opfern, Tiere geschlachtet werden, um das Fleisch unter den Armen zu verteilen.
Ihram	Weißes Gewand aus grober Baumwolle, das während der Pilgerreise nach Mekka getragen wird.
Imam-Jumih	Leitet das Freitagsgebet in den schiitischen Gemeinden.
Jnana	Nach den Schriften der Hindus der Weg der Erleuchtung.
Kad-khuda	Vorsteher einer kleinen Stadt oder eines Dorfes im Iran.
Kali Yuga	Nach den hinduistischen Schriften das dunkle oder eiserne Zeitalter.
Kalki	Nach dem hinduistischen Glauben die Inkarnation Gottes, die am Ende des eisernen Zeitalters erscheinen wird
Khanum	Im Persischen respektvolle Bezeichnung für eine Dame.
Kirta Yuga	Nach den hinduistischen Schriften das goldene Zeitalter.
Medrese	Hochschule der islamischen Welt.
Memsahib	In Indien gebräuchliche Bezeichnung für eine europäische Frau oder die Herrin des Hauses.

Mojaver	Bewohner der heiligen Städte Mekka und Medina
Moksha	Nach dem hinduistischen Glauben die Erlösung vom Kreislauf der Wiedergeburten.
Mubahala	Gebetswettstreit zweier Parteien unterschiedlicher islamischer Lehrmeinungen.
Mudschaheddin	Schiitischer Gelehrter oder Geistlicher, bei den Sunniten auch Bezeichnung für die Begründer der vier Gesetzesschulen.
Punkah	Großer Fächer
Qualun	Wasserpfeife
Rajim	Ein Ritual des Hadsch, bei dem Götzenfiguren, die Satan verkörpern, mit Steinen beworfen werden.
Sahib	In Indien benutzte Bezeichnung für einen europäischen Hausherrn oder Vorgesetzten.
Sajjid	In der schiitischen Terminologie von Mohammed abstammend, vom Stamm Mohammeds. Heute allgemein im Sinne von »Herr« benutzt.
Samsara	Nach der hinduistischen Vorstellung der Kreislauf der Wiedergeburten eines Individuums auf dem Pfad zur Erlösung.
Santana Dharma	Das universelle Gesetz oder der rechte Weg zu leben.

Saoshyant	Nach dem zoroastrischen Glauben der Erlöser, der in der vierten Epoche des Bestehens des Universums vor dem jüngsten Gericht erscheinen wird.
Sati	Indischer Brauch der Selbstopferung einer Hindu-Witwe auf dem Scheiterhaufen ihres Mannes.
Shaykhi	Anhänger einer schiitischen Sekte, die von Scheich Ahmad-i-Ahsai im 18. Jahrhundert gegründet wurde.
Taktheravan	Eine hölzerne Sänfte für Frauen, die von Maultieren getragen wird.
Ulema	Religiöse Gelehrte und Repräsentanten der religiösen Institutionen des Islam.
Veda	Zählt zu den heiligen Schriften der Hindus, in denen die ewigen Wahrheiten, die Gott den großen alten Sehern Indiens offenbart hat, festgehalten sind.
Wahhabiten	Anhänger einer puritanisch ausgerichteten sunnitischen Sekte, die im 18. Jahrhundert von Ibn Abd Al Wahhab gegründet wurde. Die Wahhabiten fanden viele Anhängern unter den arabischen Stämmen und bedrohten die osmanische Herrschaft über Arabien.
Xiao ren	Ein unwürdiger und selbstsüchtiger Mensch, von Konfuzius als negatives Gegenbeispiel zum Höheren Menschen geschaffen.

Quellen

Zu diesem Buch haben mich die Sprache, die Bilder, die Symbole vieler heiliger Bücher und Überlieferungen großer Religionen inspiriert. Als Quellen dienten mir die *Bhagavadgita* des Hinduismus, die Worte Buddhas, Zitate aus Konfuzius' *Analekten* und dem *Buch der Wandlungen,* der Koran, die Schriften der Bahá'í. Die Parabel, die hier erzählt wird, ist von der Religionsgeschichte des Nahen Ostens beeinflusst. Doch keine der Figuren oder Handlungen in diesem Buch repräsentieren wirkliche Ereignisse oder historische Persönlichkeiten.

Danksagung

Dank schulde ich meinen Freunden, lebenden und toten. Besonders danken möchte ich Soheil Farhad und Moojan Momen für ihr unschätzbares Wissen; Farzaneh Milani und Amin Banani für ihren feinfühligen Rat; Helenka und Mark für ihre tatkräftige Hilfe; Helen und Mimi für ihr Beispiel und allen bei Bloomsbury für ihre Unterstützung und Engelsgeduld. Ich möchte auch meiner Mutter und meiner Tochter danken, die mir zuhörten, und meiner Schwägerin, die mir voller Großzügigkeit erlaubte zu hören.